U0628619

潜 梦 者

Divedreamer

刑警陈猛——

著

贵州出版集团
贵州人民出版社

图书在版编目（CIP）数据

潜梦者 / 陈猛著 . — 贵阳：贵州人民出版社，
2019.7
ISBN 978-7-221-15356-2

Ⅰ . ①潜… Ⅱ . ①陈… Ⅲ . ①科学幻想小说—中国—
当代 Ⅳ . ① I247.5

中国版本图书馆 CIP 数据核字（2019）第 137835 号

上架建议：小说·悬疑推理

潜梦者

陈猛　著

责任编辑：胡　洋　潘　乐
内文排版：百朗文化
出　　版：贵州人民出版社
　　　　　（贵州省贵阳市观山湖区会展东路 SOHO 办公区 A 座　邮编：550081）
印　　刷：嘉业印刷（天津）有限公司
开　　本：880mm×1270mm　1/16
字　　数：245 千字
印　　张：18
版　　次：2019 年 9 月第 1 版　2019 年 9 月第 1 次印刷
书　　号：ISBN 978-7-221-15356-2
定　　价：45.00 元

第一卷 噩夜之奔

所有人都有鬼，就你一个没有。

如果是真的话，那就是你有问题。

——电影《神探》

目　录

Contents

第二卷　黑色热带鱼

它会崩溃为一点，然后再度膨胀，这样周而复始。
当宇宙再度膨胀后，所有的一切都会重演。你所
犯过的错误全会重演，一次又一次，永远轮回。

——《K星异客》

第三卷　罪梦追凶

你真的敢断言你了解自己的人生吗？

模糊的记忆，忘却的回忆，随你心意

重新书写的过去真的存在吗？

——日剧《走马灯株式会社》

目　录

Contents

第一卷　噩夜之奔

所有人都有鬼，就你一个没有。
如果是真的话，那就是你有问题。

——电影《神探》

潜

梦

者

- - - - -

第一章　初次见面

我和李毓珍的初次见面是在心理咨询室的会客厅。

她是通过朋友介绍来到我这里的。

李毓珍说，她此次前来咨询不是为了自己，而是为了她的丈夫杨逸凡，一个电商平台的项目负责人。

在李毓珍的口中，她的丈夫是一个憨厚细心的男人，虽然话不多，但对她和家人、朋友都很好。

"那你可以和我聊聊，你想要为他咨询什么问题呢？"

"呃……他的精神出现了一点问题……"李毓珍眼神忧戚地回道，"医生说他是……精神错乱。"

"精神错乱？"我抬眼问道。

"当然了，我根本不相信那些医生说的。"她又慌忙补充道，"我丈夫他只是精神出了点问题而已。"

"那请说一下他的具体病症吧。"虽然有了专业医生的诊断，但我还是选择听完李毓珍的叙述后再做判断。

"哦，大概两个月前吧……"她叹了口气，回忆道，"有一天晚上，我起夜的时候，发现老杨站在阳台上抽烟，就走过去问他为什么不睡觉，他说做噩梦了，突然就睡不着了。我也没在意，从卫生间里出来后就回床继续睡了。第二天晚上，我加班到凌晨两点才回家。回家后，我见老杨坐在卫生间的马桶上发呆，便问他怎么了，他只是说失眠而已。我也没有多想，倒头就睡下了。虽然嘴上没说，但我心里还是惦记老杨的，所以第三天晚上，我特意在他的睡前牛奶里加了助眠药，他很顺利地睡着了。大约凌晨两点，他再次被噩梦惊醒，之后就再也睡不着了。我问他到底怎么了，他解释说最近在谈一个重要项目，但进展很慢，经理给了他不小的压力。"

"接下来呢？"我追问道。按照杨逸凡的解释，巨大的工作压力确实会引发噩梦，甚至是失眠。

"接下来的日子，老杨几乎夜夜失眠，睡眠时间越来越少，质量也越来越差。"李毓珍无奈地说，"即使勉强睡着，也会被噩梦惊醒，醒了就再难入睡了，他就那么坐着，一直挨到天亮。"

我一边聆听，一边适时地做些记录。

"老杨白天高强度地工作，晚上却无法正常休息，身体很快支撑不住了，这也导致他负责洽谈的项目出现了严重失误，不仅给公司带来了损失，也流失了重要客户，经理让他在家休息一段时间，实际上就是变相把他辞退了。这件事给他带来了很大打击，他的失眠状况越发严重，身体和精神状态也是每况愈下。"

"你带他就医了吗？"

"我带他去了医院检查，医生排除了身体方面的疾病，确定他是因为精神紧张、过度焦虑而患上了失眠症，可以选择入院治疗，但他不愿意，医生就给我们开了药。"

"什么药？"

"阿普唑仑，每晚两片。"

"服药之后呢，状况有改善吗？"

"服药之后，老杨倒是可以睡着了。"李毓珍叹息道，"我本以为病情就此好转了，没想到他醒来之后，精神状态却更差了，惧怕睡觉不说，甚至开始疑神疑鬼！"

这让我有些意外，结合李毓珍所说，杨逸凡确实像患上了失眠症，但症状应该很轻，至少不是很严重。

理论上说，服药之后症状会减轻的。

"然后呢？"我又问。

"我以为是药量不够所以效果不明显，于是偷偷加大了剂量。"李毓珍停顿片刻，"虽然老杨睡眠的时间延长了，但醒来后却出现了幻觉。"

"幻觉？"这让我有些意外，"有具体症状吗？"

"他先是哭泣，然后又充满戒备，好像我要谋害他一样，即便稍稍放松下来，他也会反复问我，这到底是梦境还是现实。我说当然是现实了，他却不相信，总说他是在梦里，这里的一切都是假的，都是虚幻的，他要回到现实之中。"说到这里，李毓珍忍不住哭了，"他不仅自残，甚至想要自杀，还说只要他死了，就可以回到自己的世界了……"

看得出来，她确实为丈夫的病承受着不小的压力。

我轻轻将纸巾盒推到她面前："后来，你又带他去看过医生吗？"

李毓珍啜泣着点点头："医生说他很可能患上了精神错乱症，我们甚至还去了北京和上海的知名医院，得到的答案也都是精神错乱症。但我不相信，也不能接受……"

精神错乱症？

我缓缓地在纸上写下这五个字。

精神错乱症，又名轻度意识紊乱症。

具体症状表现为，患者因倾向于幻想，不能分辨外界和自己的状态，但还能意识到自己的思考，可是缺乏系统性，又因语无伦次，自然就处于矛盾的状态。如若病情发展，则说胡话，病情较轻，则趋于幻想。

李毓珍若有所思地说："亲友们知道老杨的状况后，一边劝我们治疗，一边迅速地离开，邻居们也对我们一家指指点点，说什么的都有，甚至有物业的工作人员来到我家，要求我们搬走……"

我知道，精神疾病的可怕之处不仅仅是疾病本身带给病患的痛苦，还有周遭的冷漠与无形的伤害。

不过，根据李毓珍的描述，杨逸凡的症状确实很像精神错乱症，但失眠症怎么会突然发展成精神错乱症呢？

"在他出现失眠症状之前，有没有服用什么特别的药物？"我又问。

"没有。"李毓珍摇摇头。

"他有精神病史吗？"

"据我所知是没有。"

"那家族病史呢？"

"这个我确实不太清楚，老杨也没有提及这方面的事情。"李毓珍思忖了片刻，"我想，应该没有吧。"

"那他有任何机体疾病或器质性病变吗？"

"我带他体检过两次，也没发现什么问题。"

"那你有没有了解一下，他发病前及发病期间的工作情况和人际关系，或者遇到了哪些可能或可以引发他精神紧张甚至焦虑的事情。"我逐一排除着。

"我问过他的同事了，大家也只是提到了那个洽谈失败的项目。虽然感觉压力很大，但他也不是第一次洽谈类似项目了。"

"还有需要补充的吗？"

"没有了。"

"那你丈夫现在在哪儿呢，精神状态又怎么样？"我将这些信息一一记录，又将话题转回到最初。

"之前在精神病院治疗了一段时间，也没什么效果，我更加确定他不是精神错乱，就将他接回了家，请了两个护工专门看护。"

"所以你没带他来？"

"其实，带他来也没什么用，就算你想要和他交流，他也不会和你说话的。"李毓珍解释道，"自从我把他接回来之后，他就什么也不说了，不论怎么问，问什么，他都不回答。"

见我有些失望，她又说道："不过，我有他睡着和醒来之后的视频，不知道对咨询有帮助吗？"

"当然有帮助！"

既然不能和杨逸凡交流，通过视频资料也会对他的病症有一个直观的了解。

李毓珍从包里取出一台平板电脑交给我："这里面有三段视频，第一段是他刚刚失眠时苏醒后的样子，第二段是他和我的一次对话场景，第三段则是他最近一段时间的状态。"

我追问道："你记录下了他刚刚失眠时苏醒后的样子？"

李毓珍见我有些犹疑，解释道："那时候我和朋友提起过，她说可以咨询心理医生的，为了便于了解病情，我才偷偷记录了下来。"

我点了点头，接过平板电脑，逐个点开视频。

视频一：
录制时间：3月11日2点11分
录制地点：卧室
录制时长：33分22秒

视频开始后是一段长达十多分钟的睡眠画面，画面很暗，有点伪恐怖纪录片的感觉。

在视频的14分12秒处，杨逸凡突然从梦中惊醒，坐了起来，惊恐地环视着周围，看起来梦中的内容不是非常美好。几乎是同时，李毓珍也坐了起来，从他们的夫妻对话中可以得知杨逸凡做了噩梦。随后，杨逸凡起身离开了卧室，过了十多分钟，他又走了回来。

视频二：
录制时间：3月25日16点19分
录制地点：客厅
录制时长：42分29秒

视频开始的画面有些晃动，稳定之后，杨逸凡出现在镜头中。

比起上一段视频中的影像，杨逸凡瘦削了不少，面颊凹陷，精神状态也很差。

画面中的他显得很惊恐，仿佛受到了很大的刺激，疯狂地在打砸东西，一边砸一边念叨着："这里是梦……这里是梦……这里是梦……"

这种状态持续了半小时，他才停手，然后躲到角落里。

李毓珍试图安慰他，他又惊又怕，仿佛受惊的小兽："你告诉我，我到底醒了吗，我是不是还在梦里？不要再折磨我了，让我回去吧，让我回去吧……"

接着，他将眼珠上翻，直至露出整个眼白，然后又哈哈大笑起来，嘴里还念念有词，那样子看起来恐怖又怪异。

这倒是符合李毓珍对他病症状态的描述。

视频三：

录制时间：4月17日8点13分

录制地点：客厅

录制时长：11分47秒

画面中的杨逸凡已经面容枯槁，骨瘦如柴，蜷缩在角落里，像一只人形螳螂。

李毓珍数次和他交谈，他都毫无反应，只是木然地看着窗外。

其间，一个疑似他们女儿的小女孩试图靠近杨逸凡，险些被他抓伤。李毓珍带走了那个小女孩，并呵斥了杨逸凡是疯子，是神经错乱了，但他没有回应，仍旧蜷缩着身体，一动不动。

最后，李毓珍在那小女孩的啜泣声中关闭了视频。

但我还是捕捉到了杨逸凡眉宇间隐匿的惊恐与悲伤，那让我隐隐觉得，他似乎仍旧保有一丝清醒的意识。

三段视频的时间跨度一月有余，但杨逸凡病情的发展程度，不，准确地说是恶化程度远远超出了我的想象：他已然从一个正常人变成了旁人眼中的疯子。

看过视频，我解释道："你说精神科医生判断你丈夫患上了精神错乱症，虽然我不是专业的精神科医生，但我也可以告诉你，这种病症可以发生在大脑正常的人身上，但更为常见的是出现在已有脑部疾病基础的人身上。病因大致有三种：一是代谢性或中毒性病因，即代谢性疾病或中毒性方面的疾病；二是结构性病因，大致包括脑血管闭塞、脑梗死、蛛网膜下腔出血等疾病；三是感染性病因，如急性脑膜炎或脑炎，或脑外的各种感染类疾病。而在刚才的对话中，你说你丈夫既没有服药史、精神病史以及家族病史，在体检时也未发现任何疾病或器质性病变，生活和工作压力也在可承受范围内，所以我推测他所患的并不是精神错乱症！"

"不是精神错乱？"李毓珍又惊又喜，"那他得的是什么病？"

现实梦境混淆症。

我用笔轻轻写下这七个字。

现实梦境混淆症是混淆症的一种。

虽然，我并未在过往的咨询案例中遇到过此类患者，但我在美国交流学习时曾听老师说起过类似案例。

这让我暗暗惊喜，我很可能接触到了难得一见的现实梦境混淆症患者。

或许是我提出了与精神科医生和其他心理咨询师不同的答案，这让李毓珍突然产生了兴趣："现实梦境混淆症是什么病？"

"所谓现实梦境混淆症，也叫作矛盾幻觉综合征，具体表现为患者将现实和梦境的内容混淆，无法准确做出判断而导致的精神紊乱。"我解释道，"患者发病时会坚称自己所处的世界是梦境，并做出各种古怪举动，希望能够借此回到他们所谓的'现实'之中。目前国内对于这种病症还没有相应的研究，加之发病率极低，表现症状又和精神错乱很相似，所以精神科医生或心理咨询师才会将它归入精神错乱的行列。"我见李毓珍目露疑光，补充道，"两年前，我在美国交流学习时接触过这种病症，所以有所了解。"

"既然发病率极低，为什么老杨会患上这种怪病？"李毓珍又问。

"我们日常生活里所经历的人和事，大脑会帮我们存储在海马体中，而我们在梦境中经历的部分场景内容也会被海马体储存下来。在记忆巩固期，记忆痕迹会从临时存储区，如海马体，转移到前额叶皮质的永久储存区。"我取来一个大脑解剖模型，辅助讲解，"当我们在现实生活或梦境中遇到某些相似场景时，就会刺激这些区域，重新激活组成记忆痕迹的神经元。这些神经元之间会形成新的联结，产生反馈信息，我们因此做出判断以区分现实或梦境，一旦这种刺激反馈机制发生问题，很可能就会出现一时分不清现实和梦境的情况，严重的话甚至会混淆。"

"不过，老杨的头部没有受到过伤害，在之前的检查中也做了脑 CT 和脑磁共振，也没有任何异常，怎么这种刺激反馈机制就出现了问题呢？"

"脑 CT 和脑磁共振并不能检测出这种刺激反馈机制。"我解释道。

"那还有什么办法吗？"李毓珍追问道。

"这个……"我面露难色，一时不知如何开口。

"王老师，你尽管说，我都听你的！"

"办法确实有，不过需要你的配合。"

"好的，我配合，我一定配合！"

"我大致了解了你丈夫的情况。"我合上笔记本，"这样吧，你先回去，今晚 10 点，我和助手会去你家，在我们到达之前，你要保证杨逸凡服药进入睡眠状态，以方便我进行治疗。"

"没问题。"李毓珍连连点头。

"我还需要一个绝对安静的房间。"我特意嘱咐道。

"还有其他要求吗？"

"暂时没有了。"我淡淡回道,"你先回去吧,有问题我会联系你的。"

我将平板电脑留下,让助手 Naomi 送走了李毓珍。

看着她落寞离开的背影,我站在会客厅的百叶窗前陷入沉思。

根据李毓珍的叙述,杨逸凡的发病非常蹊跷,一个身体健康的人患上现实梦境混淆症的可能性本就极低,而这种"突然"患病的概率更是微乎其微。

其实,我也不能完全确定杨逸凡就是患上了现实梦境混淆症。在刚才的对话中,我也模糊了一个很关键的问题,就是病因。

我在美国交流学习时,老师讲述的现实梦境混淆症案例的病因多是外界创伤对大脑造成不可逆的损伤,比如枪击、车祸或高空坠落,但杨逸凡在出现这些怪症前并未受过伤害,尤其是头部创伤,而且脑 CT 和脑磁共振并未查出任何问题。

没有致病原因,却出现了现实梦境混淆症的症状,所以他的患病绝对没有那么简单,而唯一的答案就在他自己的梦境之中。

他到底在梦里经历了什么呢?

他为什么口口声声地说现实中的一切是梦境呢?

Naomi 推开会客厅的门,一脸严肃地问:"你打算用那个方法吗?"

我侧眼说道:"没错,我决定潜入杨逸凡的梦境,一窥究竟!"

第二章　潜入梦境

我叫王朗，今年三十四岁，单身，一个在京都工作的外地人。

我是一名国家二级心理咨询师，擅长认知行为和精神分析疗法。同时，我还是一家公益心理咨询中心的负责人，在业界也算小有名气。

除此之外，我还有一个隐秘的身份——Divedreamer。

没错，Divedreamer，潜梦者。

简单来说，我可以进入他人梦境。

其实，在成为心理咨询师之前，我也被自己这种特殊的能力困扰了好久。

自有记忆起，我就总是做各种奇形怪状的梦，醒来后，我也能清晰记得梦境内容。我和父母提起过，他们认为我只是想象力太丰富。

想象力太丰富？

或许是吧。

当时我也没意识到，那些奇怪的画面并不是出现在我的梦境之中。随着年龄增长，我才逐渐发现，我看到的其实是别人的梦境。

巨婴，裸体，迷宫，大火；

婚礼，怪物，杀戮，乱伦。

形形色色，光怪陆离。

我也不知道自己为什么会进入那些梦境中，我是怎么进入的，又是怎么离开的，我更不知道那些梦境的主人是谁，他们为什么会做这些梦。

我知道的只有被迫在那些形形色色的梦里观看和穿梭。

在那些陌生冰冷的梦境中，我看到了太多人，也包括我的家人和朋友，隐匿的秘密和过去，熟悉的，陌生的，活着的，死去的，生动的，抽象的。

那些他们试图逃避的，掩埋的，不愿提及的，全部本能地在梦境里上演了。

安静恬淡的女邻居在梦境里和一只长满触手的树怪交媾；爱说爱笑的生活委员在梦境里杀掉了全班同学，碎尸吞吃；被大家排挤的娘娘腔亲戚在梦境里化成了一只自由奔跑的海豚，发出的声音充满磁性……

每当我和他们聊天的时候，他们做过的梦就会浮现在我眼前，那感觉就像我做了什么不该做的事情。

没错，我确实做了不该做的事情，我没有经过他们的同意，就看到了他们的梦境，甚至分毫不错地记录下来。

这让我从小充满自卑感，认定自己是一个怪胎。

在意识到这些之后，我一度非常惧怕睡觉，用了各种方法试图保持清醒，我认为那样是摆脱梦境纠缠的唯一方式。

后来，父母发现了这些，以为我精神出了问题，就带我四处求医，吃了很多药，但收效甚微。

再后来，我又开始"正常"地睡觉了，他们非常高兴，以为是药物起了效果。其实是我为了让他们放心，故意那么做的。

当然，我也是为了不再吃那些奇奇怪怪的药。

初三那年，学校专门为毕业生安排了心理医生。

那个年代，心理医生还是一个充满神秘感的职业。我也曾偷偷咨询过，但他对我的叙述表示怀疑，甚至还将这种情况反映到了我的班主任那里。

说好的保密，转头就偷偷"告密"。

他们认为是我的学业压力太大，出现了幻觉。

最后，我只好放弃。

也就是从那时候起，我开始服用抗焦虑的药物。

这种生活持续了十多年，直到我在美国做交流生的时候遇到了胡教授，我的命运才彻底发生了改变。

胡教授本名胡三宝，今年五十三岁，美籍华人，祖籍湖南湘潭，二十岁来到美国留学，毕业后便定居在美国。

学生们都叫他胡教授或者老胡。

不过，我更习惯叫他宝叔。

他个子不高，胖乎乎的，谢顶，支着一副眼镜，总是笑呵呵的，很像《灌篮高手》中的安西教练。

宝叔是一名心理学教授，后来致力于认知神经科学方面的研究，研究方向是大脑和梦境的关系，以及梦境的开发和开拓。

除了教授心理学和神经科学，他还有一门关于梦境学的公共课程，内容系统而有趣。

他在课程上分享了各种各样的案例，很多都是闻所未闻的。听了他的梦境学课程后，我很感兴趣，并且抱着试试看的态度，加了他的 WhatsApp（瓦次艾普通讯应用程序）账号，试探性地向他说出了自己的经历。本以为会石沉大海，没想到第一时间得到了他的回应。

他的回复简短而有力："你并不是 Freak（怪人），你只是一个 Divedreamer！"

Divedreamer，潜梦者！

那是我第一次听到这个词。

随后，我竟然收到宝叔的邀请，去他的中心做客。

那是一个改变了我人生的下午，静谧的阳光，浓醇的咖啡，若有若无的轻音乐，在他口中，我第一次听到有关潜梦的信息——

1957 年，来自挪威泰勒马克（Telemark）的三十三岁梦境学爱好者 Johnny Red，最先发现人可以通过同频脑电波进入他人梦境。

他意外进入了邻居 Zelda 的梦境，那是一个年过八旬的老太太。在梦里，他看到了年幼的 Zelda 偷穿母亲礼服的场景。随后，Zelda 证实了此事。

这件事引起了当地媒体的关注，不过也有人认为这是 Johnny Red 和 Zelda 制造的骗局。

一个月后，Johnny Red 突然昏迷，医生通过各种方法都未能使其苏醒，他莫名其妙地成了植物人。对于他的昏迷，各种猜测也是甚嚣尘上。不过随着时间的推移，这件事便逐渐被遗忘了。直至一年后，Johnny Red 突然醒来，再次引发了媒体的注意。

Johnny Red 召集媒体，声称他进入了一个深邃而长久的梦境，却无法逃脱，只能在梦中生活。在那个梦里，他有了新身份，名叫 Norske Navn，一个唯唯诺诺的外科医生。不仅如此，他还结了婚生了两个孩子，两个孩子长大后又结了婚。他醒来之前，梦中的那个他已经七十多岁，有三个孙子和一个孙女。

诡异的是，现实中三十四岁的 Johnny Red 在苏醒后性情大变，行为举止都像极了七十多岁的老人。

那感觉就像 Norske Navn 是真实存在的，他从梦境里来到了现实中，与 Johnny Red 共用一个身体。

面对记者的采访，Johnny Red 声称那个梦境的主人叫 Jonas Blomberg，一个十五岁的中学生，他甚至向媒体描绘出了对方的容貌。他还说，他在梦中生活的地方叫作 Vadso，一个安静恬淡的海边小镇，镇长叫作 Zedd。

没多久，就有媒体找到了这个叫 Jonas Blomberg 的人。只不过，梦中十五岁的少年在现实中已年过六旬，半年前因车祸成了植物人，一个月前刚刚去世。

他去世的那天正好就是 Johnny Red 醒来的日子。

更有趣的是，Jonas Blomberg 的家乡就是一个叫作 Vadso 的海边小镇，这里确实有一任镇长叫作 Zedd，不过已经去世五十年了。

离奇的巧合让这件事更加扑朔迷离起来。

不过，事情并未就此结束。

一年后的冬天，Johnny Red 在家中烧炭自杀。

他的家人称，Johnny Red 死前患上了严重的抑郁症。他在遗书中写下了自杀原因。他说自己在梦里生活了几十年，无法忘记梦中的妻子和孩子，虽然苏醒后，他极力融入现实的家庭，但根本做不到，他想要寻求解脱，而死亡是最好的方式。

围绕着 Johnny Red 的谜团越来越多，这也让更多的科学家以及梦境爱好者加入了潜入梦境的研究。

人人都做梦。

在这个世界上，每时每刻都有人在睡觉和做梦，有人甚至在睡眠状态下不停做梦或者可以同时做多个梦。尤其是晚上，将会有数以亿计的梦境不停进行着。

　　人在睡觉的时候，大脑会发出脑电波，而脑电波与梦境内容又有着紧密联系。有研究人员表示，理论上说，梦境的任何阶段，只要脑电波发出的频率和波段相同，即使两个人相隔万里，也能瞬间进入对方梦境。只不过这种入梦的概率微乎其微，即使入梦，入梦者也不会感知，醒来后并无异样。

　　若想要潜入梦境，首先要具备感知脑电波的能力。这种能力通常依靠天赋，约每千人中会有一人拥有感知体质，约每千个拥有感知体质的人中会有一人拥有清醒力。

　　简单来说，清醒力就是进入他人梦境后，能够保持清醒状态下思考和记忆的能力。

　　幸运的是，我就是这寥寥无几中的一位，Johnny Red 也是。

　　这也就解释了为什么在我小时候，每次醒来都能够记住经历的梦境内容了，因为对我来说，那是另一种状态上的"现实"。

　　不过，拥有感知体质和清醒力只是潜梦的必要条件，由于每个人在做梦时发出的脑电波频率和波段不同，且处于不断变化的状态，梦境的类型不同，高频脑电波出现的区域也会产生变化，即使是同一梦境，根据梦境内容的变化，高频脑电波段也会随时改变，所以即便意外进入他人梦境，也是入梦容易出梦难。除非对方苏醒或潜梦者被唤醒，否则很可能会一直处于对方的梦境之中。Johnny Red 就是意外进入了植物人状态下的 Jonas Blomberg 的梦境里，被困其中，而在 Jonas Blomberg 死前，他才苏醒。

　　想要自由出入他人梦境，必须掌握控制脑电波的能力。

　　研究人员还发现，人可以通过仪器收集、修改脑电波的频率和波段，以达到进入梦境并控制梦境的目的。

　　宝叔语重心长地说："如果不能掌握控制脑电波的能力，就相当于在自己身上埋了一颗定时炸弹，迟早有一天，你会走失在他人的梦境之中，因为每一次意外潜入，都可能引爆它。"

那一刻，我忽然有一种莫名的侥幸。

这些年，他也遇到了一些像我这样的潜梦者，通过反复实验和与他们的接触交流，他逐渐掌握了一套控制脑电波的方法。

宝叔说，上一次遇到来自中国的潜梦者还是在三年前，对方是一个叫姜寒的北京女孩。他们的相遇也是机缘巧合，只不过姜寒在成功掌握控制脑电波的方法后，便以回国为由，与宝叔切断了联系。

接下来，在宝叔的指导下，我开始了系统的学习和训练，配合使用相应的仪器和服用药物，我迅速找到了控制脑电波的关键。

不过，这个过程并不顺利。我曾走失梦境，昏迷了整整一周，幸好有惊无险，最终顺利苏醒。

经过一年的学习和训练，我已经很少进入他人梦境了。

即使意外进入，我也能够自主离开或醒来。少了那些形形色色的故事，我的精神状态也有很大转变。

与此同时，在宝叔的介绍下，我还加入了潜梦者协会（Divedreamer Research Institute，DRI），成为会员之一。

潜梦者协会成立于 1987 年 11 月 16 日，宝叔是联合创建人之一。

从协会成立至今，已经吸纳了来自世界各地的会员近百人。年纪最小的会员只有十二岁，他叫 Charlie，来自加拿大埃德蒙顿，他们一家三口都是潜梦者。年纪最大的会员有七十七岁，她叫 Lauren Phillips，来自德国波恩，她在二十二岁那年出了车祸，醒来后就拥有了潜梦的能力，至今已有五十多年的潜梦经历。

这次美国之旅彻底改变了我的人生。

离开美国之后，我将更多精力放在了心理学的学习和研究上。

这期间，我始终和宝叔保持联系，也定期学习他的课程，参与 DRI 的各种活动。

在我心中，宝叔是我的老师，更是我的恩人。

两年之后，结束了研究生的课程，我再次去美国见了宝叔。

宝叔问我有什么打算，我说准备成立一家公益性质的心理咨询中心，一方面可以将所见所学应用起来，一方面也可以帮助更多需要帮助的人。

这个想法得到了宝叔的支持。

回国后，我便开始了公益心理咨询中心的筹建。

这期间，宝叔以 DRI 及个人名义向我赞助了资金，他还利用在国内外的人脉为我提供了很大帮助，使得这家公益心理咨询中心能够正常经营运转。

转眼已经过了三年。

言归正传，说完了我的经历，我们继续讲述杨逸凡的故事。当天晚上，按照约定的时间，我和助手 Naomi 准时来到了李毓珍居住的公寓。

我们赶到的时候，杨逸凡已经睡着。

一男一女两名护工正坐在角落里玩手机。

我要求李毓珍和两名护工离开房间。

出门前，李毓珍仍旧反复追问："王老师，你到底有什么办法呢？"

我无奈地摇摇头："很抱歉，我的治疗方式暂时保密，但请放心，我不会做伤害杨逸凡的事情。"

见我这么说，李毓珍只好招呼护工离开。

关门的时候，我看到了一个穿睡衣的小女孩，眼睛很大，忽闪忽闪的，她怀里抱着一只维尼熊，躲在李毓珍身后。

我冲她微微一笑，她却将身子缩了回去，低声道："我要魏阿姨，我要魏阿姨……"

"魏阿姨不会回来了！"李毓珍低头呵斥道。她略显尴尬地抬眼看看我，解释道："不好意思，这是我女儿小爱。魏阿姨是我们家的保姆，老杨患病之后，她也因为母亲病重回老家了。"

我微微颔首,没有再说什么。

随后,我将门关好锁紧。

Naomi 将房间仔细检查了一遍,说:"没有监控或监听设备。"

我松了口气:"那就好。"

随后,Naomi 便打开工作箱,取来两个银色的彼此连接着很多金属线的酷似简易头盔的装置。

这是我第二次去美国的最大收获。

当我向宝叔表达了自己想要开设公益心理咨询中心的想法时,他也和我聊起了正在筹备的潜梦小组,小组的工作内容就是潜入特定人的梦境中执行委托。

不过,具体成员仍在甄选之中。

当我问及宝叔,如果小组组建成功,要如何潜入特定人的梦境之时,他向我展示了他和一个研究室合作研发的脑电波同步扫描仪。

他说这台仪器的作用就是收集和匹配特定对象的脑电波,以达到顺利进入对方梦境的目的。

同时,这台仪器也具有发出不同频度刺激中断潜梦的强行唤醒功能,能解决潜梦时间过久、迷失梦境或潜入特殊人群(比如植物人)的梦境无法潜出等问题。

这个酷似头盔的仪器引起了我的兴趣,在宝叔的指导下,我和他的助手 Naomi 同时佩戴脑电波同步扫描仪,随后服药进入睡眠状态。

梦境之中的我仍旧保持着清醒,接着,我感到一种奇异的触电感,再回过神来之时,就已经进入了 Naomi 的梦境。

梦境中的 Naomi 在参加一个奇怪的婚礼,婚礼主角是两头会说话的猪,婚礼宾客都是会说话的动物。我在观察梦境的过程中,又被一阵强烈的刺痛感袭击,继而醒来。

醒来后，我向宝叔描述了那两种特殊的感觉。

宝叔解释说，那种触电感就是仪器收集并匹配到了同频脑电波，潜梦者顺利进入梦境，而刺痛感则是梦境外负责操作观察的人启动了强行唤醒按钮，唤醒了潜梦者。

当时我突然有一个想法，或许可以将此类仪器用于心理咨询及治疗之中。

我向宝叔提出，想要申请一组脑电波同步扫描仪。

宝叔经过慎重思考之后，同意了我的请求，不过由于仪器仍旧处于研发阶段，他指派了助手 Naomi 对我进行技术指导，但具体操作仍要保密。

在公益心理咨询中心成立后，我利用这组仪器观看了极小部分特殊咨询者的梦境，过程很顺利，操作上也没有出现任何问题。通过对梦境内容的观察和解析，辅以疏导治疗，成功治愈了他们的心理顽疾。

我将这种特殊治疗方法取名为梦境疗法，而杨逸凡是第七个需要此疗法的患者。

之所以将这种疗法应用在特殊咨询者身上，原因有三：

其一，虽然我的心理咨询经验丰富，但对于梦境学以及梦境的解析，我也只是入门者，通过梦境观察进行分析治疗仍旧存在很大的局限性；

其二，潜梦需要耗费极大精力，甚至会引发神经衰弱，每次潜梦结束后我都会出现不适感，需要时间休息；

其三，宝叔提供的脑电波同步扫描仪处于研发阶段，稳定性和安全性仍有待提高，加之梦境世界纷繁复杂，单独潜梦具有很大的危险性。

我嘱咐 Naomi："这期间，不管发生什么情况，一定要谨慎处理，如果半小时内我未能醒来，就启动强行唤醒按钮。"

Naomi 点点头，说："放心吧。"

我服药后缓缓躺好，药物逐渐起效。

恍惚之中，那种熟悉的触电感缓缓向我袭来。

第三章 诡异童谣

我听到一个小女孩的声音，越来越近，越来越清晰，很快抵达了耳边："爸爸，爸爸，爸爸……"

我本能地坐起身，几乎是同时，杨逸凡也坐了起来，他就坐在我的对面。

这里是杨逸凡的梦境。

我已经潜入他的梦中了。

只不过，眼前的杨逸凡还是微胖的样子。

观察梦境期间，除非强行改变或破坏梦境内容，否则潜梦者是始终处于"隐身"状态的，梦境不会启动自动清除机制。

虽然我们四目相对，但杨逸凡看不到我，更无法感知到我的存在。

即便如此，我仍旧要谨慎，虽然我是"隐身"的，但和梦境主人一样拥有梦境体验，我也会受伤，甚至死亡。

这时候，我从口袋里摸出一张红桃3的扑克牌，轻轻放入杨逸凡的睡衣口袋。

通常情况下，潜梦者都具备不同程度的造梦能力，因此，在梦境中营造一些小物件并非难事。

宝叔曾告诫我，梦境世界纷繁复杂，每次潜梦之初，一定要在梦境之中留下参照物，以备不时之需。

参照物不属于梦境本身，不会对梦境产生影响，也不会随着梦境内容变化发生改变，只有在梦境结束时才会消失。

小女孩仍旧在摇晃着杨逸凡的胳膊："爸爸，你怎么了，爸爸，你说话啊……"

我见过那孩子，就在潜梦之前，她是杨逸凡和李毓珍的女儿小爱。

杨逸凡看起来有些疲惫，转头问小爱："我……我怎么了？"

小爱嘟嘴道："刚才你给我讲故事，讲着讲着就睡着了。"

杨逸凡看着书桌上摊开的故事书，不动声色地挽起左袖，手臂上露出一道十字花割痕，他轻轻抚摸着那道割痕，念叨着："没错，讲故事……我在讲故事……"

我侧眼瞄了一眼书桌上的小闹钟：21点50分。

闹钟小巧而精致，每个数字都是表情各异的迪士尼卡通造型。

我起身环视，发现一侧的墙壁上贴满了奖状和证书，都是小爱的。

这时候，小爱问道："爸爸，你怎么了？"

杨逸凡干涩一笑："哦，爸爸刚才做了一个梦。"

小爱很感兴趣："你梦到什么了？"

杨逸凡若有所思地说："梦到……梦到我们一起去了游乐园，然后……"

小爱追问道："然后怎么了？"

杨逸凡欲言又止，他拍了拍女儿的头："然后啊我就醒了。"

没等小爱说什么，他便说道："时间不早了，今天我们就讲到这里，等爸爸有时间了，再来给你讲故事好不好？"

小爱似乎有些意犹未尽，不过还是很听话地上床躺好。

杨逸凡帮她盖好被子，顺手关掉了台灯，起身准备离开时，小爱忽然开口道："爸爸？"

"嗯？"

"可不可以不要关门，我有点怕。"

杨逸凡无奈地笑笑，又点了点头。

啪嗒一声，门吸定住了门板。

我随杨逸凡离开了小爱的房间。

此时，李毓珍正躺在客厅沙发上看电视剧，她瞄了一眼杨逸凡，也没在意。

我抬眼看到了墙上的时钟：21 点 55 分。

杨逸凡去阳台抽了根烟，我则站在他身边。

阳台的一侧摆放着一排观赏类植物，郁郁葱葱的。

现实之中，我倒是喜欢摆弄这些东西，也叫得出它们的名字，非洲茉莉、鸭脚木、龟背竹等等。

没想到在梦里也能见到这么精致的东西。

随后，我将注意力从那些植物上挪开，回到了杨逸凡身上。

他似乎有很重的心事，烟点着了，却始终没抽，只是若有所思地盯着对面的公寓，直至烟燃尽了，烫到了手，他才惊觉，慌忙抖落了烟头。

他暗骂了一句，转身回到客厅。

这时候，李毓珍蜷缩在沙发上睡着了。

穿过客厅，杨逸凡路过小爱的房间，发现房门竟不知什么时候关上了。

杨逸凡离开前，房门是开着的，他在阳台抽烟期间，李毓珍一直窝在沙发里看电视，应该也没去关门。

房门又是小爱要求打开的，也不可能是她关的。

房间的窗子是关好的，不可能有风，即使有风，也没有达到可以拉动门吸的力度。

这让他有些在意。

当然，这一切都是我的推测。

杨逸凡应该也是这么想的吧，否则他就不会驻足停留了。

他轻轻拧开了房门，走廊的光线钻进房间，迅速从一束化成了不规则的三角形。

我隐约听到小爱的床上传来了奇怪的声音。

很显然，杨逸凡也听到了。

他缓步走了进去，仿佛一只机警的猫。

怪声是从被子下面传来的，我能确定那声音是小爱的，她似乎在念叨一首童谣，有什么"皮球""大楼"和"风扇"之类的词语。

我逐渐听清了——

你的头，像皮球，一踢踢到百货大楼；百货大楼，有风扇，一扇扇到火车站；火车站，有火车，给你轧个稀巴烂……

那声音清脆悦耳，像极了我的小学时代，老师要求的有感情地朗诵课文。

我走到杨逸凡身边，侧眼看了看他，他似乎充满恐惧，轻声唤道："小……爱？"

小爱没有回应，继续念叨着那首童谣。

这时候，杨逸凡走到床前，猛地掀开她的被子。那一刻，我看到了小爱，只是她的脸变成了一顶太阳帽，那声音正是从太阳帽里传来的。

"啊……啊……"

杨逸凡吓坏了，直接瘫坐在了地上。

我也冷不丁一激灵。

那首童谣持续从太阳帽里面传来——

你的头，像皮球，一踢踢到百货大楼；百货大楼，有风扇，一扇扇到火车站；火车站，有火车，给你轧个稀巴烂……

杨逸凡惨叫着，起身就要夺门而去，却不想身体失去平衡，突然扑倒在地。

那一刻，我脚下的地板竟也陷了下去，地板之下仿佛有一股强悍的吸力，我逃脱不及，直接坠落而下。

失重的瞬间，五脏六腑都被搅到了一起，我以为自己就要苏醒了，恍惚之中，却再次听到有人叫杨逸凡的名字。

"喂，老杨……"一个男人的声音。

"杨逸凡，醒醒，醒醒了……"另一个男人的声音。

我倏地睁开眼睛，发现自己正坐在餐桌前面，而杨逸凡就在我身边。

眼前的杯盘狼藉让我意识到这是一个即将结束的聚会。

这让我很惊诧，我仍旧在杨逸凡的梦中，他的梦境并未结束，只是突然转换了场景。

杨逸凡的睡衣变成了工作服，口袋里也没有我嵌入的那张红桃3。

眼前，他似乎喝多了，一个胖乎乎的同事正在试图叫醒他："老杨……老杨……"

他们穿着统一的工作装，看起来像是工作聚餐，我看到那个胖同事左胸上的工牌，他叫李路。

杨逸凡突然坐了起来，在座的同事都吓了一跳。李路笑着说："我就说吧，老杨他根本没喝醉，他还能喝，来来来，再喝再喝！"

杨逸凡惊魂未定地问道："我……我这是在哪儿？"

李路先是一愣，随后笑道："这里是莱克巴餐厅啊，我们今天谈成了蓝盾公司的大项目，在这里聚会呢，你不会……失忆了吧？"

他的话引起了大家的哄笑，杨逸凡也附和地笑了笑，只有我察觉到了他眉宇之间隐藏的恐惧。

他说去卫生间，跌跌撞撞地离开包厢。

我起身跟了出去。

站在卫生间的镜子前，杨逸凡挽起左袖，我再次看到了那道十字花割痕，他轻抚着它，自言自语道："我应该是醒了吧。"

他又洗了一把冷水脸，自我安慰道："我就是醒了，那只是一个噩梦，噩梦而已……"

他从口袋摸出一张订餐卡："我们谈成了蓝盾公司的 PIC 项目，今天来莱克巴餐厅聚餐，包厢还是我订的呢！"

宝叔曾经和大家分享过一个现实梦境混淆症的案例：患者是一个德国人，他为了区分现实和梦境，选择了自残。他认为，那个完好无损的自己就是在梦里，那个残缺不堪的自己才处于现实之中。

这么看来，杨逸凡似乎也意识到了这一点，他在手臂上刻下十字花割痕，用来分辨自己是在现实还是梦中。

在他看来，刚才经历的只是一个逼真的梦境，现在所处的位置才是现实。只不过，那个梦境中的"他"也是这么认为的，因此才会出现同样的割痕。

其实，我也无法确定，此时此刻，我所处何处，这先后经历的两个梦境又是什么关系。

或许，杨逸凡本就在这个梦境中，他所经历的给小爱讲故事，小爱的脸变成会念童谣的太阳帽，以及逃出小爱房间的情节是梦中梦，他只是从更深一层的梦境里醒了过来，回到了这里。

或许，现在经历的才是梦中梦，杨逸凡在逃出小爱房间时摔倒，进入了更深一层的梦境。

也或许，这两个梦境并无关系，这只是作为梦境观察者的我根据场景内容所做的惯性理解罢了。

这时候，杨逸凡转身离开了卫生间。

他回到包厢中，若无其事地和同事们说笑喝酒。我走到他身边，将一张黑桃 2 放进了他的口袋。

聚餐结束后，杨逸凡本想回家，却被大家带去参加下一轮聚会。

开车的是李路，收音机里播放着梁静茹的《爱你不是两三天》。他一边开车，一边喋喋不休地说着今后的宏伟计划，杨逸凡只是若有所思地应和着。

最后，车子停在了堇色年华 KTV 的前面。

我跟着他们走进了提前订好的二楼包厢。

气氛很快热闹起来，同事们很开心，一首接一首地唱着，杨逸凡或许是累了，靠在角落里休息。

随后，简单轻快的旋律传来，李路招呼道："来，大家一起唱！"

同事们齐刷刷地站起来，见杨逸凡还坐在角落里，李路便将他也拉了起来："来来来，和我们一起唱嘛！"

杨逸凡有些不情愿，推托了两下，最后还是站到了屏幕前面。

接着，屏幕里出现了一群戴着红黄相间太阳帽的小孩子，他们对彼此灿烂地笑着，不过那笑容看起来很假，像画上去的。

这时候，站在屏幕最中间的小女孩开了口，她的声音很脆，甚至有些尖厉——你的头，像皮球，一踢踢到百货大楼。

其他孩子也紧跟着齐声唱道：百货大楼，有风扇，一扇扇到火车站；火车站，有火车，给你轧个稀巴烂……

我一惊，又是这首童谣！

还有红黄相间的太阳帽！

在上一个梦境之中，脑袋变成太阳帽的小爱唱的也是这首童谣。

杨逸凡一脸惊恐，连连后退，同事们都笑着说："老杨，你怎么了，来呀，一起唱，一起唱啊！"

我也很疑惑：只是一首童谣，杨逸凡为什么会如此恐惧呢？

他甩开话筒，惨叫着就向外逃，我只好紧随其后。

杨逸凡跌跌撞撞地逃出了KTV，直接冲到公路上。几乎是同时，一辆轿车疾驰而来，他本能地闪身，摔倒在地。

那个瞬间，我被一股眩晕感袭击，整个视野随之旋转起来，但我不知道，这一次我是会醒来，还是，进入另一个梦境！

那一刻，我听到了刺耳的刹车声，身体重重地被甩向车门的一侧，我的手本能地抓住了安全扶手。

紧接着，我听到了李毓珍的呵斥声："喂，你怎么回事？"

我倏地睁开眼睛，发现自己正坐在副驾驶座上。

后视镜里，小爱坐在李毓珍身边，也被这突如其来的刹车吓哭了。

她的卡通发卡也被摔掉了。

开车的人正是杨逸凡！

我知道，我仍在他的梦中，我们离开了KTV包厢，被带到了这里。

眼前，杨逸凡的额头上渗出一层细细密密的汗，低声道："对不起，我刚才走神了，走神了……"

他颤颤巍巍地挽起左袖，我再次看到了那道熟悉的十字花割痕。

只不过相比前两次，这个割伤较新，应该是刚刚愈合不久。

此时，接连经历了三个场景，我已分辨不清这究竟是更深一层的梦境，还是刚刚经历的 KTV 包厢是梦中梦，我们只是"醒来"，回到了这一层梦中。

连续的场景转换让我意识到这个梦境非同寻常。

我推测这个梦境不会终止，一旦杨逸凡在这个场景摔倒或出了其他意外，我很可能还会随着他进入下一个场景。

杨逸凡的工作服变成了休闲装，为了便于参考，我只好又将一张梅花 4 塞进了他的衬衣口袋。

我注意到他的衬衣是浅粉色的，有碎花图案，只是衬衣第一颗纽扣掉了。

李毓珍一面安抚女儿，一面斥责道："你这是怎么了，最近总是精神恍惚的，如果刚才不是我提醒你，我们就被撞死了，撞死了，你知道吗！"

杨逸凡不断道歉："对不起，我真的不是故意的，对不起……"

他惊魂未定地重新发动车子，失败，再次发动，再次失败，反复了三分钟才成功。

这时候，窗外下起了雨，雨点子锋利地拍打着玻璃和车厢，密集的啪嗒声，像是一种无形的示威。

我坐在杨逸凡身边，看着他越来越紧张。

"喂，你怎么不说话了？"车子逐渐行驶起来，李毓珍继续苛问。

"我已经说过对不起了。"杨逸凡试图终止这个话题。

"对不起，你以为说一句对不起就完事了吗？"李毓珍完全高高在上的气势。

"你想要怎么样？"杨逸凡毫无底气地回问。

"我想怎么样？你这是态度问题！开车你都能走神，根本就是不把我和女儿放在眼里！"李毓珍句句紧逼，"如果我和女儿被撞死了，你一句对不起能让我们复活吗？！"

"好了，不要再说了！"杨逸凡低声呵斥道。

"你是被我说中心里所想了吧，你就是想要害死我们，好去找公司里那个小狐狸精！"李毓珍咒骂着，往日的捕风捉影一并被牵扯了出来，"我早知道你们那点破事儿了……"

"闭嘴！"终于，杨逸凡忍受不住，转头回击道，"你闭嘴！"

他眼神阴鸷，像藏着两把钩子，随时能把人的心肝脾肺钩出来。

四目对视的瞬间，李毓珍被那种眼神打败了，突然就闭嘴了。

杨逸凡继续开着车。

雨势越来越大，哗哗的雨声让人烦躁。

杨逸凡伸手打开了收音机。

这时候，主持人富有磁性的声音传来："各位听众朋友，今天的节目就播放到这里了，节目最后为您送上一首有趣的歌曲，我是主持人太阳帽哥哥，我们明天见。"

太阳帽哥哥？

还真是奇怪的名字。

太阳帽？

我陡然一惊！

随后，轻快的旋律响起，我再次听到了那首熟悉的童谣——

你的头，像皮球，一踢踢到百货大楼；百货大楼，有风扇，一扇扇到火车站；火车站，有火车，给你轧个稀巴烂……

几乎是同时，杨逸凡也察觉到了异样。

他试图关掉广播，但怎么关都关不掉，清澈的童声仍旧持续传来——你的头，像皮球，一踢踢到百货大楼；百货大楼，有风扇，一扇扇到火车站；火车站，有火车，给你轧个稀巴烂……

杨逸凡像红了眼的杀人犯，疯狂捶击着收音机，这吓坏了坐在后面的李毓珍母女。

李毓珍哭喊着："你疯了吗，快住手，快住手啊……"

杨逸凡不顾妻子的哀求，一边猛烈捶击，一边痴痴念念道："关不掉，为什么关不掉，为什么关不掉……"

他竟然徒手将收音机捶烂了，黑色金属片将他的手划得血肉模糊，但清脆的童谣依旧没有停止。

车子在盘山公路上来回摇晃，小爱躲在李毓珍的怀里，啜泣着："妈妈，我害怕……"

杨逸凡忘记了自己还在开车，双手捶击着已经被打烂的收音机，嘴里念叨着："关掉，关掉，关掉……"

他再次被那首古怪的童谣击溃了。

这只是一首普通的歌谣而已，为什么会反复出现在杨逸凡的梦里？最重要的是每次出现都会让他陷入疯狂的恐慌。

那一刻，一辆卡车迎面而来，我忽然看到了对方的车牌号：BU903。

伴随着尖厉的鸣笛和刺眼的光线，卡车将杨逸凡的车子撞飞了，我感到一股剧烈的撞击，眼前一黑，失去了意识。

第四章 惊魂未定

我想，如果这个场景发生在现实里，我们应该必死无疑了吧。

恍惚之中，我又听到了李毓珍的声音："老杨，你醒醒，老杨，你怎么了？"

我缓缓睁开双眼，发现自己倒在走廊里，而杨逸凡就趴在我旁边。

走廊？

我的第一反应是在车子被撞飞的瞬间，我们离开了车厢，来到了这里。

此时，李毓珍就蹲在杨逸凡身边，轻轻摇晃着他的胳膊："老杨，你醒醒，老杨，你能听到我说话吗？"

女儿小爱躲在李毓珍身后，惊恐地看着倒在地上的爸爸。

我环视一圈，意识到这是杨逸凡居住的公寓。

我竟然又回到了这里！

这时候，杨逸凡猛然坐起身。他哎哟了一声，似乎是摔到了头部，本能地捂住了前额。

见妻子和女儿都在身边，他茫然地问道："我……我这是怎么了？"

李毓珍解释说："刚才我本想回卧室的，却看到你倒在了走廊里。"

杨逸凡若有所思地点点头。

李毓珍追问道："你到底怎么了？"

杨逸凡干涩地说："哦，我想起来了，我也是准备回卧室的，却发现小爱的房门关着，我去看了看她……"

他说到这里，抬眼看了看站在李毓珍身后的小爱。

小爱忽闪着眼睛，一脸的不知所措。

李毓珍又问："然后呢？"

杨逸凡连忙回说："我见小爱睡着了，给她盖了盖被子，转身出门的时候，突然感觉头晕，眼前一黑就昏倒了。"

李毓珍有些担忧："明天我们去医院检查一下吧。"

杨逸凡摇摇头，说："没事，我就是最近工作太累，休息一下就好了。"

我侧眼看看墙上的时钟，时间竟然是 22 点！

我记得潜入杨逸凡的梦境后，小爱的书桌上有一个小闹钟，当时的时间是 21 点 50 分，杨逸凡离开小爱房间是 21 点 55 分。

随后，他去阳台抽烟，有三五分钟，再次进入小爱房间，听到古怪歌谣后夺门而逃，摔倒失去意识的时间大概就是现在。

我突然想到了什么，将手伸到杨逸凡的睡衣口袋，竟然真的抽到了那张红桃 3 扑克牌。

没错，就是我潜入梦境伊始，留下的参照物。

那一刻，我蓦然意识到，现在的一切和我最初潜入的梦境场景是相连的！

这时候，李毓珍将杨逸凡扶了起来，回到卧室，她问他："你确定没事吗？"

杨逸凡若有所思地点点头，他似乎还沉寂在"梦境"的恐怖场景里。

李毓珍起身去倒了一杯热水，坐在床上的杨逸凡挽起了左袖，我再次看到了那个十字花割痕。

相似的动作，同样的割痕。

每一个梦境场景中的他都在重复这个动作。

随后，杨逸凡关掉了台灯，怀抱心事沉入黑暗中。

我离开卧室，手里仍旧捏着那张红桃 3。

经过走廊之时，我猛然回头，感觉似乎有人在窥视我，就在走廊尽头！

走廊尽头挂着一幅画，画里是一个侧脸掩面的老人。

我走到那幅画前面，凝视着画中之人。

就在我伸手想要触摸的瞬间，那个老人竟然倏地转过头，双手从画中伸了出来，一把将我推倒。

我惊叫一声，脚下突然变成虚无的空间，整条走廊也剧烈扭动起来。

我身体失重，极速坠落而下，那双推倒我的双手竟也跟了过来，像两条锲而不舍的蛇，就在它们要掐住我脖颈的瞬间，我猛然睁开了眼睛。

Naomi 坐在我身边，见我醒了，立刻问道："王老师，你醒了？"

我喘着粗气，惊魂未定地摸了摸脖颈，仿佛那双手从梦里跟进了现实，而我仍旧沉溺在那种坠落和被扼杀的恐惧中。

我仿佛回到了少年时代，回到了被那些奇形怪状的梦境吓醒的日子里。

Naomi 也意识到了这并不是一次愉快的潜梦，过了一会儿，她才低声问道："王老师，你还好吗？"

我这才回过神来，缓缓坐起身，摘掉脑电波同步扫描仪："我还好。"

Naomi 递给我一杯特制的功能饮料。

咕嘟咕嘟，我喝完了一杯，又要了第二杯第三杯。

虽然每次潜梦都会耗费大量精力，但这一次似乎尤为严重，我感觉身体仿佛被掏空了，不管怎么喝，都无法补充消耗的精力。

Naomi 追问道："王老师，你真的还好吗？"

我点点头，问道："我睡了多久？"

Naomi 看了看计时器："从你服药躺下到醒来一共是 21 分钟 16 秒，还没有到你设定的唤醒时间。"

我若有所思地说："这么说我是自主醒来了。"

看着身边还在熟睡的杨逸凡，我知道，他的梦境还在继续。

我抬起他的左臂，挽起袖子，看到了一道已经愈合结疤的十字花割痕。

当时，李毓珍向我说起过，杨逸凡确实出现了自残的举动。

或许，他并不是自残，他只是想要通过这道割痕分辨现实和梦境而已。

他在试图自救！

Naomi 指着杨逸凡手腕上的瘀痕，说："看来他老婆对他也好不到哪儿去，都开始动用手铐了。"

我摇摇头，说："以他现在的状态，如果真的被送到精神病院，恐怕就不是手铐那么简单了。"

Naomi 没说话。

我靠在一边休息了五分钟，才打开房门。李毓珍见我出来了，急忙起身问道："王老师，老杨的情况严重吗？"

我点点头，说："他的病情比我想象中要复杂，不过你放心，我会尽力的。"

听到这里，李毓珍失落地点点头。

离开之前，我特意要求去看了看小爱的房间。

让我感觉惊异的是，现实中她房间的一切和梦中的竟然一模一样，就连墙壁上的奖状和证书的排列顺序都没有改变。

我不禁感叹："你女儿真厉害。"

李毓珍落寞地说："那是在老杨患病之前了，自从他患病后，小爱已经退掉了所有的兴趣小组和比赛了，学习成绩也是一落千丈……"

我转头问她："杨逸凡平常很关心小爱的学习吗？"

李毓珍摇摇头，说："他工作很忙的，每天晚上都有应酬，周末不是出差就是加班，小爱的学习和兴趣培养都是我在管理，他几乎从不过问。"

我又问："这么说，他很少有时间能够陪伴小爱了？"

李毓珍应声道："一个月最多一两次吧。"

我看着那些精致的奖状和证书，若有所思地点点头。

接着，我又去了阳台，看到了那一排长势颓然的观赏类植物："这是非洲茉莉还有鸭脚木吧？"

李毓珍叹息道："魏阿姨走后，也没人打理这些植物了。"

我轻轻摸了摸鸭脚木颓败的叶子："平日里都是魏阿姨在打理它们吗？"

李毓珍解释道："她喜欢花花草草，我就在花草市场买了一些，平日里都是她来照管的。"

随后，我便和 Naomi 离开了。

Naomi 将我送回公寓后，也回家了。

我先去洗了个澡，由于服药和潜梦的缘故，身体仍旧感觉很沉重，但我还是选择将梦里观察到的一切记录下来。

虽然我的潜梦经历不多，但这个梦境和我之前观察过的梦境不同，我必须仔细梳理所有线索——

在此之前，我要先简单说一下梦境的分层。

弗洛伊德将人的精神分为三个层次：意识、前意识和个人无意识。荣格又补充了第四个层次：集体无意识。

相应地，梦境也分为三个层次，即前意识（第一层次）、个人无意识（第二层次）和集体无意识（第三层次）。

前意识是梦境的三个分层中最浅的一个层次，知识、想法、回忆、焦虑以及被完全认可的动机等，都会出现在这一层次之中。

不论梦境内容简单或复杂，平淡或离奇，人一生之中所经历的梦境绝大部分都处于第一层次，只有极小部分梦境会进入第二层次，至于梦境的第三层次，人只有在生命中的特殊时刻或重大过渡阶段（比如青春期、生儿育女时或经历丧亲之痛时等）才有可能会进入，但由于概率微乎其微，我们在此不多做赘述。

回到第一层次梦境，清醒时的意识和睡眠中的梦都可以随时进入前意识，我潜入咨询者的梦境进行观察也是在这一层次。

通常来说，这一层次梦境的叙事都比较混乱，不太符合逻辑，需要通过梦象解析来还原其中隐藏的含义，但回到杨逸凡的梦境之中，却与之相反，梦境内容井然有序，数次转换，几乎与现实无异，而且他也拥有完整的梦境感受。

不过，宝叔在他的梦境学课程中也讲过，这与梦境主人的造梦力和梦境感受力有关，极少数人天生就拥有强大的造梦力和梦境感受力，他们可以制造任何想要的梦境，同时拥有近乎真实的感受和体验。

或许，杨逸凡就是这极少数人中的一员。

说到这里，我必须给大家科普一下造梦力。我们每晚做梦的内容琐碎，不连贯，一般都是某个片段，梦境场景也很简单，醒来后只能模糊记得星星点点，时间再久一点就什么都不记得了。那是由于普通人的造梦力很弱，甚至可以忽略不计。与之相对的，造梦力越强，梦境场景就会越逼真细致。

说完了造梦力，还要说一下梦境感受力。我们都有过这样的经验，就是在做梦的时候，如果梦境与悲伤、恐惧等内容有关，现实中的我们会不由自主地哭泣，继而从梦中醒来，但醒来后的我们往往只是意识到了自己做了一个不开心的梦，并且哭了，除此之外，没有更加具体的感受。

和造梦力相似，普通人的梦境感受力很浅，不足以留下体验经验，即使偶尔能够有比较强烈的梦境体验，一旦梦境醒来，那种感受也会迅速淡化。因此，绝大多数人不会被梦境困扰，但是有极少数人拥有很强的感受力，他们在梦中的体验会如实延伸到现实感受中。

或许，这也是杨逸凡罹患现实梦境混淆症的原因之一，不过在完全确定之前，我们暂且不多假设。

回到杨逸凡的梦境之中。

我的潜入是从他居住的公寓开始的，到最后再次回到那里，我一共经历了四个梦境。不，准确地说是四个梦境场景。

为了方便记录，我暂且将先后经历的四个梦境场景标记为A、B、C、D。

除了梦境场景D，在A、B、C三个梦境场景中，都出现了那首古怪的童谣，还有红黄相间的太阳帽。

我不知道，如果我没有被那幅画里的掩面老人推下去，会不会在梦境场景D中再次听到那首童谣，或者看到那顶太阳帽，然后，梦境继续。

杨逸凡对这两样东西充满恐惧，说明这两样东西曾经给他带来很恐怖的记忆，至少是不愉快的经历。

宝叔的梦境学课程，其中很重要的部分就是讨论梦境的分层。

他说，梦境的所有内容都是存在意义的。

不管是具象的还是抽象的，大脑选择让某一种或几种意象反复出现在这层次的梦境中，极有可能是在暗示更深层次的无意识之中的焦虑或恐惧，通过第一层次的梦透露更为深邃的第二层次梦的内容。

第二层次的梦境就是个人无意识。弗洛伊德把这一层次的人格称为本我，也就是原始的、充满动物性的自己。

本我充满了被压抑的欲望、情感和恐惧，还有几乎被遗忘或隐藏的创伤和经历，而杨逸凡梦中古怪的童谣和红黄相间的太阳帽或许就隐含了不为人知的记忆或秘密。

说完反复出现的童谣和太阳帽，我再来谈谈那道十字花割痕。

四个梦境场景中的杨逸凡都意识到当下的那个"自己"被"梦境"困扰，他用一道刻在左臂上的十字花割痕来确认所处的环境是否真实。不幸的是，现实中的杨逸凡也做出了同样的举动，这道十字花割痕不仅无法帮助他，反而会将他推入更加迷失的境地。

现实和梦境内容的惊人一致应该是导致杨逸凡现实梦境混淆的重要原因之一。

最后，我要重点说一下这四个梦境场景。

这四个场景很短暂，内容也很简单，但组合到一起却非常恐怖，每个场景都和下一个场景制造了互为梦境的感觉。

每个梦境场景中的杨逸凡都认为当下的自己及所处的世界是真实的，而这其中又存在两种可能。第一种可能是确实存在衔接关系，即先后经历的四个场景中，至少有两个存在先后顺序的场景互为梦境。

两个存在先后顺序的场景互为梦境，比如A和B互为梦境，可能A是B的梦境，也可能B是A的梦境，但B和C、C和D并不存在此种互为关系。

三个存在先后顺序的场景互为梦境，比如A是独立的，B、C、D三个场景互为梦境，可能B是C的梦境，C是D的梦境；可能C是B的梦境，D是C的梦境；也可能B和D都是C的梦境；等等。

四个存在先后顺序的场景互为梦境，即A、B、C、D每个场景都和下一个场景互为梦境，可能是顺序关系，即A是B的梦境，B是C的梦境，C是D的梦境；可能是倒序关系，即B是A的梦境，C是B的梦境，D是C的梦境；也可能是其他关系，比如A和C都是B的梦境，B和D都是C的梦境；等等。

第二种可能是不存在衔接关系，即先后经历的四个场景并不互为梦境，这一切只是我作为梦境观察者逐一经历了每个场景，惯性地认为先后经历的两个梦境存在关系。比如梦境场景 B 中的杨逸凡并没有说明他苏醒前经历的梦境内容，只是由于先经历了梦境场景 A，所以我就认为那就是他刚刚经历的梦境内容了。

当然，最让我困惑的是梦境场景 A 和 D，梦境场景 D 中，我再次回到杨逸凡居住的公寓，时间、地点、人物和事件，竟然都和梦境场景 A 无缝对接，更重要的是我当时留在梦境场景 A 的红桃 3 扑克牌也出现在这里。也就是说，两个梦境场景是相连的，内容还是在发展的。

这种连接和体验不仅仅针对梦境主人公杨逸凡，作为梦境观察者的我，也被一并连接了。

我本想通过画图来理清四个梦境场景的关系，却越画越乱，似乎怎么理解都有道理，但又存在说不通的地方。

不过，通过这次潜梦，我可以确定杨逸凡患上了现实梦境混淆症。

但他为什么会做这些梦，或者说制造这些梦境呢？

真的是因为杨逸凡天赋异禀，天生就拥有强悍的造梦力和梦境感受力？

如果确实如此，那在患病之前，他就已经拥有这种能力了，或许是没有察觉到，也或许是察觉到了，没有告诉李毓珍和其他人而已。

不管怎么样，那时候他是能够分辨现实和梦境的，又是什么打破了这种"平衡"状态呢？

虽然那些梦境很逼真，几乎就是现实了，但我总感觉有些地方不对劲，却又一时说不清是哪里出了问题。

我叹了口气，后脊贴着柔软的椅背，身子稍稍放松下来。

那一刻，我的脑海里突然出现了一双手。

心再次被揪了起来！

不对!

当时,我明明处于"隐身"状态,为什么那画里的老人却看到了我,还有那双紧紧相逼甚至想要掐死我的大手?

他是谁?

另一个潜梦者?

还是更神秘的身份?

直觉告诉我,杨逸凡的梦境绝对没有我观察到的那么简单!

第五章　混淆现实

那天晚上，我失眠了。

闭上眼睛，眼前就是那四个错乱的梦境场景。

午夜时分，我给宝叔打了电话，想和他聊聊这些，不过语音提示对方已经关机。

我有些失落，躺回去，辗转反复了许久，一直到了天亮，才浑浑噩噩地睡着。

我又在家睡了半天，直至下午才回去上班。Naomi 见到我，问道："王老师，你感冒了吗？你看起来状态很差。"

我摆摆手，说："没事。"

Naomi 告诉我："李毓珍给中心打过电话了，我回复她说你还没有上班，等上班后会第一时间联系她的。"

随后，我联系到李毓珍，询问杨逸凡的状况。她说昨晚我们离开后不久，杨逸凡就惊醒了，醒来后，他还是和之前一样，再也没有入睡。

我提出想要和杨逸凡谈话。李毓珍说你也看过视频，他无法与他人交流沟通。但在我的坚持下，李毓珍还是答应了我的请求。

谈话地点就在杨逸凡居住公寓的客厅。

我和 Naomi 赶到之时，杨逸凡正蹲坐在窗前，戴着手铐脚镣，不停啃咬着指甲，嘴里还碎碎念着什么。

他的症状非常严重，远远超出了李毓珍提供给我的第三段视频中的状态。如此下去，他迟早会被折磨而死，就算不被折磨死，身体也会垮掉，引发其他机体疾病。

我将李毓珍叫到一边，低声道："如果我的治疗不能在短时间内起效，你必须送他去专门的机构治疗，否则就会有生命危险。"

随后，我走到杨逸凡面前，自我介绍道："杨先生，你好，我叫王朗，是一名心理咨询师。昨天，你妻子针对你的病情向我提出了咨询。"

杨逸凡沉浸在自己的世界里，完全没有回应我的话。

我的语气平缓，继续道："根据你妻子的描述，你很可能是患上了一种叫作现实梦境混淆症的罕见病症，我想要帮助你，所以来和你谈谈。"

杨逸凡仍旧自顾自地碎碎念着。

李毓珍走到我身边，示意我放弃："王老师，我已经说过了，他不会和你说话的。"

我微微摆手，她只好无奈地坐了回去。

我调整情绪，口吻变得强硬起来："杨先生，我确实是来帮助你的，你必须和我谈一谈……"

不论我怎么引导，甚至是语带威胁，他都不为所动。Naomi 也害怕我激怒了他，引发不必要的冲突，低声提醒道："王老师，你还是放弃吧，我感觉他不会和我们说话的。"

如果杨逸凡没有精神错乱，那就是对外界充满防备。

我必须要他开口，我必须通过他的言谈来确定他真实的病情和状态。

但如何才能卸掉他的防备呢？

童谣。

没错，那首古怪的童谣。

或许它能帮我打开杨逸凡的戒备之心。

我轻声念叨："你的头，像皮球，一踢踢到百货大楼……"

那一刻，杨逸凡缓缓扭过头，不可置信地看着我。

我的推测没错，这首童谣果然有了效果。

他的反应也引起了李毓珍和 Naomi 的注意。

我的音量逐渐提升："百货大楼，有风扇，一扇扇到火车站；火车站，有火车，给你轧个稀巴烂……"

这时候，杨逸凡的身体颤抖起来，表情也由不可思议变成了惊恐。

我越念越快，越念越带劲。

我想要杨逸凡做出更多反应，没想到他失声尖叫道："不要再念了，不要再念了，让我离开，这里是梦，是梦！"

几乎是同时，他向我扑了过来。

幸亏两个护工及时控制住了杨逸凡，李毓珍也冲了过来，对我怒吼道："你对老杨做了什么？"

我没有回应她，径直冲到杨逸凡面前，一把扼住了他的脖颈，呵斥道："你听好，这里是现实，不是梦境！"

杨逸凡仍旧失控地挣扎着："你不要骗我了，你们都是骗子，你们就想要我死，想要我死！"

李毓珍让我住手，Naomi 也将我拉到一边。

　　我只好说出昨晚观察到的梦境内容："你给小爱讲故事，你听到她房间传来古怪童谣，你和同事在餐厅聚会，又去了 KTV 唱歌，你听到屏幕里又传来了那首童谣，你们一家在车厢里吵架，你听到收音机里传来的还是那首古怪的童谣……"

　　杨逸凡突然停了下来，他用一种近乎惊惧的眼神看着我。

　　李毓珍一脸困惑地转头问我："王老师，你说什么呢，什么讲故事，餐厅 KTV，车厢吵架……"

　　我没有理会她，只是对杨逸凡说："请你相信我，我们现在所处的就是现实，我口中你经历的才是梦境！"

　　杨逸凡颤颤巍巍地问道："你……你怎么会知道这些？"

　　我思忖了片刻，示意李毓珍支开了两个护工，然后道明了真相："昨晚你入眠之后，我潜入了你的梦境空间，看到了你梦境的内容！"

　　李毓珍茫然地看着我："你说……潜入了他的梦？"

　　我微微颔首，解释道："我这么说，或许你们会不相信……"

　　杨逸凡一把抓住我的手，激动地说："不，我相信，我相信！"

　　扑通一声。

　　他跪在我面前，痛哭流涕地乞求道："求求你，救救我吧，我快被折磨死了……"

　　我终于卸下了杨逸凡的防备，本以为事情就此有了进展，不过在接下来的聊天中，他并未提供更多有价值的信息。

　　他只是说大约两个月前，就突然开始做非常逼真的梦，几乎与现实无异，他一度将现实与梦境混淆。随后，这种情况越来越严重，他变得不敢睡觉，因为睡着之后，他就会做梦，梦境结束后，他需要很长时间才能确定自己是否真的醒来。有几次，他以为自己醒来了，其实还是在梦里，或者明明已经醒来，却误以为还在梦里。有时候，他甚至还没分清现实和梦境，就因为极度困倦或服药再次进入了睡眠状态。

现实与梦境，真假颠倒，久而久之，恶性循环。

"在此之前，你曾出现过做这种逼真梦境的情况，或类似情况吗？"

"没有。"他斩钉截铁地回答。

"你做梦的话，醒来后还记得梦境内容吗？"

"偶尔记得吧，不过也是很模糊。"

"那在你出现这种情况之前，工作压力很大吗？"

"我的工作压力一直不小，出现这种状况前，虽然我负责一个重要项目，但压力也在承受范围之内。"

"有没有胡乱服用药物或者遭受过创伤之类的情况发生？"

"我没有遭受过创伤，至于服药方面，由于工作原因，我经常熬夜，睡眠质量不太好，偶尔会吃一些助眠药物。"

"那有没有遇到可能给你造成刺激的人和事？"

"这个……"他思忖了片刻，"也没有吧。"

"你确定？"

"我……确定。"他的口气却有些犹豫。

"也就是说，他是在毫无诱因的情况下，突然开始做这种逼真的梦，还有了强烈的梦境感受力……"Naomi 坐在我身边，低声感叹，"这种可能性未免也太低了吧。"

我又问了一些其他问题，杨逸凡的叙述和李毓珍向我提供的信息基本一致。

这期间，李毓珍也带他治疗过，但收效甚微。他甚至在胳膊上刻下一道十字花割痕来确定所处的环境，但也没能成功，梦里的"杨逸凡"也做出了相同的举动。

他知道，自己的身体已被掏空，精神也濒临崩溃。他无法确定自己下次睡着之后是否还能真的醒来，或者醒来后还能否保持一丝清醒。

"在你梦里，总是反复出现我刚才念叨的童谣和一顶红黄相间的太阳帽，你对此有印象吗？"我转移了询问重点。

"我有印象，几乎每个梦里都会出现这些东西。"

"你为什么会恐惧它们呢？"

"我也不知道它们为什么会出现在梦里。"杨逸凡解释说，"开始我也没什么感觉，后来它们总是出现，我就害怕了。"

"没有其他原因了吗？"

"没有了。"

"真的？"

"真的。"

本以为这两种东西反复出现在第一层次梦境中是第二层次梦境恐惧或伤害的一种反映折射，没想到却被杨逸凡否定了。

他的叙述谨慎而恳切，几乎排除了一切患病的可能，所以要么他是患病的"幸运儿"，要么他就是对我隐藏了什么。

而我，更倾向于后者。

在他的第二层次梦境里，一定隐藏着童谣和太阳帽暗示的答案。

见我不说话，杨逸凡乞求道："王老师，既然你能够进入我的梦境，看到梦境里发生的事情，就一定有办法让它们远离我吧。"

我摇摇头，说："我只是一个梦境观察者，并不能改变你梦境的内容或走向……"

没等我说完，杨逸凡再次跪在我面前，声泪俱下："王老师，你不能见死不救啊，求求你救救我吧，我再也不想被折磨了……"

李毓珍见状，也拉着女儿小爱一并跪到我面前。

我一时不知道如何应对，侧眼看看 Naomi，她也无奈地耸耸肩，我只好暂时答应了杨逸凡的请求："我不能保证会治好你的病症，我只能说竭尽全力寻找病因。"

我只好再次潜入杨逸凡的梦境里寻找线索。

离开之时，我和李毓珍约定好，三天后的晚上 10 点，一定要让杨逸凡准时入睡。

回去之后，我也无心工作，脑海里反复播放着杨逸凡梦中的场景，那首古怪童谣，那顶太阳帽，画中活过来的老人，还有那双推倒我的大手。

我又给宝叔打了电话，对方仍旧是关机状态，我只好联系他的工作室，接电话的是他的助手，他说宝叔外出旅行了。

这三天内，我调整了工作和邀约，尽可能地多休息，为三天后的潜梦做好准备。

其实，我答应杨逸凡再次潜入他的梦境寻找线索，也有自己的考虑。

毕竟他是难得一见的现实梦境混淆症的病例，如果能够找到他致病的原因，并且成功治愈，那么将会给我和咨询中心带来极大的关注。

所以，我也必须要抓住这个机会！

三天眨眼而过。

当天晚上，我和李毓珍通过电话，她说杨逸凡已经服药睡着。随后，我和助手 Naomi 赶到公寓。

和上次一样，Naomi 为我和杨逸凡佩戴好脑电波同步扫描仪，一切准备就绪。我嘱咐道："这次将强行唤醒的时间提升到一小时。"

"一小时会不会太久了？" Naomi 有些吃惊，"在之前的潜梦中，我们的唤醒时间最多不会超过半小时。"

"杨逸凡的情况很特殊。"我解释道，"在没有找到诱因的情况下，我必须更多地观察他的梦境。"

"不过胡教授提醒过，每次潜梦时间上限是四十五分钟，否则很可能因为入梦太深，强行唤醒装置失效。"Naomi 表示担忧。

"放心吧，或许就像上次一样，没有等到强行唤醒，我自己就主动醒来了。"我仍旧很坚持。

Naomi 没有再说什么，只好按照我说的操作。

我靠在椅子上，闭上眼睛，耐心等待药物起效。

我缓缓睡着了，恍惚之中，一股触电感传遍全身。接着，那感觉化成了舒适的热流。

我倏地睁开眼睛，发现自己坐在一个偌大的浴池里，周围也都是洗澡的男人。

人声嘈杂，水汽缭绕。

我竟然来到一处公共浴池。

杨逸凡就坐在我对面，他也在同一瞬间醒了过来。

我意识到，两次潜入杨逸凡的梦境，都是以现实中的睡着、梦境中的醒来开始的，也就是说，现实中的他以为自己入梦了，而梦境中的他以为自己醒来了。

旁边的男人是他的同事李路，就是我第一次潜入杨逸凡梦境之时，在餐厅场景中不断劝杨逸凡喝酒的那个胖子。

"老杨，你怎么坐在浴池里就睡着了？"是他叫醒了杨逸凡。

"我……"杨逸凡如梦初醒，"我睡着了吗？"

"当然了。"李路笑道，"都开始打呼噜了。"

"我怎么又睡着了……"

"你最近是怎么了，看起来病恹恹的。"李路将毛巾搭到脖颈上，"你不会是病了吧？"

"可能是吧，最近我总是感觉很困，想睡觉，睡着了就做噩梦。"杨逸凡叹了口气，起身走出浴池。

"你去哪儿?"李路问道。

"拿烟。"杨逸凡走出浴室,我紧随其后。

他赤条条地走到储衣柜前面,打开柜子。

我正准备将一张扑克牌塞进他衣服的口袋,却没想到他从口袋里摸出烟盒,一同被带出来的还有一张扑克牌。

黑桃2!

上面还有独特的卡通头像。

没错,就是上一次潜梦的梦境场景B之中,我放到他口袋里的那张扑克牌。

这确实是我没想到的!

我躬身缓缓捡起了那张"隐形"的黑桃2。

联想像丰盈的水藻,瞬间疯长起来。

这么说来,这两个梦境场景是……

连接的?

我记得梦境场景B之中,我追着杨逸凡离开KTV,他摔倒之后我就进入了梦境场景C,杨逸凡是如何从KTV来到浴池的呢?

这中间发生的事情应该才是连接梦境场景B和现在的关键。

"啪!"

杨逸凡点燃了烟,将储衣柜锁上了。

我随他回到了浴室之中。

"喂,你小子是不是做了什么坏事啊?"李路见杨逸凡回来了,便打趣道。

"我倒是有那个贼胆。"杨逸凡无奈地笑了笑,重新坐进了浴池。

这时候,李路注意到了杨逸凡左臂上的十字花割痕:"喂,老杨,你什么时候喜欢上自残了?"

杨逸凡愣了一下,下意识地瞄了一眼那道割痕,佯装漫不经心地说:"哦,前两天做家务的时候不小心割伤的。"

李路嘲笑道:"这借口真烂,做什么家务能划出十字花的伤口。"

杨逸凡的脸色阴郁起来,突然就不说话了。

李路也知道说了不该说的,为了缓解气氛,他又回到了之前的话题:"对了,刚才你说经常做噩梦,你都梦见什么了?"

杨逸凡掸了掸烟灰:"算了,说出来也没用。"

李路很坚持:"哥们儿我看过《周公解梦》,你说出来,我来帮你解解梦。"

杨逸凡还是不愿意说。

这时候,李路抛出一个赌约:"这样吧,你给我三次机会,如果我猜中了,你就要请客,猜不中我就请客。"

杨逸凡冷笑一声:"你不会猜中的。"

梦也是人的隐私,一个人怎么可能猜到另一个人的梦境内容?

就算被猜中了,也可以轻易否认的。

所以,李路必输无疑。

李路先是猜测杨逸凡梦到了各种犯罪场景,被否定了,又说是各种灾难场景,再次被否定。

这时候,李路突然诡谲地说:"我知道你梦到什么了。"

杨逸凡一愣。

李路没说话,他用手臂轻轻搅动浴池中的水。

杨逸凡有些沉不住气了:"你说,我到底梦到了什么?"

李路还是不说话。

水随着他的手臂形成一个漩涡,漩涡越来越大,也越来越恐怖,同在浴池中洗澡的人惨叫起来,他们起身想要逃开,但漩涡爆发出了极大的吞食力量,整个浴池顷刻间就被吞噬了。

杨逸凡也被卷入水中,他一边试图逃离,一边惊恐地呵斥道:"这……这怎么回事？"

李路却在水中岿然不动，他指着漩涡中心说："你，梦到了那个东西！"

我定睛一看，才发现那漩涡中心竟然是一顶红黄相间的太阳帽。

接着，那帽子开口了——你的头，像皮球，一踢踢到百货大楼；百货大楼，有风扇，一扇扇到火车站；火车站，有火车，给你轧个稀巴烂……

又是那顶太阳帽，又是那首古怪的童谣！

杨逸凡挣扎着，那漩涡越来越深，像一条深邃的咽喉，我们敌不过它强悍的吸力，最终被双双吸入。

我不知道，即将进入的是下一个梦境场景，还是一个陌生的胃！

第六章 梦境衔接

喉咙里呛了一口水。

我用力将它咳出来的瞬间，发现自己坐在一条长椅上，而杨逸凡就坐在我身边，李毓珍和小爱正将他叫醒。

那一刻，他手里的爆米花和饮料洒落一地。

看着心爱的零食掉到地上，小爱嘟着嘴，快要哭出来了。

"对不起，爸爸不是故意的。"杨逸凡见状，慌忙向女儿道歉。

"你怎么回事啊，今天陪女儿来游乐园，你不是走神，就是找机会睡觉。"李毓珍有些不悦。

"我没睡觉，我只是坐在这里打了个盹儿而已。"杨逸凡的声音压得很低。

"打盹儿？"李毓珍语带轻蔑，"这已经是今天的第四次了。"

杨逸凡没说话。

"你是不是有什么事情瞒着我？"李毓珍质问道。

"没有，你想太多了。"毫无说服力的一句回应。

"你别以为我不知道，我已经观察你一段时间了，你不仅神情恍惚，还自残！"李毓珍步步紧逼。

"你……你说什么呢！"像是被人突然发现了秘密，杨逸凡不自觉地结巴起来。

李毓珍似乎没有结束的意思，她一把抓住杨逸凡的胳膊，推开他的衣袖，露出那道十字花割痕："你说，你胳膊上的割痕是怎么回事？"

"我们有什么事情回家再说，这里是公共场所。"杨逸凡甩开李毓珍的手，本能地瞄了小爱一眼。

李毓珍也侧眼看了看女儿，只好停了下来，她嘟囔了两句，拉着小爱离开了。

杨逸凡跟在她们身后。

我走在最后面，没人感知到我的存在。

我摸出一张方片5扑克牌，轻轻丢进杨逸凡的口袋。

我抬眼环视，各种各样的主题项目，熙熙攘攘的人群，还有五颜六色的卡通人物，我意识到这个梦境场景是游乐园。

这时候，小爱走到精致华美的旋转木马前面，指着那些正在玩耍的人说："爸爸，我要坐旋转木马，我要坐！"

杨逸凡干涩地笑笑，连连应声。

接着，他们一家三口坐上了旋转木马，李毓珍带着女儿坐着一只粉色水晶马，杨逸凡则坐上了一只白色王子马。

我站在外面，静静地看着。

彩色的锥形顶棚，五彩缤纷的玻璃钢顶板，起伏奔跑的大小马群，金光银光，闪闪相映，轻快的音乐和孩子们的笑声此起彼伏。

杨逸凡也被这种欢乐的氛围感染了，笑容逐渐舒展开来："小爱快跑，爸爸要来追你了。"

小爱笑道："爸爸追不上我的，爸爸追不上我的。"

身在场景之中的我却保持着警惕，我知道，这个场景不会持续太久。或许，下一秒那可恶的太阳帽和童谣就出现了。

我正这么想着，就听到身边一个小男孩叫道："妈妈，你快看，天空上有奇怪的东西。"

几乎是同时，很多游客也发现了。

他们齐刷刷地抬头，议论着那是什么。

我也站在人群之中，抬眼望去，在北方天空上飘来一群奇怪的物体，迅速移动着。

很快，大家就认出了它们。

那些奇怪的物体是气球，五颜六色的气球。

只不过，那些气球都是太阳帽的造型。

太阳帽！

没错，太阳帽出现了。

那些气球仿佛有意识般地开始纷纷飘落，游客们争相抓取。

一个中年男人最先抓下一只红色气球，然后戴在头上，他正笑着说："这气球帽子真好看……"

话没说完，就听到周围的尖叫声。

透过人群，我看到那个中年男人脖子左侧出现了一道口子，然后迅速蔓延到右侧，口子圈住了整个脖颈。

只听咔嗒一声，中年男人的头竟然被那只气球带走了。

没人知道发生了什么，它就随着风再次飘动起来，只是男人的身子还留在人群中，碗口大的脖颈肆意地喷出鲜血。

那颗被气球带走的人头竟然还能说话，他笑着说："你的头，像皮球，一踢踢到百货大楼；百货大楼，有风扇，一扇扇到火车站；火车站，有火车，给你轧个稀巴烂……"

我倒抽一口凉气：古怪童谣又出现了！

几乎是同时，欢笑声变成了此起彼伏的惨叫，又有游客将气球戴到头上，头却被气球疯狂地带走，只留下了空荡荡的身子。

游客们慌乱起来，开始四处逃窜，那些气球却有意识地追赶他们，像是野兽一般疯狂捕食猎物。

男人女人，老人孩子，无一例外地被气球带走了头颅，整个游乐园瞬间成了无头尸体的海洋。

那些被带走的人头聚集到了天空，越聚越多，密密匝匝，它们彼此碰撞着，微笑着，欢唱着那首古怪童谣。

杨逸凡也从旋转木马上跳下来，背着女儿，拉着妻子向外逃窜，但气球越来越多，从四面八方涌过来，他们根本逃不掉！

那一刻，我听到了李毓珍的惨叫，转眼之间，她已经被气球夺取了头颅，杨逸凡来不及哭喊，就听到背上女儿的呼喊。

转头的瞬间，血喷了他一脸，小爱的脖颈上也已经空空。

她们的头被太阳帽气球带到半空中，笑盈盈地一唱一和："你的头，像皮球，一踢踢到百货大楼；百货大楼，有风扇，一扇扇到火车站；火车站，有火车，给你轧个稀巴烂……"

杨逸凡惨叫着，跪到地上。

这时候，一只红黄相间的太阳帽气球缓缓飘落到了他的头上。

我来不及呼喊，只听到砰的一声，杨逸凡刺破了那只气球！

我感觉有黏稠的液体刺进了眼睛，再睁开眼睛之时，发现自己就趴在冰冷的大街上，而杨逸凡就趴在我对面。

经过的路人不时地看向我们。

我蓦然松了一口气：我们果然来到了另一个梦境场景。

我迅速坐起身，确认所处的位置是一家 KTV 的门口。

堇色年华？

我冷不丁一颤。

上一次潜入杨逸凡的梦境，在梦境场景 B 中，杨逸凡和同事李路等人离开莱克巴餐厅后，就是来到这里。

而杨逸凡在包厢里听到屏幕传来那首古怪童谣后，夺门而逃，出门后却险些被经过的轿车撞到，也是在这里摔倒，继而梦境场景转换。

这时候，我看到李路急匆匆地跑了出来。

他身后还跟着其他同事，大家跑到杨逸凡身边，迅速将他搀扶起来。

李路一面拍打杨逸凡身上的灰土，一面语带嗔怪地问："老杨，你没事吧？"

杨逸凡茫然地问道："这是怎么回事？"

另一个同事解释说："刚才大家在包厢里唱歌，李路点了一首《相亲相爱》，邀请你一起唱，你不知道怎么了，就突然惨叫着跑了出来，跌倒在这里了。"

《相亲相爱》？

他们在骗他。

杨逸凡的表情告诉我，他想起来了，他听到的和同事口中所说的并不一样："可是，我明明听到的是一首童谣。"

大家面面相觑，李路问："什么童谣？"

杨逸凡低声叨着："你的头，像皮球，一踢踢到百货大楼；百货大楼，有风扇，一扇扇到火车站；火车站，有火车，给你轧个稀巴烂……"

听到这里，同事们都笑了。

李路拍了拍杨逸凡的肩膀说："老杨，你肯定是喝多了，梦到我们唱了那首童谣，你把现实和梦境搞混了。"

现实和梦境搞混了？

这真是一句"细思恐极"的话。

杨逸凡也不愿意深究了，最近他精神状态不好，总是做奇怪的梦，梦里有太阳帽和童谣，或许就如李路所说，那些是他做的梦。

梦，就不是真的！

他干涩地笑笑，没有再说什么。

这时候，李路招呼道："都是老杨让大家扫兴了，我有一个提议，让他请咱们洗澡，怎么样？"

同事们争相起哄，杨逸凡只好连连点头。

说着，大家陆续坐上车子，我跟在杨逸凡身后，一左一右地坐到车厢后座。

杨逸凡和开车的李路一问一答地聊着，只是李路没看到，杨逸凡的右手不自觉地摸了摸左臂，我知道，他在摸那道十字花割痕。

他在确定现在所处的是现实之中。

而在他的衬衫口袋里，我看到了自己上一次潜梦放下的黑桃 2。

我看着车窗外的一切，陷入沉思。

上一次潜梦，梦境场景 A 和 D 是连接的，我现在所处的这个梦境场景和上一次潜梦的梦境场景 B 也是连接的。

作为梦境观察者的我也再次被梦境场景连接起来。

如果在同一次潜梦中，出现两个相连的梦境场景还说得过去，但在两次潜梦过程中，各出现一个梦境场景，两个场景还无缝连接的可能性微乎其微。

不，准确地说是根本不可能！

这好似一种毛骨悚然的穿越。

就像我在一家餐厅吃饭，中途因故离开，一年以后，我再来这里吃饭，发现吃的仍旧是上一次没有吃完的饭菜，老板、服务员还有食客们也都是那些人，仿佛我离开后，这里的时间暂停了一样，而我的再次到来，重新激活了一切。

此时此刻，我就在经历着这种梦境。

车子在一家叫作 Holiday 的商务会所前面停了下来，李路招呼大家走了进去，杨逸凡走在最后。

看得出来，他仍旧被刚才的事情困扰。

我跟在他身后，进入男士换衣区，大家陆续脱掉衣服，走进洗浴区，钻进热气腾腾的水池中。

这一刻，杨逸凡似乎放松了下来，脖颈之下没入水中，然后缓缓地闭上了眼睛。

这时候，李路也走了进来。

我发现，在他的后脊上竟然有一个太阳帽文身，而他嘴里还低声哼唱着："你的头，像皮球，一踢踢到百货大楼；百货大楼，有风扇，一扇扇到火车站；火车站，有火车，给你轧个稀巴烂……"

如果没有杨逸凡之前的恐惧反应，我倒感觉这更像一首 Rap（说唱歌曲），时髦而精致。

太阳帽和歌谣潜伏在每一个梦境场景中。

只不过这一次，杨逸凡没发现，也没有听到。

我站在那里，看着周围熟悉的一切，却感到了前所未有的恐惧——

这个梦境场景和此次潜梦之中我经历的第一个梦境场景也衔接上了。那个梦境场景以杨逸凡被李路叫醒为开端，而这个梦境场景应该会以杨逸凡的睡着为结束。

只不过这个先"发生"的场景被我后"经历"了，而那个后"发生"的场景却被我先"经历"了。

　　同时，它也将上一次潜梦中的梦境场景 B 连接了起来，三个场景就这么不动声色地组合到了一起。

　　相同的人物，相同的我，同一张黑桃 2，还有不断发展的剧情。

　　杨逸凡泡在水池中竟然睡着了。

　　那一刻，我也被困倦侵袭了，眼睛不自觉地闭上，感觉整个世界旋转起来……

第七章 卡车司机

旋转停止的瞬间，我感觉身体仿佛承受了暴击，五脏六腑都被击碎了。

接着，我听到了杨逸凡虚弱的求救声："救——命，救命啊……"

我睁开眼睛，发现自己身处车厢之中，只是车厢外部遭受重击，造成了严重挤压，整个车厢内部彻底变形了，我的身体也被卡在了里面，下半身已经没了知觉。

杨逸凡就在我身边，他和我一样，也被变形的车厢和弹出来的安全气囊卡住了。

满脸血污，狼狈不堪。

李毓珍和小爱已经浑身鲜血，昏死过去。

杨逸凡大声呼叫着："毓珍，小爱，你们不要睡，我求求你们了，不要睡……"

此时，他们除了自救，获得外界救援的可能性很小。

杨逸凡的手机不知道掉在了哪里，李毓珍的手机虽然就在手边，但他却动弹不得，根本拿不到。

他的呼喊变成了无助的哀号："啊——啊——救命——救命啊——"

相比绝望无助的梦境主人公杨逸凡，作为梦境观察者的我则更加淡定。

我知道，梦境迟早会醒来，我不会为此受到"伤害"。

窗外的大雨提醒了我，我第一次潜梦经历的梦境场景 C 里，杨逸凡由于被突然出现的童谣分散了注意力，被迎面开来的卡车撞飞，随后我失去意识，进入梦境场景 D。

没想到，这一次离开 Holiday 商务中心，却来到这个被撞飞的车厢之中，"继续"上一次的故事，杨逸凡口袋中的那张梅花 4 也印证了我的推测。

我和杨逸凡一家再次被无缝"连接"上了。

我一面听着他的哀号声，一面试图确定车子所处的位置。

我透过后视镜看到插入后车厢的白色栏杆，推测车子被撞击后，很可能被卡在了盘山公路的护栏上。

就在此时，我看到后视镜里传来灯光。

几乎是同时，杨逸凡也发现了。

那光线越靠越近，透过大雨，我逐渐辨认出那是一辆缓慢行驶的卡车。

BU903？

我认出了那个车牌号码。

就是那辆迎面撞击的卡车！

那车子竟然没有离开，反而回来了。

卡车停下后，司机从驾驶室里跳了下来，缓缓朝这边走来。

杨逸凡仍旧呼救着，仿佛一下子抓住了救命稻草，我却很担忧，总感觉这个司机不是回来救我们的。

这时候，卡车司机走到杨逸凡的一侧。

杨逸凡呼救道："快点拨打急救电话，求求你，求求你了。"

这一刻，我终于看清了那个卡车司机的脸！

没错，正是上一次潜梦的最后，那幅画里活过来的老人，此时，他竟然戴着一顶红黄相间的太阳帽。

他面无表情地将手伸进来，轻轻打开已经被撞碎的收音机。

这时候，收音机里传来了熟悉的童谣声，只是声音透过残破的喇叭变得扭曲刺耳——

你的头……像皮球……一踢踢……到百货大楼……百……货大楼有风扇……一扇扇到火车……站……火车站……有火车……给你轧个……稀巴烂……

他冷漠地看着情绪失控的杨逸凡，然后又看向了我。

他看得到我，也知道我再次潜入了杨逸凡的梦境。

随后，他绕到车厢另一侧，用力打开车门，粗暴地将我拉了出去，丢进雨中。

我无法站立，更无力还击，如同一只待宰的羔羊，只能任凭他处置。

这时候，他回到车里，发动车子，然后驾车猛地朝杨逸凡的车子撞击。

纵然杨逸凡惨叫着，我呼喊着，仍旧于事无补。

那一刻，只有电影里才会出现的情节在这个梦境里真实发生了。

他要杀掉杨逸凡一家！

一下，两下，三下……

每撞一次，变形的车厢便向边缘挪靠一点，像一个无力还击的拳击选手，只能步步退让，直至出局。

最终，车厢承受不住撞击，坠落山崖。

咻的一声，便宣告了结局。

接着，他再次从车子上跳下来，只不过这一次手里多了一样东西。

他走近之后，我才发现那是一把钉枪。

我质问道："你到底是谁，为什么要杀害杨逸凡一家？"

他没说话，举起钉枪，咻咻两下，朝着我的双臂各射出一根钉子。

长钉射穿我的手臂，剧痛瞬间将我的双臂钳制起来。

我咒骂道："你住手！"

他轻松将我拎起，对我笑了笑。

我仍旧不放弃，苦苦追问："你究竟是什么人？"

他微微摇头，然后将钉枪对准我的额头，淡淡地说了一句："再见！"

他按动开关的瞬间，我听到了脑后飞出钉子的声音。

那一刻，我猛然坐了起来，冷汗浮上脊背。

Naomi 也是一惊："王老师，你还好吗？"

我本能地摸了摸额头，仿佛那颗钉子从梦里跟回了现实。

良久，我才点点头，问道："这一次我睡了多久？"

Naomi 看了看时间："从服用助眠药物到苏醒，你用了三十七分钟。"

还好，在安全的潜梦时间范围内。

虽然连续喝了几杯功能饮料，但我起身的时候，仍感觉双腿无力，短时间内两次潜梦确实给我的身体带来了极大的负担。

杨逸凡仍旧睡着，我凝视着他，我知道掉离山崖的他会继续在下一个场景里经历恐惧。

或许知道了我是潜梦者的身份，李毓珍对我的治疗充满信心，她认为我能够看到杨逸凡梦境里的东西，就有办法治好他的病。

此次潜梦结束，她甚至没有多做追问。

十五分钟后，我和 Naomi 拜别了李毓珍，直接回到了咨询中心。

我甚至来不及休息，就坐下来开始回忆和梳理。

虽然这一次我仍旧是扮演观察者的角色，被迫经历、观察梦境，但我有意识地收集了更多的线索。

我迅速记录下在梦境中观察到的一切——

为了方便记录，也为了与上次潜梦做出区分，我暂且将此次经历的四个梦境场景标记为 A1、B1、C1 和 D1。

与上次潜梦相同，此次经历的四个梦境场景也都出现了古怪童谣和太阳帽，每个场景中的杨逸凡左臂上都有那道十字花割痕。

至于梦境场景彼此衔接关系的推测，与上次记录相同，我不多做赘述。

我想具体说一下这四个梦境场景的内容。梦境场景 A1 以杨逸凡在浴池中被同事李路叫醒开始，最后被吸入漩涡结束，根据场景内容分析和我留下的扑克牌黑桃 2，我推测 A1 和上次的梦境场景 B 有关系。随后我进入梦境场景 B1，我在杨逸凡的口袋放入了一张方片 5 扑克牌，接着，杨逸凡一家在游乐园被恐怖太阳帽气球袭击，妻女被带走脑袋，杨逸凡扎破气球，场景转换。紧接着，我进入梦境场景 C1，我和杨逸凡在董色年华 KTV 门前醒来，随后，杨逸凡和同事们去洗澡放松。根据场景内容分析和我留下的扑克牌黑桃 2，C1 和 A1 是连接的，和它们有连接关系的还有上次潜梦的梦境场景 B，先后顺序应该是 B—C1—A1。最后，我进入梦境场景 D1，在车祸中醒来，杨逸凡一家和车子被撞击掉下山崖，那个神秘的司机用钉枪射穿了我的脑袋，我从梦中醒来，潜梦结束。根据场景内容分析和我留下的扑克牌梅花 4，梦境场景 D1 和上次潜梦的梦境场景 C 也是连接的。

彼此连接的梦境场景不仅先后出现在两次潜梦过程中，而且在"剧情"上也是发展的，但两次潜梦在现实之中的间隔为三天。

即使是亲身经历，我仍旧无法相信。

我不知道，如果再进行下一次潜梦，经历的梦境会不会与这八个场景有更多连接，或许会有四个甚至更多场景被连接起来。

经历得越多，就会越困惑，哪个才是"梦境"，哪个才是"现实"。

说真的，作为梦境观察者，这两次潜梦经历的八个场景，已经消耗了我太多精力，如果不是醒来，我也会被这些梦境迷惑，因为被连接的不仅仅是杨逸凡和他所经历的"剧情"，还有我和我的感受。

真实，那是一种从骨子深处生发出来的真实！

我确定，这就是导致杨逸凡现实梦境混淆症的根本所在。

每个梦境场景里的"他"都认为自己是真实的，每个系列场景里的"他"都认为那个场景是真实的，其他的才是梦，只不过这是他的一厢情愿罢了。

只是，杨逸凡为什么会做这些梦呢？

这些梦境场景里又到底暗含了什么秘密呢？

写到这里，我突然想到那个戴太阳帽的卡车司机和推我离开梦境的画中老人是同一个人。

他不仅能够看得到我，也知道我两次潜入杨逸凡的梦境，在观察着梦里的一切。

第一次，他从画里活了过来，将我推进深渊，这一次，他直接将我拉出车厢，用钉枪钉穿了我的脑袋。

他是谁，在梦境里又扮演着什么角色？

我本想要继续写下去，但身体实在太过疲惫，只好倒头睡去。

醒来时已经是次日中午，我接到了宝叔的电话。

他说前些天去了欧洲出差，和英国一家著名的医药公司研发了一种精神类药物，主要针对现实梦境混淆症患者。

得知宝叔和医药公司开发了专药，我很激动地向他说明了杨逸凡的情况，他听后很感兴趣，当晚就乘坐最快的班机赶了过来。

我详细说明了杨逸凡的病症和两次潜梦观察到的内容，并特别说了那首古怪的童谣和红黄相间的太阳帽。

宝叔听后说："结合你的描述，你的推测没错，杨逸凡确实患上了现实梦境混淆症，且症状非常严重，而造成他现在这种状况的就是那些彼此衔接、互相制造假象的梦境场景。"

"不过，杨逸凡的头部并未受过创伤，也无不良的服药记录和家族病史，怎么会突然患上这种病症呢？"

"现阶段关于这种病症的研究资料极其有限，创伤、药物和遗传只是我们的几个主要考量依据，还是会有其他原因可能引发这种病症的。"宝叔详细解释说。

"我们要不要再潜入杨逸凡的梦中寻找线索？"

"暂时不需要。你已经在一周内进行了两次潜梦，需要休息和调养。"宝叔拒绝了我的提议，"眼下最重要的并不是研究他的梦境内容，寻找致病原因，而是控制住他的病情，否则他随时可能失控。"

随后，在我的介绍下，宝叔见到了李毓珍，并向她介绍了还处于试验阶段的这种精神类药物"谜康"。

虽然仍在研发阶段，但在上一轮试验中，该医药公司在英国范围内寻找到了十三名疑似或确诊的现实梦境混淆症患者，在服药后，十一名患者病情出现了好转迹象，一名患者无明显反应，一名患者病情出现了恶化，试验结果还是非常理想的。不过对于杨逸凡，最终效果还无法确定。

李毓珍慎重考虑之后，决定给丈夫服用这种药物。

宝叔和李毓珍签订了一份试验协议，杨逸凡成了"谜康"的第十四名试验者，也是唯一一名亚洲患者。

服药周期为十天，杨逸凡的状况在服药第七天出现了好转，精神状态也有明显改善，并且能够自主入睡一段时间。

虽然仍旧会被梦境困扰，但相比之前，他已经能在大部分时间清晰分辨现实和梦境了。

这明显超出了我和宝叔的预期。

一个月后，杨逸凡的病情竟然奇迹般地痊愈了，他再次变回了"普通人"，工作和生活也逐渐步入了正轨。

不过，在这期间却发生了一连串古怪的事情。

我感觉，那些事情都是冲着我来的！

半个月前的那天下午，我在下班回家途中，突然看到一个陌生的胖中年人在马路对面向我招手，我以为是认错人了，也没理会，没想到他却大声呼喊起来，一边喊一边朝我这边奔跑，就在距离我十多米的地方，突然冲过来一辆卡车，直接将他碾死了。

但是，我并不认识他。

第二天，我竟然再次看到了那个胖中年人！

当时我和 Naomi 在紫荆大厦谈业务，他突然就出现了，不过昨天我明明看到他被卡车碾死了。

我确定没有看错。

更诡异的是，就在他想要靠近我的时候，突然转身跑到窗前，直接从十七层楼上跳了下去，我们追过去的时候，他已经坠落成了一朵肉花。

太诡异了。

不过，诡异的事情并未就此结束。

接下来的日子，这个胖中年人总会出现在我的周围，每一次都试图靠近我，每一次都会离奇死亡，死法各异。

开始，我还非常惧怕，我是不是见鬼了！

但后来，我对他的身份产生了疑惑。

他是谁？

为什么反复出现在我身边？

他又是怎么复活的？

就在我准备调查此事的时候，最恐怖的事情发生了。

三天前的下午，我下班后打车回家，结果司机竟然又是胖中年人！

他先是叫出了我的名字，然后一把抓住我的手，我正欲挣脱，他却突然很痛苦地抱住了脑袋。

我问他怎么了，他似乎想对我说些什么，又说不出口。

我一时不知如何是好，只好下车求助。

几乎是同时，车里传来惨叫声。

我快步赶回去，发现车门被锁住了，我猛地敲打车窗，呼喊道："喂，你快开门，快开门啊！"

那一刻，好像有一股隐形牵引力，将胖中年人提了起来，钳制着他的头，朝着副驾驶座位的玻璃上撞击。

砰！

砰砰！

砰砰砰！

沉闷而带着节奏。

我被这一切吓坏了。

很显然，这只是一个开始，胖中年人被撞击得头破血流后，突然环抱双臂，臂膀朝着反方向牵拉，直至被活生生地拉断了。

我嘶吼着，用力砸着车窗，但打砸不起任何作用。我只好向围观路人们求助，希望他们能帮忙砸开车门，他们却都本能地缩了缩身子。

我来不及跑回咨询中心，只能打电话报警，接警人员对于我的描述表示怀疑。我呵斥道:"我说的是真的,真的!"

车厢里的胖中年人继续遭受着酷刑:他的身体迅速膨胀起来,胸部、肚子、双腿,仿佛被充了气,眼珠子甚至因为头部的鼓胀凸了出来,直接碰到挡风玻璃上。

随后,我听到一声闷闷的扑哧声,胖中年人的身体爆炸了!

没错,他的身体在车厢里,炸开了。

那一刻,我跪在地上,疯狂呕吐起来。

二十分钟后,警察和救护车姗姗来迟。

我随警察回到公安局做了笔录,虽然嘴上回答着问题,心里却想着刚才发生的恐怖一幕。

宝叔和 Naomi 接到我的电话后,匆匆赶到公安局,将我带走了。

离开之前,我恳求办案的警官,如果案子有了进展,一定要第一时间通知我。

本以为还是会像之前一样,胖中年人在死后复活,再次出现我的视野里,不过我猜错了,自从他在车厢里"被杀"后,便再也没有出现过。

第八章　上帝视角

　　我总感觉这一系列的事情很诡异，那个胖中年人似乎有话对我说。

　　他到底想说什么呢？

　　就在我为此事感到耿耿于怀之时，我接到了杨逸凡的邀请。

　　原来为了表示感谢，杨逸凡夫妇组织了一场感恩聚会，我和宝叔是感恩嘉宾，自然成了聚会的焦点。

　　聚会当天，怪异的事情再次发生了。

　　就在我们聊得很开心之时，一声沙哑的猫叫引起了众人的注意，大家纷纷寻找声音源头，有人惊呼道："桌子上有一只猫！"

　　没错，不知道何时，我对面的桌子上出现了一只猫，它隐藏在食物之中，若有所思地盯着我。

　　杨逸凡急忙招呼人将这只猫带走。

这时候，那只猫舒展了身子，竟然开口了："王朗？"

它不仅会说话，还知道我的名字！

随后，它从桌上跳了下来。

那个瞬间，它迅速变大，变胖，变高，收起了毛发和耳朵、尾巴，仿佛动漫里的主角变身，瞬间脱化成了一个人形模样。

而我也认出了他！

没错，就是三番五次地出现在我身边的胖中年人。

这说话的猫竟然还会变身，吓坏了在场所有人，我惊诧地问道："你……你不是死了吗？"

他笑笑说："对啊，我不是死了吗？"

这一次，我听清了他的声音，竟然和宝叔的一模一样。

我感觉不可思议："你……你的声音……"

他淡然一笑，魔术般将脸皮扯了下来，摇身一变成了宝叔。

不，准确地说是一个和宝叔长得一模一样的男人。

当时我正在站在宝叔身边，转头看到那个男人，也是倒抽一口凉气。

我吓得连连后退："你……你是谁？"

胖中年人笑笑说："你不是认识我吗，我是宝叔啊！"

站在我身边的宝叔驳斥道："你到底是谁，为什么要冒充我！"

我也帮腔道："对，你为什么要冒充宝叔！"

胖中年人仍旧笑着："我们谁也没有冒充谁。"

谁也没有冒充谁？

我转身看看身后的宝叔，那一刻，他突然变得不真实起来。

这时候，胖中年人再次扯掉脸皮，这一次，他变成了 Naomi，然后是李毓珍、杨逸凡，还有来参加聚会的，我却不认识的陌生人。

每扯一次脸皮，就变换一张脸。

最后，他再次变回胖中年人。

我吓坏了："这……这到底怎么回事？"

胖中年人的表情突然变得很严肃："王朗，你还想要沉睡到什么时候？"

我彻底蒙了：什么，沉睡？

我明明在参加聚会，怎么就成了他口中的沉睡。

胖中年人呵斥道："我们的时间不多了，梦境马上就要启动自动清除机制了，你必须要醒来了！"

梦里？

醒来？

你什么意思？

我是梦境观察者，怎么会在梦里而不自知！

我反驳道："你说什么鬼话呢，这里就是现实！"

这时候，身后的宝叔一把拉住我，我本想挣脱，却发现他的手臂幻化成了灰色藤蔓，瞬间覆盖了我一侧的身体。

宝叔竟然变成了怪物！

不仅仅是宝叔，在场的所有人都变成了这种怪物。

胖中年人一把抓住我未被覆盖的手臂，另一只手摸出一个酷似罗盘的小钟表，上面密密匝匝地画着各种符号数字。

他迅速拨动着钟表，指针开始转动。

那一刻，我身边的事物也随之转动起来，指针越转越快，周围的一切也逐渐加速，直至分辨不清。

慌乱中，我质问道："你到底想做什么？"

胖中年人呼喊道："带你醒来！"

我的身体随着旋转失去了平衡，覆盖在身上的藤蔓也被甩了出去，紧接着，我听到砰的一声，身体被撞碎了。

那一刻，我倏地睁开眼睛，大脑一片空白，耳边嗡嗡作响。

这时候，我听到了助手 Naomi 激动的声音："他醒了，他醒了，王老师醒了！"

四肢酸麻，仿佛刚刚做完剧烈运动，体力被消耗得一干二净，我回过神来，缓缓坐起身，正准备和 Naomi 说话，却看到坐在对面椅子上的人。

我轻轻念叨出："宝叔……"

没错，那人正是宝叔。

未等再说话，他先开了口："还记得当年你和我说起你的经历，我对你说的那句话吗？"

我疑惑地答道："您说我并不是 Freak，我只是一个 Divedreamer！"

宝叔暗暗松了口气，然后摘掉头上的脑电波同步扫描仪："太好了，你终于醒过来了！"

我忽然想到梦境里，那个胖中年人告诉我，我仍旧处于梦中，并试图带我离开："是您潜入了梦境，幻化成了胖中年人的样子，将我带了出来？"

宝叔微微颔首。

我疑惑不解："这到底怎么回事，您不是在美国吗，为什么会突然回来？"

宝叔解释道："一周前，我的手机坏掉送去维修，启用了临时号码，所以你给我打电话，我没有接到。后来工作室的助手通知我，说你在联系我，当时我人在加拿大，我回到美国后，接到了 Naomi 的电话，他说你服药潜梦后没有醒来，启用了强行唤醒装置也无济于事。你已经昏迷了三天，医生也是束手无策。我赶过来之后，确定你被困在了梦里。"

"我昏迷了三天，困在了梦里？"我越听越迷惑。

"准确地说，你是主动留在了梦里。"

"我怎么越听越糊涂了，我确实潜入了咨询者杨逸凡的梦中进行观察。"我解释说，"但梦境场景结束了，我就醒来了。"

"你是从杨逸凡的梦境中醒来了。"宝叔淡淡地说,"不过,你没在现实中苏醒,而是在自己的梦中醒了。"

"在我自己的梦中醒了?"我感觉宝叔的话有些可笑,"不就是我自己在做梦吗,那我为什么不能自主醒来?"

"通过我对你梦境内容的观察,确定你非常想要治愈杨逸凡的现实梦境混淆症,所以就进入了贯通梦境。"

贯通梦境?

"我没有在梦境学课程上讲过这些内容,所以你并不知道。"宝叔耐心讲解道,"所谓贯通梦境,其实是每个人潜意识里的隐藏梦境。通俗来讲,就是你潜意识里最想完成的事情,你可能在任何时间点进入。梦境内容贯通现实里你正在经历的一切,还会朝着你最想要的方向发展,由于梦境是你自己营造的,你不会感觉有任何异常,更无法感知自己身处梦中。你想要治愈杨逸凡,所以潜意识的梦境就会按照这个方向发展。"

"这么说,从我离开杨逸凡梦境之后发生的一切也都是梦了?"我越说越感觉恐怖,我竟然身处梦境却不自知。

"没错,那些都是梦境。"

"如果您没有潜入梦境带我离开呢?"

"那你就会在贯通梦境中生活下去!"

"一直活在梦里?"

"是的,一直活在梦里。"宝叔微微点头,"最恐怖的是人处于贯通梦境的状态下,身体对于外界刺激不会做出反应,也就是说和植物人无异,而且梦境对于外界潜入极其敏感,会疯狂启动自动清除机制。其实在我找到你之前,已经被梦境多次清除了。"

"就是那个不断出现和死亡的胖中年人?"我这才恍然大悟,原来那根本不是什么古怪事件,而是宝叔在试图唤醒我。

"没错，我潜入你的梦境后，变化成胖中年人的样子，一直在试图靠近你，但不断被梦境感知清除，只好不停重启，幸好最后将你带了出来。"

"还有，那个像罗盘一样的东西……"

"那是梦境解离器。"

"梦境……解离器？"

"简单来说，就是一种专门针对濒死梦境的东西。"

"濒死梦境？"我越听越迷惑，"我记得您的课程里也没有这种解释的。"

"由于这些内容都不是常规梦境学里会接触到的，所以我没有在课程中提及过。"宝叔回道，"濒死梦境并不是指某一种梦境，而是某一类梦境的统称，就是即将死亡的人或在酷似死亡状态下营造的梦境，贯通梦境就是其中一种。此时的人失去自然的身体欲望和大部分感觉，但这种体验不会反馈到梦境之中。"

"真是太恐怖了。"

"贯通梦境之所以可怕，是因为你作为梦境主人，为它设定了一个固定的时间程式与现实连接，所以想要逃离贯通梦境，必须打破这个时间程式。"宝叔继续解释着，"而梦境解离器就有这个作用。不过如果入梦太深，即使梦境解离器也无法将你带出。"

听完宝叔的话，我也是惊出一身冷汗。

那一刻，我才蓦然意识到梦境世界的深邃和危险。

"不过……"宝叔的神色有些凝重，"一般情况下，我们潜意识里的贯通梦境不会被随意激发，除非……"

"除非什么？"我抬眼看看宝叔。

"除非有人引你进入。"宝叔的语气倏然冷峻起来。

有人引我进入贯通梦境？

不知道为什么，那一刻，我忽然想到那个画中活过来推我离开的老人和用钉枪射穿我脑袋的卡车司机。

"你到底在杨逸凡的梦境中观察到了什么？"宝叔问道。

随后，我把从接到李毓珍的委托，先后两次潜入杨逸凡梦境中经历的古怪梦境场景，诡异的童谣和太阳帽，以及那个可以看得到我的神秘男人事无巨细地告诉了宝叔。

"你确定你经历的是这些梦境场景吗？"宝叔听后，面色凝重地问。

"我确定。"我连连点头，"我从来没有见过这种情况。"

"如果你所说属实，那这些梦境的主人并非是杨逸凡，他被人植梦了，有人在他的意识空间中植入了 The Comb Dream ！"

"植梦？"

"植梦，通俗来讲，就是造梦者将自己营造的梦境植入指定者的意识空间，也有造梦者潜入指定者的意识空间制造梦境，以到达影响或改变对方思维和思想的目的。"

"理论上我倒是可以理解，不过这真的可行吗，在别人的意识空间植入自己的梦境？"我追问道。

"只要拥有潜梦和造梦的能力，是完全可以做到的。"

这时候，Naomi 将准备好的早餐送了过来，我也感到了久违的饥饿。

"你知道吗，你昏迷的这几天，Naomi 是最担心你的人了。"宝叔打趣地说，"如果不是她给我打电话，你恐怕还被困在梦境之中呢！"

"大恩不言谢。"我抬眼冲着 Naomi 笑笑。

"先吃点东西吧。"Naomi 又气又怜地说。

"您继续。"我一边狼吞虎咽，一边转头对宝叔说。

"大约五年前，我曾接触过一个叫 Gustav Kennesting 的瑞典年轻人。"宝叔回忆道，"他曾为一个名为 TUG（The Unbounded Group）的专业植梦组织效力了三年。"

"还有这种组织？"

"没错，TUG 的工作内容就是接受委托，在指定人的意识空间植入梦境，以达到改变对方思想的目的。"宝叔解释说，"通过和 Gustav 接触，我对于植梦有了一个比较深入的了解，不仅是技术层面的信息，还有很多从未听过的特殊梦境形态和变种。"

"那您为什么说这些梦境不是杨逸凡的，而是被植入的呢？"

"我在梦境学的课程上讲过，普通人的造梦力很弱，甚至可以忽略不计，但通过你的描述，这些梦境极为逼真，几乎与现实无异。"

"他的梦境确实就像复制的现实一般。"我点点头，反驳道，"不过您也在梦境学的课程里说过，有人天生就拥有极强的造梦力，可以营造各种梦境。"

"我确实这么说过。"宝叔耐心地说，"不过，我认定这是植梦不是因为梦境逼真，而是因为造梦视角。"

"造梦视角？"

"你在阅读小说时，通常是第一人称和第三人称，也就是我们所说的凡人视角和上帝视角，造梦也有凡人和上帝视角的区分。"宝叔起身，环视道，"如果你想要在梦里营造这个房间，你就需要仔细观察房间内的一切，然后一一复制在梦境之中。"

"是的。"我点头称是。

"但你使用的是凡人视角，你的观察是局限的，也就是说，有些东西你可能不会注意或者根本看不到，因此这些东西不会出现在梦境之中。"

"我明白了！"宝叔的话突然点醒了我，我突然意识到初次潜入杨逸凡的梦中，那种怪异感觉的来源了，"比如梦境场景 A 中，我看到小爱房间墙壁上的奖状、证书和现实之中的样式及排列方式是一模一样的，还有阳台上排列的观赏性植物。当我苏醒后，问过李毓珍，她说杨逸凡工作忙，应酬多，根本不关注小爱的学习和兴趣培养，同时也对观赏性植物一概不知，这就是您所说的凡人视角局限，他不会将自己不关注的或忽略的东西放入梦中！"

"其实，你观察到的每个梦境场景都存在这样的问题，几乎原封不动地复制了现实场景，这是做梦者自身的视角无法做到的，所以说杨逸凡的梦境是上帝视角，应该是有人深入观察了他的生活细节，又在梦中一一还原。"宝叔点头道，"所以我推测他是被人植入了梦境。"

"可是谁会这么做呢？"

"除了李毓珍和小爱，还有一个人可以做到，她甚至比他们一家三口还要了解这个家！"宝叔斩钉截铁地说。

"保姆！"我不禁倒抽一口凉气，"那个李毓珍口中已经辞职回家的魏阿姨！"

经宝叔提醒，我也感觉那个魏阿姨很有问题：她在李毓珍家工作了三年，可以说对这个家庭了若指掌，却在杨逸凡患病后，突然就辞职了。

"你说这个魏阿姨才是真正的梦境主人？"

"可能性不大。"宝叔摇摇头，"你所描述的梦境场景中，也有涉及杨逸凡同事和朋友的，所以我推测应该是这个魏阿姨还有杨逸凡的同事，将他们一家的详细信息提供给了真正的梦境主人，梦境主人依据这些真实的信息营造了梦境。"

事情似乎越来越复杂了，如果确如宝叔所说，这个真正的梦境主人和杨逸凡又是什么关系呢？

"那您刚才所说的 The Comb Dream 又是什么呢？"我话锋一转。

"The Comb Dream 直译成中文就是巢之梦境。"宝叔淡淡地说，"比喻梦境像巢孔一样繁多，彼此紧凑却又互相独立。这种梦境听起来既简单又可爱，实际上却极为恐怖。"

"我倒没觉得这名字简单可爱。"我冷不丁一激灵，"我有密集恐惧症。"

"巢之梦境解释起来并不复杂，只要学过排列组合就可以理解。"宝叔取来一张纸，又对折剪开，裁成两个纸条，"即造梦人制造 M（M ≥ 2）个梦境，根据任意时间节点，将每个梦境分割为 N（N ≥ 2）个场景。"

"就像你在梦中体验的一样，巢之梦境的恐怖之处在于彼此衔接的两个场景互为梦境，比如场景 A 和 B（B 和 A）、B 和 C（C 和 B）等；但每个场景又与本系列梦境的其他场景无缝相连，比如场景 A 和 D（公寓系列）、B—C1—A1（聚会系列）等；而不同系列的梦境也互为梦境，比如公寓系列和聚会系列（聚会系列和公寓系列）。之后将这些场景打乱，随意排列组合，M 和 N 的数值越大，场景排列组合的可能性就越多，排列组合出来梦境的恐怖程度将会呈几何级叠加。只要梦境没有醒来，就会一直继续下去。从这个角度上说，梦境场景的排列组合也是趋近于无尽的。"

那一刻，我蓦然感到一种从骨髓深处生发出来的恐惧。

我突然不敢想了。

"回到杨逸凡的梦境中，也证实了我的推测。"宝叔继续说，"根据场景内容分析，场景 C1、A1 和 B、场景 A 和 D、场景 D1 和 C，加上与其他场景无内容连接的 B1，它们实际上是来自四个梦境（公寓系列、聚会系列、车厢系列和游乐园系列），被分割后进行了组合，所以你才会在经历不同场景的过程中遇到'无缝对接'的情况。"

我深深吐了口气。

"这四个梦境肯定被切割成了很多场景，你只是经历了其中一部分而已。"宝叔推了推眼镜，"如果你没有被驱逐醒来，可能会经历更多的系列场景。"

"即使巢之梦境很厉害，杨逸凡也是普通人，不可能具有强烈的梦境感受力。我之前和他交流过，他极少能够记住梦境内容，即使偶尔记住，也会在睡醒后遗忘。如果没有强烈的梦境感受力，他苏醒后也就只会认为自己做了噩梦，梦境体验不会延伸到现实之中的。"我不解道。

"你说得对，巢之梦境只能够引起现实梦境混淆，但梦境体验毕竟不是现实体验，想要让两者连接起来，就需要强烈的梦境感受力。"宝叔分析道，"还记得你提到的每个场景中都会出现的引起杨逸凡崩溃的太阳帽和古怪童谣吗？这才是强化梦境感受力的关键。"

"强化梦境感受力？"

"没错，强化！"宝叔坚定地说，"太阳帽和童谣对于杨逸凡来说有着无法承受和回避的恐惧，他的反应和你的观察已经是最好的说明，在他更深一层次的梦境中应该会有答案，而梦境的真正制造者一定也深知这一点。他将这两个元素植入每个场景之中，让杨逸凡去发现，去感受，去经历，一遍又一遍地，反复体验强化，加上无法克服的恐惧感，让这种梦境体验延伸到了现实中，配合巢之梦境，杨逸凡注定无法逃离！"

"但我还有一个问题，就算在杨逸凡的意识空间植入了巢之梦境，也不能保证他每次做梦都去经历这些梦境场景吧？"

"当时我也问过 Gustav 同样的问题，他说人进入意识空间做梦是有固定路径的，就像你进入房间，必须通过门，做梦也是如此。只要在植入梦境的同时，将进入意识空间的路径修改，让被植入者进入植梦者设定的梦境，这一切就可以做到了！"

第九章　幕后黑手

"那我们可以修改进入巢之梦境的路径吗？"我追问道，"或者清除它？"

"如果我们是网站访客，植梦者就是后台管理员，只有他有修改或关闭的权限。"宝叔补充道。

"那他为什么这么做呢？"良久，我才再次开口，"让杨逸凡精神失常？"

"或者……"宝叔抬眼看看我，"让杨逸凡死掉！"

"他……他这是在利用梦境杀人！"

"我想他们之间应该有更深层的关系吧，或者他们之间有仇恨，或者有人雇用了他以此杀害杨逸凡。"宝叔推测道。

"那我们只能眼睁睁看着杨逸凡被梦境折磨，直至精神失常或者出意外吗？！"我的情绪激动起来。

"我们暂时没有更好的办法。"宝叔无奈地摇摇头，"这就是梦境世界的特殊性，可以任意制造篡改，且没有法律和道德的约束，我们能做的也就只有独善其身了。"

"我们可以再次潜入杨逸凡的梦境。"我提议道，"或许还有其他被忽略的线索。"

"太危险了！"宝叔拒绝了我的提议，"还记得那个推你离井，甚至用钉枪射穿你脑袋的神秘人吗？他应该是真正梦境的制造者，也是植梦人，很可能就是他引你进入了贯通梦境。"

"你是说他在杨逸凡的意识空间植入了梦境，却和我一样在暗中观察？"

"他知道你在观察杨逸凡的梦境，很可能怕你发现什么，才引你进入贯通梦境。他是巢之梦境的制造者，拥有梦境的绝对控制权，所以再次潜梦是非常危险的。"

"我昏迷期间，李毓珍联系过我吗？"我转头问 Naomi。

"她打过电话，只是问你是否苏醒。"Naomi 如实回答。

"那你问过杨逸凡的状况吗？"我又问。

"这个……"Naomi 摇摇头，"我没问。"

随后，我拨通了李毓珍的电话，却得知就在今天早上，杨逸凡偷偷驾车离开了，现在行踪不明，她已经报警。

我询问杨逸凡失踪前的精神状态，她说出现了短暂的好转，所以才放松了警惕，没想到却出了这种事。

既然无法解除植入杨逸凡意识空间的巢之梦境，他的病症就会越来越严重，那他的突然失踪就极为危险。

就在此时，宝叔接到美国实验室的电话，有非常重要的工作需要他处理，他必须立刻启程回去。

在我醒来的当天下午，宝叔就飞回了美国。

他离开之前，特意嘱咐我好好休养，不要过分关注杨逸凡的消息，既然警方已介入调查，相信很快就会有结果。

　　但在杨逸凡失踪的三天后，我还是决定亲自调查植梦背后的真相。

　　不管是植梦人和杨逸凡有关系，还是有人雇用了植梦人杀人，这都和杨逸凡有着更深层的联系。

　　我决定从那个从未谋面的魏阿姨查起。

　　我通过李毓珍拿到了魏阿姨的照片和基本信息。

　　魏阿姨本名魏亚琴，今年四十五岁，山东人。

　　当时她留给李毓珍的手机号码已经停用，我只好拜托派出所的朋友找到了魏亚琴的户籍登记信息，然后抱着试试看的态度前往她山东临沂的老家。

　　幸运的是，我在老家找到了魏亚琴。

　　对于我的造访，她表现得很意外，也很抵触。

　　当我说起杨逸凡的患病以及现在已经下落不明之时，她突然哭了。

　　她思忖了良久，还是道明了真相。

　　她说，大约三个月前，她在老家读书的儿子和别人打架，将对方眼睛戳瞎了，对方家长要求十万元赔偿，否则就报警，抓她儿子去坐牢，但她根本没积蓄。这些年，她在外地做保姆挣的钱全部给母亲治病了。

　　她向亲戚们开口，被一一拒绝。

　　她在这座城市里也没什么朋友，走投无路的她想到了李毓珍。

　　她向对方提出了借钱的请求，却被婉拒。不过出于雇佣情义，李毓珍给了她一千块钱，聊表心意。

　　这让魏亚琴很失望，在她眼中，她已经是这个家庭的一分子了。

　　其实在对方看来，她只是一个相处融洽的保姆。

　　仅此而已。

　　恰巧此时，一个陌生男人找到了她，他说只要向他提供他想要的信息，就可以拿到三万块，她需要钱，所以想都没想就答应了对方的要求。

让她意外的是，对方要她提供杨逸凡一家三口的所有生活细节，包括衣食住行，只要她能够提供的，都要事无巨细地告诉他。

同时，对方还进入了杨逸凡的公寓，并进行了拍照。当时魏亚琴问过对方为什么这么做，他只是说让她拿钱闭嘴。

"后来呢？"我追问道。

"他拍照之后就走了，我再也没有见过他。"魏亚琴啜泣着，"我拿了钱，就辞职回了老家，直至听你说小杨出了事。"

"你还记得那个人长什么模样吗？"

"从头至尾，我们只见过三面，他一直戴着眼镜和口罩，我没有看清他的容貌。"魏亚琴回忆道，"不过，他似乎得了很严重的病。"

"得病？"

"他一直在咳嗽的，在公寓拍照的时候还吐血了。"

不管怎样，我还是在魏亚琴这里验证了宝叔的推测，确实有人在向真正的梦境主人提供杨逸凡一家的详细信息。

虽然魏亚琴没有看清对方容貌，但还是提供了重要线索，对方六十岁左右，体形很瘦，患有严重的疾病。

离开之前，魏亚琴问我："小杨会不会出事？"

我安慰道："放心吧，警方已经在全力寻找了。"

与此同时，Naomi 走访了杨逸凡的同事、朋友和邻居，他们对他的评价都很好，性格随和，话不多，憨厚踏实。

不过，他们并不认识魏亚琴口中的这个男人，周围也没有疑似的人出现过。

这却让我更加困惑了，这个陌生男人到底是谁，他为什么要将大家眼中的老实人置于死地呢？

最后，我们再次拜访了李毓珍，对于杨逸凡的事情，我表示了抱歉，她却安慰我说我已经尽力了。

当我提及这个陌生男人的信息时，李毓珍想了想说："我好像……见过那个人。"

大约三个月前，有一天晚上，她下班回来，看到杨逸凡和一个戴眼镜、口罩的男人站在楼下聊天，过了不久，杨逸凡便回到了公寓。

她问他那个男人是谁，他说是一个朋友，当时她看他脸色不好，也就没有多问。

次日早上，她送小爱上学时再次遇到了那个男人。

对方主动上来搭话，还说他是杨逸凡老家的一个朋友。当天晚上，李毓珍和杨逸凡提起了那个男人，杨逸凡突然就发火了。

"他发火了？"这让我很吃惊。

"我们为此还吵了一架。"李毓珍叹息道，"现在想想，他那个样子真是很恐怖。"

"后来呢，那个男人又出现过吗？"我追问道。

"我再没有见过他了。"李毓珍摇了摇头。

在随后的聊天中，李毓珍还提到一件很奇怪的事情："我和老杨结婚后，他从没回过老家，说是父母都不在了，回去也没什么意思。"

"他父母是病逝还是意外？"

"意外，在老杨大学毕业那年，他父母疲劳驾驶，出了车祸，双双离世。"

"就算父母不在，他总该回去扫墓吧？"

"有一次，我说清明节回去扫墓，顺便回老家看看其他亲友，他竟然和我发火，之后我便没提过了。"李毓珍解释说，"直至这个自称老家朋友的男人出现，他再次向我发了火。"

这是一个很有意思的细节。

杨逸凡对于老家的冷漠态度让我意识到，或许那里埋葬的不仅仅是他的父母，还有其他不愿意提起的人和事。

而那个自称是他老家朋友的陌生男人，或许也隐藏在杨逸凡不愿提及的老家之中。

我抱着试试看的态度，决定前往他的老家寻找线索。

根据李毓珍提供的地址，我乘坐最快的火车赶到银溪县。

一座遥远而朴素的小县城。

我通过当地派出所，辗转找到了杨逸凡的亲戚。

他们都表示，自从他父母去世后就没有联系了，对于杨逸凡，他们只是说他小时候人很老实，有些胆小内向。

至于李毓珍提到的那个老家朋友的陌生男人，亲戚们也表示没有印象。

我决定从杨逸凡的老师同学方面寻找线索，随后找到他曾经就读的明德中学。

接待我的政教处主任很热情，帮我联系了已经退休的方老师，他是当年杨逸凡所在班级的班主任。

"小杨啊，我对那孩子是有印象的。"

"那您可以和我聊聊他吗？"

"你可以找找当年他的同学。"老教师对我笑了笑，他的笑容有些轻蔑，让人感觉不太舒服，"他们应该会告诉你一些事情的。"

他明明知道些什么，却刻意隐藏。

随后，政教处主任又帮我找到了杨逸凡的初中同桌胡劲松。

他现在是一家小饭店的老板。

听闻我来打听杨逸凡，他一下子打开了话匣子："说真的，如果你不提起来，我都快把这家伙忘了。"

我特意点了一桌菜，还要了一瓶好酒，听他娓娓道来："说起来，他也算是我们初中生活为数不多的记忆了。"

这么听起来，杨逸凡还是一个有故事的男同学了。

那一刻，我仿佛看到了一个身材干瘦、唯唯诺诺的少年杨逸凡，他就坐在我对面，眼神哀怨，却藏着钩子。

胡劲松抿了一口酒："我们读初中的时候，班上有一个公子帮，成员呢，不是富二代，就是某某局长的儿子，反正都是有后台背景的，这些家伙根本不学习，每天就专门欺负其他同学，班主任对此也是睁一只眼闭一只眼。"

我忍不住问道："是那个方老师吗？"

胡劲松一惊："你竟然还认识他？"

我点了点头。

胡劲松语带嘲讽地说："虽然都住在银溪，但我也很多年没见过这个老东西了，现在想起他的样子还是有些牙痒痒。听说他当时收了公子帮几家的好处，才对他们的所作所为视而不见。"

我给他倒了点酒："说说公子帮吧。"

胡劲松回忆道："公子帮有一个固定的折磨对象，叫朱小磊，外号猪佬，家里是开熟食铺的，听说有一次公子帮去他家买熟食，朱小磊没有笑脸相迎，就被公子帮缠上了。不过初三那年，朱小磊退学了，杨逸凡就成了他们新的折磨对象。"

我有些疑惑："为什么选中了杨逸凡呢？"

胡劲松无奈地说："谁知道呢，或许就是看他不顺眼了吧。"

我没有说话。

忽然就想到了自己的初中时代，那个时候，被古怪梦境纠缠的我何尝不是充满自卑，被老师讨厌，被同学欺负呢！

胡劲松叹了口气："现在回忆起来，公子帮还是挺恐怖的，虽然都是初中生，手段却非常残酷，他们专门搜罗各种变态的方法，不是逼迫吞吃异物，就是朝人身上撒尿羞辱，甚至还有活埋。"

我一惊："活埋？"

胡劲松点点头，说："反正能想到的方法都用了，他们根本不把杨逸凡当人看，不仅仅是杨逸凡，他们还欺负傻强。每个周五下午放学，他们都会主持搏击比赛，其实就是逼迫杨逸凡和傻强互相殴打，他们预测输赢。我经常看到他们两个被打得鼻青脸肿，后来我还看到他们带着杨逸凡和傻强去和别的学校的人'比赛'。直至傻强出了事，公子帮才销声匿迹，陆续转学去了外地，没多久，杨逸凡也转学走了。"

我将要送入口中的菜放了回去："傻强？"

胡劲松又抿了一口酒："对，就是一个傻子，没人知道他到底叫什么。他娘叫他强子，我们就给他取了绰号叫傻强，听说是出生时得了脑积水，医治不及时，就成了傻子。后来他爸也跑了，只剩下他和他娘两人过日子。"

"这个傻强和杨逸凡有关系吗？"

"当然有关系了。当时公子帮专门欺负杨逸凡，大家谁也不敢和他做朋友，只有傻强愿意和他一起玩。"

"你刚才提到的傻强出了事？"

"哦，初三那年春天，那家伙失踪了。"

"失踪了？"

"有人说是被拐走了，也有人说是离家出走。不过大家还是将矛头指向了公子帮，毕竟他们经常欺负傻强。我记得当时警察还来学校给我们做了笔录，最后也没问出个所以然来，傻强也没找到。过了几年，傻强的娘也出车祸死了。"说到这里，胡劲松有些感慨，"过了这么多年，没人知道傻强到底去了哪里，大家都说他死了，我倒是希望这家伙在某个角落生活着。"

听到这里，我也沉默了。

那一刻，一个高高胖胖的男孩子缓缓出现在我对面，就站在少年杨逸凡身后，然后冲我憨笑。

胡劲松将小酒盅里的酒一饮而尽："我记得当年每次碰到傻强，他都会对着我们傻笑，一边笑，一边念叨：你的头，像皮球，一踢踢到百货大楼；百货大楼，有风扇，一扇扇到火车站；火车站，有火车，给你轧个稀巴烂……"

我一惊："这童谣是傻强唱的？"

胡劲松反问道："有问题吗？"

我没回答他的问题，径直追问："这个傻强是不是戴着一顶红黄相间的太阳帽？"

胡劲松也是一脸惊愕："你怎么知道！"

这时候，那个站在少年杨逸凡身后的胖男孩从书包里摸出一顶红黄相间的太阳帽，缓缓戴到了头上。

我的直觉是对的！

在我询问杨逸凡为什么他的梦境场景里反复出现这两样东西之时，他确实撒了谎，它们并非无缘无故出现，而是和傻强有关。

按照胡劲松所说，杨逸凡和傻强是好朋友，还是唯一的朋友，为什么梦到有关傻强的东西却让他如此恐惧呢？

是傻强带给了他不好的回忆吗？

还是说，当年傻强的失踪和他有关？

我抬眼看了看坐在对面的少年杨逸凡，他仿佛看破了我的心思，眼神变得冷漠起来。

那顶太阳帽和那首童谣里到底还隐藏着什么秘密呢？

告别了胡劲松，我又找到当年负责傻强失踪案的办案人员，负责接待我的是银溪县公安局刑警大队的大队长。

他姓顾。

我在他的办公室等待的时候，无意中看到了桌上的一张合影。

那一刻，一簇寒意浮上背脊。

合影中间的男人竟然就是杨逸凡梦境中那个画中突然活过来的老人，还有那个戴太阳帽的卡车司机。

也就是宝叔猜测的真正的梦境制造者，也是植梦人！

这时候，顾队长走了进来。

"实不相瞒，你说的这个案子我至今记忆深刻。"听闻我的来意后，他回忆道，"那时候我还是一个实习民警，刚上班一个月，负责案件调查的就是我师父郭学民。我记得当时动用了不少警力，几乎将整个县城翻了一遍，也没能找到失踪者傻强。师父一直没有放弃，后来，师父还带我继续调查呢，最后也是无疾而终。时间真快，一转眼就过了二十年了。"

"恕我冒昧，郭警官为什么这么执着于一起普通失踪案呢？"

"当年警民互助，我师父的帮扶对象就是傻强母子。每逢节假日，他都会带我去傻强家送些油米，打扫卫生。"顾队长解释说，"虽然傻强智力有问题，但师父挺喜欢那孩子的，在傻强失踪前，师父还在帮忙联系市里的一家特殊教育学校，协调入学事宜，所以傻强失踪后，他才会苦苦追寻。"

"就是这一位吗？"我指着合照中间的中年男人说。

"没错，就是他。"顾队长连连点头。

"你可以帮我联系一下吗？我想见一见这位郭警官。"我提出要求。

"很抱歉，他现在已经昏迷了。"顾队长叹了口气。

"昏迷！"我一惊。

"一年前，我师父被查出是肺癌晚期，虽然全力接受治疗，但病情还是恶化得很快，就在昨天，他已经陷入了昏迷。医生说，他的时间不多了，很可能撑不过这几天了。"顾队长落寞地回道。

我突然想到魏亚琴对于那个陌生男人的描述，她提到了对方似乎患上了很重的疾病，甚至还咯血。

这倒是和郭学民的肺癌晚期症状相似。

那一刻，所有零星的线索逐渐汇集到了一起。

这让我更加认定，郭学民极有可能是真正的梦后黑手。

在我离开公安局前，我向顾队长详细了解了郭学民的信息，知道他是一个从警超过四十年的老刑警，侦破了多起大要案，接受过数十余次省市级表彰，大家都习惯叫他"铁民"。

只是，那个铁民再坚硬，也敌不过病痛的侵蚀，面对疾病，他只能逐渐地生锈，腐化，直至灰飞烟灭。

第十章 自白之书

与此同时，我还拜托顾队长调阅了当年的案卷，那里面有一张傻强的照片。

那是我第一次见到有关傻强的影像，虽然有些模糊，但我还是表示了感谢。

如果傻强是整个事件的核心，而和这个关键人物有关系的人除了当年的公子帮、死亡的傻强娘和失踪的杨逸凡之外，就只有昏迷的郭学民了。

我第一时间赶到了医院。

透过玻璃窗，我看到了处于昏迷状态的郭学民。

只是别人不知道，那个大家口中的"铁民"或许还有另一重身份——植梦者。

虽然他处于昏迷状态，但他的意识空间里一定隐藏着杨逸凡患病的真相。

我必须潜入他的梦境一探究竟！

我电话通知 Naomi，让她携带脑电波同步扫描仪立刻赶来。随后，我动用人脉关系，迅速联系到了银溪县第一人民医院的院长。

我提出想要单独进入郭学民所在观察室的请求。

院长无奈地表示："这需要取得郭学民家属的同意。"

我恳求道："我只需要半小时，不，十五分，不，五分钟，您只要给我五分钟就好，这对我非常重要。"

院长思忖了良久，还是答应了我的请求："好吧，到时候我会以全身检查为由支开郭学民的家人，但你只有五分钟的时间。"

我连连点头："太感谢了！"

Naomi 赶到后，院长让我们换上白色工作服，假装医生，进入了郭学民的病房。

我提前服用了助眠药物，Naomi 为我和郭学民佩戴了脑电波同步扫描仪，我嘱咐道："如果五分钟后我没能醒来，务必开启强行唤醒装置。"

Naomi 点点头："放心吧。"

随后，我平稳呼吸，迅速进入睡眠状态。

昏沉之中，我被那股熟悉的触电感惊醒，睁开眼睛的瞬间，我看到了郭学民，只不过是他年轻时候的模样，就是那张合照里的样子。

四十多岁，意气风发。

我知道，我已入梦。

空气中弥漫着浅浅的树香。

郭学民坐在一棵大榕树下的长椅上，他身边站着一个孩子，那孩子戴着一顶红黄相间的太阳帽，手里擎着一架风车，风吹过，扇叶发出哗啦啦的转动声。

他抬眼看到了我，轻轻拍了拍那孩子的肩膀："强子，去一边玩。"

没错，那孩子就是傻强。

接着，傻强就跑开了，一边跑，一边念叨着：你的头，像皮球，一踢踢到百货大楼；百货大楼，有风扇，一扇扇到火车站；火车站，有火车，给你轧个稀巴烂……

这时候，郭学民向我摆了摆手，示意我过去。

他竟然能够感知到我的潜入。

既然如此，我正好可以同他对话。

我缓缓走过去，坐到了长椅的另一端。

郭学民从口袋里摸出一包烟，轻轻弹出一根，递给了我："来一根？"

我摆摆手："谢谢，我不抽烟。"

没有多余的寒暄，就像相识已久的老朋友一样。

他耸了耸肩，点燃了烟，又深深吸了一口："没想到，你还是找到了我。"

这句话让我意识到这一切都和他有关系了。

我淡然一笑："你从画里活过来，推我进入深渊，又变成卡车司机，用钉枪打穿我的脑袋，如果是在现实里，你就是杀人犯了。"

他也笑了，那笑容默认了我的玩笑，也再次证实了我的推测：画中老人，卡车司机，癌症警察。

我没有质问他为何要带我进入贯通梦境，而是将杨逸凡的问题放在了首位："三个月前，是你通过魏亚琴拿到了杨逸凡一家三口的信息，又去他家拍照的吧？"

郭学民笑笑，说："你的调查还真是深入。"

我追问道："为什么要这么做呢，杨逸凡和你无冤无仇，你为什么营造巢之梦境，然后植入他的意识空间？"

郭学民惊奇地看着我："本以为你就是一个普通的潜梦者，没想到你竟然还知道巢之梦境和植梦？"

我句句紧逼："你没有回答我的问题！"

他轻轻吐了口烟圈："我确实通过魏亚琴拿到了杨逸凡一家各个方面的信息，不仅仅是魏亚琴，还有杨逸凡的同事朋友。当然了，我警告过他们，不要随便乱说，现在杨逸凡出了事，他们也不敢乱说吧。我以这些信息为参考依据，制造了巢之梦境。"

我茫然地看着他。

他继续说："你问我为什么这么做，因为我和所有的罪恶都有仇，杨逸凡犯下了罪恶，所以我就和他有仇！"

我追问道："他犯下了罪恶？"

郭学民又抽了一口烟："二十年前，银溪县发生了一起失踪案件，失踪的是一个十三岁的孩子……"

"你是说傻强失踪案吗？"

"你怎么会知道这起案件？"

"我是在杨逸凡当年的中学同桌胡劲松口中得知了这起失踪案。"

"既然你知道了，那我也可以告诉你。"郭学民感叹道，"当年傻强没有失踪，而是被人杀害了。"

"被人杀害？"

"没错。"郭学民冷漠地说，"杀他的人就是杨逸凡！"

"杨逸凡？"我表示无法相信，"可是胡劲松说杨逸凡和傻强是好朋友，他怎么可能杀害自己的好朋友！"

"为什么不可能？"郭学民语带轻蔑，"就因为是所谓的好朋友吗？"

"你说杨逸凡杀了傻强，那你有证据吗？"我话锋一转，认定真凶最直接的方法就是拿出证据。

"我没有实质性证据。"郭学民摇摇头，"但我可以确定就是他所为。"

"既然没有证据，你所谓的杀人论又是从何而来呢？"我提出疑问。

"你能潜入我的梦境，那么对于我接下来要说的，就更加容易理解了。一年前，我被查出癌症晚期，医生说我的病情很重，留给我的时间不多了，大家鼓励我战胜病魔，但我不想这么活下去。每天化疗吃药，毫无生活质量可言，也没什么意思，所以我就吞食了安眠药想要自杀。"香烟燃尽，郭学民抖落了烟头，又点燃了一根，"我昏迷后，意识进入了一个陌生的小酒馆，里面空荡荡的，只有一个年轻的调酒师，我以为我死了，这就是死后世界了。"

"小酒馆和年轻的调酒师？"这引起了我的兴趣。

"调酒师告诉我，我没有死，只是进入了濒死空间。"

我蓦然想到宝叔之前提到的濒死梦境，即将死之人或在酷似死亡状态下营造的梦境，郭学民吞服安眠药自杀，应该就是进入了那里。

"然后呢？"我追问道。

"我们一边喝酒，一边聊天，聊了很久，我将自己的警察生涯说了一遍，从我还是一名实习片儿警一直到刑警大队长退休。"说到这里，郭学民便停了下来。

仿佛在那一刻，这警察生涯的喜怒哀乐全部融成了瞬间的感觉。

他蓦然地看着模糊的远方，继续刚才的话题："最后，我们说到傻强失踪案，那是我从警四十年，唯一没有侦破而耿耿于怀的案件。他说他有办法让我找到事情真相。我问他是什么办法，他突然将一杯调好的酒泼到我脸上。我睁开眼睛，正准备骂娘，却发现自己躺在医院里，原来我被家人救醒了。"说到这里，郭学民淡淡吐了口烟圈，"苏醒后的我发现自己可以潜入他人梦境，探寻他人意识深处的秘密！"

我一惊：他竟然成了潜梦者！

"那种感觉很神奇，甚至不需要借助其他力量。"说到这里，郭学民也兴奋起来，"我决定重新调查傻强失踪案件。我辗转找到当年所有和傻强有关系的人，接着一一潜入他们的梦境，最后在杨逸凡的梦里找到了线索。"

"什么线索？"我又问道。

"我潜入他的梦境后，发现他被一个噩梦困扰。"郭学民不急不缓地叙说着，"杨逸凡就读的明德中学后面有一座山，傻强失踪那天，确实是公子帮将他带走了。他们带他进了山，不过他们只是没事找乐子，将傻强打了一顿，就放他走了。没想到傻强在下山路上遇到了杨逸凡，他没注意到，杨逸凡背着一个袋子，里面装着两把铁锹。他们二人再次进山，越走越深，最后在一棵树下停留。"

"然后呢？"

"杨逸凡和傻强在树下开挖，他们挖了很久，挖出一个大坑，然后杨逸凡让傻强跳了进去，最后将他活埋了。"

"你说杨逸凡活埋了傻强？"我不敢相信。

"没错，他活埋了傻强，他是杀人犯！"郭学民侧眼看看我。

"人的梦境又不是现实，仅仅凭借一个困扰杨逸凡的噩梦就认定他是杀人凶手，未免太草率了吧！"

"相比虚假的现实，梦境才更加真实，不是吗？"郭学民陷入了一种固执的逻辑中。

"所以你就将巢之梦境植入了杨逸凡的意识空间，让他饱受摧残？"

"我给过他机会的，是他自己没有珍惜。"一口烟圈缓缓而出，连同沉重的真相被一并排出郭学民的体外，"我辗转找到他，向他提起当年的事情，还说出了他的梦境内容，我劝他去自首，他拒绝了。他坚持说傻强失踪那天，他一直在家写作业，但他的反应告诉我，他就是杀害傻强的凶手。"

"既然你认定杨逸凡将傻强活埋在了学校后山，那你没有报警或尝试寻找吗？"

"我自己就是警察，当然知道警方不会采纳所谓的梦境线索。"郭学民耸耸肩，"我也试着在学校后山寻找过，但搜索面积太过庞大，所以我在寻找了一段时间后只好放弃。”

“然后你对他的意识空间植入了梦境？”

“我知道自己的时间不多了，这起案件困扰我二十年，我必须在有生之年得到结果，傻强也需要这么一个结果！”话落，郭学民将烟头捻灭了。

“哪怕是一个错误的结果。”

“没错！”他的语气很冷，像是冬天散不开的雾，“哪怕是一个错误的结果！”

“你是警察，你就没想过，你的一意孤行和仓促决定可能会错害一个无辜的人吗？”我仍旧苦苦质问着。

这时候，突然起风了，我这才发现天空阴郁起来了。

郭学民缓缓抬起头，感叹道：“我的时间到了，我要走了，你也该回去了。”

我忍不住呵止道：“你不能走，我还没有问完！”

他没有再理会我，起身招呼不远处的傻强：“强子，我们回家了。”

傻强捧着风车跑了过来，我本想追上去追问更多的，但怎么也迈不开脚步，只能眼睁睁看着他们渐行渐远。

傻强嘴里念叨着：“呵呵呵……你的头，像皮球，一踢踢到百货大楼；百货大楼，有风扇，一扇扇到火车站；火车站，有火车，给你轧个稀巴烂……呵呵呵……”

郭学民站在他身边，也轻声附和着。

他们的声音越来越远，越来越模糊。

这时候，周围的一切开始倒塌，我的身体也失去平衡，坠落而下。

接着，我倏地睁开了眼睛，回到了现实之中。

Naomi 见我醒了，也松了一口气。

时间正好过去五分钟。

随后，我们迅速离开了病房。

离开后不久，我就接到了院长的电话，他说郭学民去世了。我蓦然想到我们的对话，他说他的时间到了，他要走了。

虽然确定了造梦者和植梦人的真实身份，但还有更多谜团伴随着郭学民的去世再也没了答案。

比如，是谁教授了他造梦和植梦的能力，是那个年轻的调酒师吗？调酒师又是什么身份，除了杨逸凡，他是否还向其他人的意识空间植入过梦境？他又是如何将我引入贯通梦境的？等等。

离开银溪县三天后，我接到了李毓珍打来的电话，她说杨逸凡被找到了，只不过他已经死亡一周了。

也就是说，他在失踪的当晚就死了。

有人在银溪县明德中学后面的山里发现了一具腐烂男尸，通过他随身携带的手机，警方联系到了李毓珍。

没想到，失踪多日的杨逸凡竟然驱车回到了多年不愿意提及的家乡，还在曾经就读的初中后面的山里服药自杀了。

一瓶氰化钾结束了三十多岁的生命。

对于这个普通而平静的小县城，杨逸凡的自杀引起了不小的轰动。

警方在杨逸凡的遗物中发现了一封手写信，字迹扭曲，但确定为他本人所写，最重要的是这封信竟然牵扯出了二十年前傻强失踪一案的真相。

在警方那里，我们看到了那封白白书 ——

…………

今晚的月亮又圆又亮，和二十年前的那晚一样。

现在坐在这林子里的我等待着自己的结局。

我想这就是我的报应吧，二十年前，我害死了傻强，二十年后，我要将这条命还回去了，还回去了，也就解脱了。

虽然，我很讨厌傻强，讨厌和这个傻子做朋友，但我没有办法，没有他，我孤独可怜得就像一只狗，或者连狗都不如。

重要的是，如果有他在身边，还能分散公子帮对我的折磨。我只好一边和他做朋友，一边对他充满厌恶鄙夷。

现在想想，当时的我真的很恐怖。

…………

这种日子过久了，我也变了，我一面承受着虐待，一面又幻想着虐待别人。

其实，我从没想过要杀人，我看过电视剧，杀人都是要坐牢的，我只是太渴望像公子帮虐待我一样，体验那种凌虐别人的感受了。

这个念头在我的心里扎了根发了芽，最后长势凶猛，我无法控制了，所以那天我看到公子帮将傻强带进山里后，也偷偷跟了过去。我藏在树后面，看着公子帮折磨他，心里感觉酥酥的，随后，他们放走了傻强，我在半路上拦住了他，还说带他去一个刚发现的秘密基地，他笑哈哈地跟我过去了。

当时，傻强看到我携带的铁锹，还问了我，我只是说有用处。

我发誓，最初我并没有想要害死傻强，我真的只是想要体验一下那种活埋别人的感觉，真的。

我找了一个极为偏僻的地方挖了坑，还让傻强帮忙，最后让他跳进去，朝他身上填埋，在此之前，公子帮就是这么活埋我的。如今，我也可以活埋别人了。

不知道为什么，当我向傻强身上填土的时候，竟然感到了一种诡异的快感。

那快感促使我越来越疯狂。这期间，傻强不断求我，但我骗他这是一个很好玩的逃生游戏，让他坚持下去，只要念叨一百遍那首童谣就可以出来了，直至泥土将他彻底掩埋。

一同被掩埋的还有傻强的太阳帽,以及他口中不断念叨的——你的头,像皮球,一踢踢到百货大楼;百货大楼,有风扇,一扇扇到火车站;火车站,有火车,给你轧个稀巴烂……呵呵呵……

那一刻,我被一种莫名其妙的成就感吞噬了。

……………

不过这感觉迅速退去了,当我再反应过来的时候,土坑已经没了动静。我疯狂将傻强挖了出来,发现他呼吸很微弱,我本想带他出去,但转念一想,如果就这么出去了,我活埋他的事情就暴露了,我将面临更多的指责,甚至还会负刑事责任。情急之下,我做了一个恐怖的决定,我将傻强重新埋了回去。

我清楚记得,我将傻强推进了土坑,朝他身上填土。

他哭了,那是我第一次见到他哭,在此之前,不论公子帮怎么欺辱他,他都没有哭过,每次被打完,他都笑着安慰我:"杨逸凡,我没事,杨逸凡,我没事……"

但是那一次他哭了,他的哭声很虚弱,他在叫着:"娘,我要找娘,娘,我要回家……"

不过,那时候的我已经疯狂,我和他的想法一样,我也要回家,回家!

……………

现在,我已经忘记了当时埋掉傻强的过程了,我一直想,如果当时没有再次活埋傻强会是什么结果。

很显然,这只能是一种幻想了。

埋掉傻强之后,我甚至对着活埋傻强的土坑呼喊。我喊了他的名字,我害怕他没有死透,再次破土而出。

直至天色暗了,我才迅速离开。

回家之后,我清理了铁锹,又换了衣服,装作什么事情都没有发生一样。

但很快我就发现，我的学生证不见了。我找遍了所有的地方，都没有找到，然后我想到了活埋傻强的土坑。我一定是二次掩埋的时候不慎将它丢入坑中了，但我不敢回去，也不能回去。

那里埋着傻强，也埋着我的秘密。

那片林子成了我的禁地。

当天傍晚，傻强的娘还来家里找过我，问我有没有见过傻强，我说没有。

她来的时候，还给我带了刚做好的菜团子，然后这个傻女人悻悻地离开了，殊不知她的儿子已经被我害死了。

············

后来，傻强的娘报警说儿子失踪了，一个姓郭的警官来学校调查，我也装成了受害者，还说那天我一直在家写作业，并且暗示警方将调查重点放到公子帮身上。加上媒体的介入，这件事闹得挺大的。公子帮承认他们虐待傻强，但否认杀人，警方没有实质性证据，案子就搁浅了。再后来，公子帮陆续转学了，我却每天做噩梦，梦到傻强从土坑里爬了出来，或者那个姓郭的警官找到了活埋傻强的土坑，还发现了我的学生证。

这种恐惧在日后的生活一直存在，不管是外出求学，父母去世，还是我谈恋爱，甚至结婚生女，我总觉得傻强跟在我身边，他就那么不动声色地站在那儿，从未离开。

············

这种日子持续了将近二十年，直至那个姓郭的警官再次找到我，他说出了当年的事情，一字一句，好像亲眼看见了一样。他劝我自首，我拒绝了。我当然不能那么做，我有我的生活，我的家人和朋友，我舍不下当下的一切，更不敢面对当年那个恐怖的自己。

我清楚记得那天晚上，在我转身准备上楼时，那个姓郭的警官叫住我，他说他在地狱的那头等我。我暗骂了一句"神经病"，匆匆离开。

虽然我不知道他什么意思，但我隐隐感觉，我的报应要来了。

也或者，已经来了。

没多久，我就开始做那些奇奇怪怪的梦，梦里有太阳帽，还有那首童谣，我被这和现实混淆的梦境折磨着，日渐崩溃，直至那个姓王的心理咨询师出现。他给了我希望，本以为他可以帮我，没想到他也被困在了梦里。

…………

我想，我应该无法摆脱那些噩梦了。

既然如此，早点结束也就早点解脱。

我只想利用这最后的清醒时间说出这些罪恶。

其实，从犯下罪恶的那天起，不管过了多久，有没有受到审判和制裁，我一直生活在惩罚之中，从未有片刻的停歇。

我所在的地方埋葬着傻强，他孤独地在这里躺了二十年，现在，我想要对他说一声："对不起，我来向你赎罪了。"

今晚真冷。

…………

警方在发现杨逸凡尸体的地方进行了挖掘，真的找到一具尸骨，经过和当年警方留存的傻强娘的血液进行 DNA 比对，确定系傻强本人。

警方在发现傻强之时，他已化为白骨的头上还戴着那顶红黄相间的太阳帽，而在那个坑里，警方还找到了一张学生证，就是杨逸凡在白白信里提到的丢失的学生证，已经模糊的人像旁边赫然写着：初三（7）班，杨逸凡。

这么说来，郭学民所说的确是真的，当年傻强并非失踪，而是被杨逸凡杀害了。二十年后，杨逸凡最终没能逃过制裁，被梦境折磨得精疲力竭后服药自杀。

本来，我以为这只是一起普通的心理咨询，没想到竟然牵扯出惊人真相！

那天晚上，我做了一个梦。

我梦到少年时代的杨逸凡和傻强，就像我当时在胡劲松饭店看到的幻象一样，傻强举着风车，戴着太阳帽，嘴里念叨着那首童谣。

杨逸凡看了看我，突然就笑了。

那笑容有些悲伤，又有些释然。

接着，他转身跟上了傻强，一边跑，一边重复着那首童谣：你的头，像皮球，一踢踢到百货大楼；百货大楼，有风扇，一扇扇到火车站；火车站，有火车，给你轧个稀巴烂……

我给宝叔打了电话，将他走后发生的事情告诉了他。

他听后也很震惊，责备我不该擅自潜入郭学民的梦境。

郭学民已经昏迷，他的梦境是濒死梦境，在此时潜入濒死梦境是极为危险的，一旦郭学民死亡，潜梦者很可能被带入虚无之梦，直接死在梦中。

那是只有死人才能进入的梦境。

不过郭学民却在最后提醒了我，将我驱逐离开。

至于造梦者和植梦人的身份，宝叔推测郭学民并不是真正的梦后黑手，一个人不会突然变成潜梦者，更不可能在短时间掌握潜梦、造梦和植梦能力。

我提到在郭学民梦境中出现的年轻调酒师，宝叔说那个人或许才是真正的幕后之手，郭学民很可能是借助了他的力量达到寻找失踪案真相的目的，而引我进入贯通梦境也极有可能是那个人所为。

郭学民只不过是一个幌子罢了。

挂断电话，我的心情却阴郁起来：那个隐藏在梦境背后的人是谁，他为什么要帮助郭学民呢，他会不会有更大的阴谋？

我轻轻拉开了百叶窗。

窗外，重云如盖。

第二卷 黑色热带鱼

它会崩溃为一点，然后再度膨胀，这样周而复始。当宇宙再度膨胀后，所有的一切都会重演。你所犯过的错误全会重演，一次又一次，永远轮回。

——《K星异客》

潜

梦

者

第十一章 灭门惨案

房间很暗，床头的壁灯擎开了一小圈橘色光晕。

连续的提示音从被子里传出来，是那种很可爱的咻咻声。

随后，卧室的门被推开了，缓慢而谨慎，李麒麟侧身而进，回手又将门掩好。

他的动作很轻盈，像一只灵巧的猫。

我站在床头左侧，吴岩站在我对面，指着卷成一团的被子说："当时李小璠正躲着玩手机，大概是玩得很投入吧，根本没察觉到悄悄进入房间的弟弟。"

这时候，李麒麟走到李小璠的床前。

虽然我看不清他的表情，却能从呼吸间察觉到冷漠的杀意，那种和他阳光外表极为冲突的东西。

"他用枕头蒙住李小璠的头，然后用刀子扎死了她。"就像吴岩所说的，李麒麟迅速抽出枕头蒙在了姐姐头上。

不规则的呼吸从喉咙里被挤压出来，李小璠本能地挣扎起来，紧接着，李麒麟从口袋里抽出匕首，扎进了她的身体。

那一刻，我仿佛听到皮肉间闷闷的撕裂声。

刀子迅速地进进出出，李小璠像一条濒死的鱼，拼命地扭动着身体。

砰——

砰砰——

翻腾了一会儿，便再也没了动静。

她死了。

李麒麟掀开了枕头和被子，安静地看着姐姐的尸体。

"根据尸体位置和现场血迹推断，李小璠系一号受害者，尸体无挪动迹象，死亡时间是当晚 10 点左右。"吴岩绕到我身边，仔细观察着李小璠的尸体，"初步尸检报告上说，李小璠身上有十七处刀伤，分布在左胸、左腹和右腿，致命伤是利器刺破脾脏导致大出血死亡。"

他指着李麒麟手里的那把匕首，说："凶器应该就是它！"

我抬眼看到墙上挂着的李小璠和李麒麟的合照，虽然光线昏暗，但依稀可见照片里的他们做着鬼脸，笑容灿烂。

吴岩也看到了，补充道："在案发后的调查走访中，李家的亲友均称，他们姐弟二人的关系非常好。"

我暗自感叹：这真的是外人眼中亲密无间的姐弟吗？

照片逐渐模糊了起来，我侧眼看看躺在床上的李小璠，也在不知不觉中隐没进了黑暗。

这时候，李麒麟走了出去，我和吴岩紧随其后。

走廊很深，像一条没有尽头的喉咙，两侧也密密匝匝地都是房间。

李麒麟随意推开一间，原来是他父母的卧室。

我们站在他的身后，眼睁睁看着他对母亲朱月桦动了手。

如法炮制，干脆利落。

虽然，朱月桦也试图反抗过，但李麒麟占了上风，她的呼救声被平板电脑里播放的家庭伦理剧吞掉了。

轻松有趣的对白，血腥残忍的杀戮。

这期间，我一度离开了房间，跑到走廊里呕吐。

其实，从刚才李麒麟杀害李小璠开始，我的胃里就翻江倒海了，这一次轮到朱月桦，我彻底无法忍受了。

我再回到房间之时，吴岩问道："王老师，你还好吗？"

我平复着呼吸："还好，还好。"

这时候，吴岩走到尸体前面，一边观察，一边说："根据尸体位置和现场血迹推断，朱月桦系二号受害者，死亡时间也是当晚 10 点左右，她身上也有多达十四处的刀伤，分布在左颈部、左胸和左腹，致命伤是利器割破颈动脉导致大出血死亡。"

我感叹道："这个李麒麟看起来温温软软的，杀起人来真是不手软！"

吴岩纠正道："准确地说，是杀起家人来真不手软。"

房间里的一切越发模糊起来，直至最后什么都看不见了，只留下了站在中央的李麒麟。

他将匕首藏进口袋，快步离开。

吴岩起身追过去，我暗骂了一句，也只好跟在了他身后。

我知道，李麒麟的杀戮还未结束！

走廊仍旧深邃得让人头皮发麻，似乎越走越长，越走越窄，好不容易走了出来，客厅却又无比广阔，让人莫名晕眩。

此时，李大海就斜靠在沙发上，百无聊赖地调换着频道。

他并不知道，就在刚刚，他的儿子残忍地杀害了自己的妻女，最恐怖的是，他是儿子的下一个目标。

这时候，频道停止了切换，李大海缓缓躺了下去，没多久，就发出了鼾声。

那一刻，李麒麟从我身边走过。

吴岩指着他说："他杀了姐姐和母亲，父亲是他最后一个目标。"

李麒麟盯着睡着的父亲看了一会儿，然后猛地将刀子插进了对方胸腔，李大海被剧痛惊醒，本能地和李麒麟扭打起来。

吴岩走到他们父子面前，血腥残忍的儿子屠父的画面仍在继续："虽然极力反抗，但刀子已经刺破了心脏，李大海只是在垂死挣扎罢了。"

这时候，李大海倒在了地上，身子抽搐了几下，很快便没了动静。

周围的一切逐渐隐没，只剩下了沙发和他的尸体。

吴岩缓缓蹲下，仔细观察着："李大海身上的刀伤最多，多达二十二处，分布在左胸、右胸和左腹，系利器刺破心脏而死，死亡时间在当晚 11 点左右。"

一连杀害三人的李麒麟安静地站在原地，风从阳台上吹了过来，他似乎是受到了什么指引，失魂落魄地回到了卧室。

他站在门口的开关前面，机械地重复着"开——关——开——关——"的动作。最终，卧室的灯保持在了明亮的状态。

我侧眼看看吴岩："你不觉得他这个举动很怪异吗？"

吴岩点点头，说："这很可能是一个被遗漏的线索，回头我让人走访一下案发当晚对面公寓的住户，看看是否有人注意到了这个细节。"

最后，李麒麟又去了阳台。

晚风扑面，寒意翻涌。

他站在那里，像一只安静的猫，盯着对面的公寓。

吴岩若有所思地盯着他，然后循着他的视线，一同望向对面的公寓。那深邃的黑暗里有什么值得他留恋的吗？

恍然之间，对面模糊的公寓也缓缓隐没了。

整个世界仿佛就只剩下了我们所处的这一栋公寓，被遗忘在虚无缥缈的灰暗空间之中。

这时候，我隐约听到了一道黏稠的扑哧声。

很显然，吴岩也听到了。

声音是从卧室方向传出来的，当我们转身回到客厅之时，却发现沙发不见了，李大海的尸体也不见了。吴岩本能地回头，惊呼道："这是什么情况！"

没错，李麒麟也不见了。

刚才，他明明就站在吴岩旁边，却在转眼间就消失了。

随后，吴岩又去卧室确认，李小璠和朱月桦的尸体也都不见了。

此时，扑哧声越来越清晰，走廊再次深邃起来，声音就是从尽头的房间里传来的。

吴岩侧眼看看我，做出了一个"过去看看"的表情。

我们一前一后凑了过去。

门没关。

吴岩机警地稍稍推开，然后我们看到了怪诞且让人作呕的一幕。房间里只有一张床，吊灯从黑暗中探出头来，不动声色地看着下面的一切。

在那张床上，有三个怪物，不，准确地说是三条酷似人形的蜥蜴交缠在一起，它们彼此亲热着，交媾着，发出黏稠的扑哧声。

我忍不住吐了："太恶心了！"

吴岩却镇定地站在那里，凝视着这一切。

我不禁感叹：这人与人的差距也太大了。

三个交缠的蜥蜴人竟然还发出了人类的呻吟，此起彼伏，男女交错。

吴岩突然说："这是……李大海、朱月桦还有李小璠的声音！"

我一惊："你确定？"

吴岩点点头，说："当时我在李大海的手机里调取了他录制的家庭视频，我确定这是他们一家的声音！"

那一刻，一簇刺痛感从体腔深处传来。

我知道，我们要醒来了！

我睁开眼睛的瞬间，吴岩已经坐了起来。

很显然，他还沉浸在刚才的梦境之中。

我们头上戴着脑电波同步扫描仪，另一端连接的则是梦境里那个杀意满满的年轻人——李麒麟。

只不过，此时他仍旧处于昏迷状态。

Naomi为我们取下仪器，一个年轻警察迅速靠到吴岩身边："师父，您还好吗？"

他叫芮童，吴岩的徒弟。

吴岩微微颔首，说："我还好。"

我将功能饮料递给他："你是第一次使用这种仪器，却能这么冷静地观察梦境，已经非常厉害了。"

吴岩笑笑，说："只是这种潜梦比我想象得还要累。"

眼前这个身材匀称、略微秃顶的男人叫作吴岩，东周市公安局刑警支队特殊案件调查科的科长。

同时，他也是此次委托的委托人。

说起这次委托，必须提一下宝叔和他父亲。

吴岩和宝叔是从穿开裆裤时开始的情谊，从小学一直到现在。

宝叔的父亲老胡是一名老刑警，当年想要宝叔子从父业，结果他对刑侦不感兴趣，反倒对心理学十分痴迷，所以在警察学院毕业后就出国学习了，而吴岩则被分配到东周市公安局，成了一名刑警。

特殊案件调查科前身是特案小组，隶属于刑警支队特案大队，主要接收和处理各类非常规刑事案件。

小组成员只有四个人，组长就是老胡。

当时的吴岩还很年轻，也就二十七八岁，却已参与过多起大案要案的侦破。由于破案思维独特，加之作风强硬，老胡很欣赏他，就将他调入了特案小组。

有了吴岩的加入，特案小组如虎添翼，破案率节节高升，迅速成了全局的明星小组。

老胡病退后，吴岩就成了特案小组的组长。三年后，特案小组独立出来，成立了特殊案件调查科，吴岩就成了特案科的科长。

老胡退休后，宝叔本想将他接到国外，但他拒绝了，一直独居在东周市。这些年，都是吴岩在照顾他。

宝叔和吴岩也始终保持联系，他为特案科提供了很多心理学方面的帮助，后来，吴岩还聘请他作为案件顾问，可以全程参与案件侦破。

吴岩侦破的多起大案要案，都有宝叔的功劳。

同时，宝叔还向我透露了吴岩的另一重身份，他也是一个 Divedreamer，潜梦者。他和我的经历很相似，从小被各种怪梦纠缠。

宝叔说，他在美国学习心理学，后来转向梦境学的研究，吴岩是一个重要原因，他想要帮助自己的好朋友摆脱怪梦的困扰。

回到这起委托，还要从 8·13 灭门惨案说起。

两天前，也就是 2009 年 8 月 13 日晚上 10 点左右，东周市桥东区水榭花都公寓 41 栋 1 单元 1201 室发生一起灭门惨案。

涉案人四人，分别是死者李大海、朱月桦、李小璠和犯罪嫌疑人李麒麟。

李大海，男，1965 年 6 月 14 日出生，汉族，大专文化，东周市金阳县乐存镇人，东周市规划设计研究院研究员，住东周市桥东区水榭花都公寓 41 栋

1 单元 1201 室。

朱月桦，女，1966 年 3 月 25 日出生，汉族，大专文化，东周市东洪县梁南镇人，东周市水天投资公司高级投资顾问，住东周市桥东区水榭花都公寓 41 栋 1 单元 1201 室。

李小璠，女，1987 年 12 月 17 日出生，汉族，大学文化，东周市金阳县乐存镇人，东周市经济贸易学院国际贸易专业三年级学生，住东周市桥东区水榭花都公寓 41 栋 1 单元 1201 室。

李麒麟，男，1991 年 9 月 24 日出生，汉族，高中文化，东周市金阳县乐存镇人，东周市精英中学高三（7）班学生，住东周市桥东区水榭花都公寓 41 栋 1 单元 1201 室。

报案人是死者李大海的同事王嘉宁。

案发当晚，他来找李大海，想约对方去吃消夜，没想到公寓的门是虚掩的。他进门后看到李大海倒在客厅，当时李大海已经死透了，他又在卧室发现了被杀的李小璠和朱月桦，以及趴在餐桌上昏迷不醒的李麒麟。

随后，他慌忙报案。

犯罪嫌疑人李麒麟在先后杀害姐姐、母亲和父亲后，吞服安眠药自杀，由于吞服剂量太大，虽然暂时被抢救了过来，但仍处于昏迷状态，情况不容乐观。

在此之前，宝叔曾和吴岩谈起过有关潜梦的很多细节，其中包括脑电波同步扫描仪。当时吴岩听了表示很感兴趣，所以这次发生了灭门案，唯一的犯罪嫌疑人又处于昏迷状态，随时可能死亡，吴岩第一时间联系了远在美国的宝叔。只是宝叔正在参与一个重要项目，分身乏术，他便向吴岩推荐了我，希望我通过潜入梦境的方式，寻找隐藏在李麒麟梦境之中的秘密，辅助破案。

因此，我就成了特案科的临时成员，对外称呼是特别顾问。

第十二章 人形蜥蜴

潜梦结束后，Naomi 先行返回了咨询中心，我和吴岩还有芮童则赶往东周市公安局。

路上，吴岩问我："我有一个问题，就是为什么我们潜入的李麒麟的梦境，会是从灭门案当晚发生的一切开始呢？"

"其实，这里涉及了一个叫作梦境切入点的概念。"

"梦境切入点？"

"要解释梦境切入点，必须先说一下梦境的分层。"我点头道，"我们观察到的李麒麟灭门场景，应该是他的第一层次内的梦境。"

"梦境也分层？"芮童一脸惊愕，"你逗呢吧！"

吴岩从后视镜里瞪了他一眼。

芮童嬉皮笑脸地说："我就是问问，您不是总教我不懂就要问嘛。"

"没错，第一层次梦境也叫作前意识梦境。大脑总是会回想最近发生的事或之前发生却在意的事，第一层次内的梦境就是这种回想倾向的延伸。"我拧开水杯，喝了两口水，"回到8·13灭门惨案之中，李麒麟是犯罪嫌疑人，他杀害了父母及姐姐，所以即使昏迷，大脑还是会不自觉地回放这些内容。这种回放就是梦境切入点，所以我们最先观察到的会是灭门案的现场。不过，梦境场景并不是完全的现实复制，只能说是一种反映和折射。"

"本来以为潜梦就是钻进梦里随意看看，没想到还有这么多专业知识。"吴岩感叹道。

"很多人不了解梦境学，都认为是骗人的把戏。其实，它是一门正经的学科，涵盖的知识面也极其广泛。"我回道。

"那为什么梦境中的公寓客厅犹如广场一般开阔，走廊却非常深邃，两侧还充满了房间呢？"吴岩停顿片刻，继续发问。

"被放大的客厅、深邃的走廊和密集的房间是梦境主人本身不安感和恐惧感的表达。"我解释说，"在人的意识中，空间越大，走廊越深或者隔离空间越多，带来的不安全感就会越强烈，这说明梦境主人很可能处于一个不易把控，甚至失控的环境中。"

"那我们看到那个奇怪的蜥蜴人交媾场面呢？"吴岩微微颔首，"又象征着什么呢？"

"蜥蜴人……还交媾？"芮童惊叹道，"哇，这是拍电影呢吧！"

"你小子嘴真欠呢，信不信我抽你！"吴岩呵斥道。

"我信，我信。"芮童嘿嘿笑了笑。

"其实，我们看到的是两个梦境场景。"我淡淡地说。

"两个场景？"吴岩惊奇地问，"但明明都是在公寓之中。"

"用梦境学的专用术语来说，这叫作黏合梦境（Bonded Dream），即某一个梦境场景中还隐藏着一个或多个梦境场景。"我解释说，"当我们听到那种扑哧声音的时候，其实已经转换了场景，所以李大海三人的尸体，还有站在阳台上的李麒麟都不见了。如果你仔细观察会发现，包括屋内的摆设等都发生了变化。"

"当时就想着寻找声音的源头，确实没有注意那么多。"吴岩若有所思地点点头，"那三条人形蜥蜴乱伦，又该怎么解释呢？"

"我的天，蜥蜴人还乱伦，这画面也太重口味了。"芮童瞄了一眼后视镜，见吴岩在瞪他，又赔笑道，"我这是自言自语，不算插话吧。"

"从心理学角度来看，越是禁忌的内容越多出现在性幻想之中。"我继续解释道，"弗洛伊德认为，每个男性都有恋母情结，每个女性也都有恋父情结，甚至曾经出现过杀父娶母或杀母嫁父的想法，所以关于乱伦的性幻想并不是变态的表现或开端，只是一种本能的放大而已。"

"这么说，这就是李麒麟的性幻想了。"吴岩推测道。

"我并不这么认为。通常情况下，性幻想的梦境投射对象会是自己或自己创造的人物，但在这个场景中，李麒麟并未出现，场景的主角是三条蜥蜴人，他们能发出家人的声音，我可以理解为，这就是李麒麟的父母和姐姐，只不过被他用怪物形态表现了出来。弗洛伊德在《梦的解析》中提到，人会对自己充满敌意或憎恶的人物印象深刻，从而用一种怪物的形态进行表现，这三条人形蜥蜴恰巧就是李麒麟对于自己父母和姐姐的梦境投射。"我说出了自己的想法，"所以，我推测李麒麟同父母及姐姐的关系并不像外人描述的或我们想象的那么好。还有，他父母和姐姐或许存在不正当的性关系，或许与外人存在不正当的性关系，而他的灭门举动很可能就同这些有关。"

"没想到梦境还隐藏着这么多内容。"听到我的解释，吴岩不禁感叹道。

"不过，梦象这东西只是一种参考，并不能作为现实破案的依据。"我淡淡地说，"或许它能带你找到案件真相，或许它就带你走入了歧途。"

"这案子看起来很简单。"吴岩点了一根烟，陷入了沉思，"实际上却是云谲波诡。"

一个阳光开朗的大男孩为什么会举刀杀害全家人呢？

他的灭门动机成了调查重点。

案发后，吴岩和特案科同事针对李麒麟一家的人际关系网进行了调查，我作为临时成员，也一同前往。

在走访者口中，这是一个让人艳羡的四口之家，家境优渥，关系和谐。

去年此时，李麒麟一家还在东周市政府举行的"模范家庭"评选中获奖，父亲李大海稳重内向，母亲朱月桦知性贤惠，女儿李小璠文静乖巧，儿子李麒麟阳光开朗。

尤其是李麒麟，不仅学习好，热爱运动，还乐于助人，每逢周末都去社区做义工。

在走访社区负责人的时候，对方给予了李麒麟很高的评价，不过他也谈到了一个奇怪的细节："只是最近两个月，他都没有来过了。有几次，我见了他，没等打招呼，他就跑开了，看起来怪怪的，跟丢了魂儿似的。案发前不久，社区举行义工评选，我还去过他家，他竟然直接将我赶了出来。"

"后来你又找过他吗？"吴岩又问。

"没有了。"社区负责人摇摇头，"不过我倒是碰到过李大海，同他说起了这件事，他说回去好好问问，结果没多久就发生了灭门案。"

之前对于李大海、朱月桦和李小璠的人际关系排查，特案科也没什么发现，倒是这个社区负责人的一席话引起了吴岩的好奇心。

丢了魂儿似的？

还将社区负责人赶了出来。

这说明李麒麟的精神状态很差，至少不是很好。

随后，这个推测在他的老师同学口中得到了印证。

据学校社团负责人称，大概两个月前，李麒麟突然以身体问题为由退出了篮球队和其他社团，当时社团负责人还去问过他，他只是说想要好好复习，准备联考。

社团负责人还说，李麒麟学习成绩很好，虽然一直在篮球社，也兼顾其他社团，但丝毫没影响过学业，根本没必要为了准备联考而选择退出。

又是两个月前。

这个细节引起了吴岩的注意。

而据李麒麟的同学和室友称，也是大概从那时候起，他突然变得神秘兮兮的，先是主动疏远大家，独来独往，后来，行为举止也怪异起来。

班主任王老师称："有两次，我正在上课，他突然就大哭大笑起来，把大家都吓坏了。课后我将他叫到办公室，问他为什么那么做，他只是沉默，什么也不说。考虑到他平常表现不错，我也没有追根究底，只是让他注意课堂纪律。"

同学小林称："有几次，我看到他在水房里不停地喝水，好像着魔了一样，即使喝吐了还是要喝，最后被大家制止。后来，我们问他怎么了，他不仅神经兮兮的，还骂我们有毛病，我看他才有毛病吧。"

同学小彭称："这家伙肯定有问题。有一次放学，他将我叫到操场上，我以为他找我有什么事，你猜怎么着，他竟然给了我俩耳光，我正要发火，他又跪在地上向我道歉，不仅跪下，还舔我的鞋子。后来我听几个同学说，他们也有这样的经历。"

室友小瑞称："之前李麒麟从来不吃零食，也不看恐怖片的，但他家出事前，我不止一次发现他在半夜一面疯狂吃零食，一面不停看恐怖片，嘴里还念念有词。吃完又去卫生间把自己抠吐。我问他怎么了，他什么也没说，不过看起来似乎很焦虑。"

室友小党称："有一次，我半夜起夜，听到卫生间里有怪声，我以为有老鼠，打开门才发现李麒麟跪在马桶前面……他竟然在吃屎。你们能想象吗？他在吃屎啊！一边吃还一边拍照，我吓得直接把门关上了。后来，我还听到他在卫生间哭泣。没多久，我就搬回家去住了，有两次碰到他，也感觉怪怪的。"

除此之外，李麒麟的任课老师和同学也都提到，他经常接到神秘电话，突然离开教室或者宿舍。

至此，吴岩列举了他的怪异行为：主动疏离人群；无名情绪失控；疯狂喝水至吐；突然殴打同学，又下跪道歉；不停吃零食看恐怖片；在卫生间吃屎拍照；等等。

不过，警方在案发后，并未找到李麒麟的手机，也没能找到室友小党口中的吃屎照片，而拨打他的号码也是关机状态。

在之前调取的他们一家的通话记录中，也无任何异常。

吴岩推测，李麒麟应该还有其他号码。

"其他的倒还好，就是在卫生间吃屎的行为太让我意外了。"芮童感叹道，"那是屎啊，正常人会去吃屎吗？"

我淡淡地说："或许，他变得不正常了呢。"

李麒麟为什么会变成这样子呢？

他一定经历了什么，就发生在两个月之前！

第十三章　模范之家

　　结合调查走访笔录，最让我在意的是李麒麟的性格反差，一个阳光开朗的大男孩怎么会突然变得诡异失控呢！

　　我特意从他的同学手中调取了一些自拍视频，有关于集体活动的，也有关于聚会和宿舍搞笑的，这与我在吴岩那里看到的李麒麟一家的家庭视频基本一致，他表现得很热情阳光，自信开朗。

　　人的性格有两大特征。其一是自动性，或者说是本能性，意思是说由性格决定的反应是自动的、本能的、不受理智和意志控制的。只要有相应环境或刺激出现，就一定会自动出现相应的情绪和思维反应。其二是恒定性，意思是说与性格相对应的情感与思维习惯一旦形成，就基本上长期保持恒定不变，起码在一个固定时间段内是不会改变的。

　　人的性格如果短时间内出现变化，必然是内外因共同作用的结果，变化程度和内外因施加程度有关。

如果找到内外因，或许对于确定李麒麟的灭门动机有更多帮助。

在回市局的路上，吴岩接到了法医李曼荻的电话，说是尸检有新的发现。

我们走进市局大院时，见鉴定科一室的灯还亮着，吴岩不禁感叹："我还以为只有咱们是工作狂呢，原来还有一位。"

我叹了口气，随他们匆匆进了楼。

之所以叹气，是因为之前的见面并不愉快。

在接受这起委托后，吴岩曾带我去见了特案科的同事，大家似乎对我这个"新人"不太欢迎，尤其是李曼荻，公然说心理咨询师是骗钱的神棍。

虽然气氛很尴尬，不过我也没太过在意。

后来吴岩私下还向我道歉，说李曼荻平时就是这样子，面冷心热，他还提到李曼荻是单亲妈妈，三年前和丈夫离婚后，独自带着女儿生活。

听到他这么说，我倒是对于李曼荻的敌意消减了不少。

推开鉴定科一室的门，一眼就看到坐在休息室抽烟的李曼荻。

见我们来了，她捻灭烟头，阴阳怪气地说："老吴，人家王老师只是特别顾问，你可别把人家当成正式民警用了，用坏了你赔不起的。"

吴岩无奈地笑笑："说说吧，有什么新发现。"

李曼荻瞄了我一眼："你确定我们的新同事能够接受尸体吗？"

本来我还想说先回避一下，结果被她这么一激，只好迎头而上："当然没问题。"

毕竟，我也是看着一波刑侦港剧长大的，工作之余也在看欧美罪案类剧集，在某种意义上也算是"阅尸无数"。

李曼荻耸耸肩，戴上手套和口罩，我们三人也脱掉鞋子，穿戴好，一并走进鉴定室。她从二号停尸柜里抽出一具尸体，正是李麒麟的姐姐李小璠。

这是我第一次见到真实尸体，还是一名年轻女性，说真的，这对我产生了不小的冲击。我虽然强装镇定，胃里却已经翻江倒海。

李曼荻严肃地说："我在为李小璠做进一步尸检时，发现她身上有一些奇怪的伤痕。"

吴岩来了兴趣："奇怪的伤痕？"

李曼荻用力翻起李小璠的尸体，我们看到她的胸部、腹部、背脊及双腿上确实有多处深浅不一的瘀痕，而在她的左臀部还有一个圆形烙印。

"这些瘀痕是在她死前三天左右形成的。"李曼荻解释说，"至于那个圆形烙印，形成至少有三年以上。"

"能够分辨是什么图案吗？"吴岩问道。

李曼荻点点头，回身将两张打印图片交给他："这是放大后的图片，我已经让技术队做了锐化处理，圆形烙印直径 2cm，图案像是一只梅花鹿的鹿角。"

李曼荻这么说着，吴岩却缓缓躬身，指着李小璠的左手，问："她左手的拇指和小指的指甲怎么不见了？"

经他这么一说，我也将注意力转移了过去。

"没错，她的双手均做了美甲，但当我剥离美甲甲片后，发现了一个很奇怪的现象，她左手拇指和小指以及右手无名指的指甲都被剥掉了。"随后，李曼荻又抬起李小璠的左脚，"不仅是双手，她左脚拇指和中指的趾甲也被剥掉了。"

"这么说来，李小璠死前很可能遭受过虐待了？"芮童也发表了看法。

"除此之外，我还发现了一个很有意思的地方。"李曼荻转身将手里的报告交给吴岩，又指着李小璠的乳房说，"她的双侧乳头上各有两个对称小孔，孔径在 1.5mm 左右。"

"什么意思？"芮童一脸茫然地问。

李曼荻欲言又止，抬眼正好和我的视线相对。

虽然只是短短几秒，我还是读出了她眼神里的尴尬。

"李法医的意思是，李小璠生前曾做过乳头穿刺。"我思忖片刻，回答了芮童的问题，"她乳头上对称的小孔就是穿刺的结果。"

"乳头穿刺？"芮童更加惊讶了。

"没错，根据乳头上小孔的扩张程度，我推断李小璠经常佩戴乳环或乳钉类的东西。"李曼荻解释道。

"为什么要佩戴这种东西？"芮童说着，还顺势摸了摸自己的胸部。

"这……"李曼荻抿了抿唇瓣。

"有调查数据显示，相比一般刺激，乳头穿孔可以更好地激发性欲，刺激也更为强烈。"我看出了李曼荻的犹豫，再次替她做出解答。

"或许她只是一时好奇，也或许她就是单纯地佩戴而已。"吴岩试图找出合理的理由，"毕竟，这是个人自由。"

"她不是好奇和单纯地佩戴。"李曼荻摇摇头，"我怀疑李小璠很可能是一个刑奴！"

"刑奴？"李曼荻的怀疑似乎打开了吴岩的思路。

"所谓刑奴，即 SM（虐待与受虐）主奴关系中，奴的一种。"我简单做出了解释，"与绳奴、狗奴等不同，刑奴渴望痛感和屈服，尖叫、痛楚、压抑、恐惧和绝望等感受充斥着他们的性生活，他们通过主人的刑罚调教而获得快感和高潮。"

"没想到心理咨询师懂得还挺多。"虽然语带质疑，不过我还是从李曼荻的话中闻到了一丝感谢的味道。

"之前，我接触过一名咨询者，她就是刑奴。"我淡淡地说，"所以对这方面的信息多少有些了解。"

而李曼荻之所以怀疑李小璠是刑奴，是因为在调入特案科前，她曾在一起故意杀人案中遇到过类似情况。

她所说的案件就是四年前发生的 3·19 杀人分尸案。

吴岩想了想，说："这起案件我有印象，当时应该是刑警一大队负责的案子。"

李曼荻应声道："没错，那起故意杀人案的死者叫作顾楠，一个外企白领，她被人杀害后分尸抛尸，而案件的主检法医就是我。"

据李曼荻称，当时她在顾楠被分解的乳房上也发现了类似小孔，而顾楠的左臀部上也有一处和李小璠身上类似的圆形烙印，图案也很相似。随后，警方抓获了犯罪嫌疑人吴某和郭某，二人对于杀人分尸行为供认不讳。

在警方的讯问中，他们也供述了与死者顾楠的另一层关系：主奴。

死者顾楠是一个刑奴，他们两个是顾楠的男主。

顾楠死去的那一晚，吴某和郭某轮番对其进行窒息调教，结果在追求极致高潮的过程中出了意外，顾楠被掐死了。随后，二人将其分尸抛弃。

当时李曼荻特意问了两个犯罪嫌疑人，那个臀部的圆形烙印是怎么回事。

吴某解释说，在他们的圈子里，如果刑奴非常信任和依赖自己的男主，为表示衷心，刑奴会要求主人在自己身上留下终生印记，而烙印就是其中一种，标志此奴已有所属。

李曼荻的怀疑有理有据，虽然不能完全确定，但至少给出了一个思考方向。

听完她的解释，我忍不住瞄了一眼李小璠干净清澈的身体。

或许，这个外人眼中文静乖巧、交际单纯，甚至没有谈过恋爱的女生并没有我们想象得那么简单。

也或许，从一开始就是我们先入为主，被刻板印象误导，把事情想简单了。

李小璠根本不是普通的女大学生，往更深处猜测，或许，李麒麟一家也根本不是普通的一家人。

外人眼中的人畜无害只是假象罢了。

离开之前，我走在最后，李曼荻叫住了我："喂！"

我稍稍侧目："还有事吗？"

她似乎欲言又止。

我淡淡地说："你想要谢谢我是吧。"

她一愣。

我笑了笑："我已经知道了，你不用在意。大家都是同事嘛，就应该互帮互助。"

李曼荻白了我一眼，转身回了鉴定室。不过，我还是听到了她隐隐的笑声。

离开鉴定科一室，吴岩站在走廊里抽了一根烟："当时我们在李麒麟梦境里看到三只交媾的蜥蜴人，你推测他的父母和姐姐存在不正当的性关系，或与外人存在不正当的性关系，如果证实李小璠确实是刑奴，那你的推测就是正确的！"

我淡淡地说："线索真是越挖越有意思了。"

吴岩若有所思地点点头。

窗外，夜色狰狞。

其实，在第一次潜梦结束后，吴岩就将调查重点放到了李麒麟一家的人际关系上，集中警力走访排查，而李曼荻提供的线索，让他决定将李小璠作为深入了解这个完美之家的突破口。

重新翻阅李小璠室友的询问笔录，她们对于这个可爱女孩的描述除了"文静""乖巧"外，都不约而同提到了她很恋家，每周二和周五放学都回去，风雨无阻。但在后续跟访中，邻居们却称只是偶尔在周末看到她回家。

两种截然相反的说法。

随后，芮童在比对调取的视频资料时发现了新线索。

他只看到了李小璠离开学校的影像，与之对应的时间段内，并未看到她回到自家公寓的画面，而次日一早，她便又乘公交车回到了学校。

这么说，室友们提供的信息是真实的，她确实离开了学校，只是没有回家。

在接下来的视频线索梳理中，芮童又有了新发现。李小璠先是坐 117 路公交离开学校，通过调取公交公司提供的所有该路公交车一个月内的车内监控，结合公交时刻表，交叉比对她的乘车时间，确定了她乘坐的三辆公交的车牌号码。

随后，通过仔细筛选车内监控画面，确定李小璠是在 117 路东周大戏院一站下车，下车后穿过塔南路，搭乘一辆出租车离开。

在逐一调取沿路监控后，确定李小璠在碧水庄园社区下车。不过，她下车之时，妆容和衣着已发生改变。

如果不仔细辨认，根本不会想到那就是李小璠，青春洋溢的大学生摇身一变成了浓妆艳抹的成熟女郎。

这更加让我们确定，这个女孩绝不简单。

通过调取社区和公寓内的监控，最终确定李小璠进入了碧水庄园社区 18 号楼 3 单元 701 室。

次日一早，她才再次出现在公寓内的监控录像中，一个大腹便便的中年男人送她出来，与她一起出来的还有一个中年女人。

每周二和周五，李小璠都会前往此处，而那个中年女人也都会和她一起离开。

这个发现让吴岩很是惊喜！

他随即联系到了这处公寓的主人，不过并不是监控录像中的胖男人。

他叫罗堃。

起初，罗堃否认自己认识李小璠，直至吴岩给他播放了视频证据，他才承认，监控里那个中年男人是他的朋友蔡鹏，他将公寓租给对方，蔡鹏才是公寓的实际居住人。

蔡鹏经营着一家小超市。

但在接下来的追查中，蔡鹏已不知去向，超市也关门了。通过调取监控得知，他最后一次出现在公寓里是 8·13 案案发的次日。

他离开社区后，乘坐一辆黑色轿车离开，再也没有出现。

蔡鹏的这个举动有些反常，就算警方真的查出他和李小璠的主奴关系，对他也没有太大影响，他完全没必要突然失联。

除非，他还掌握着其他不想让警方知晓的秘密。

"你知道蔡鹏和李小璠的关系吗？"吴岩问罗堃。

"知道。"罗堃点点头说，"蔡鹏喜欢玩 SM，那女孩是他的奴儿，我们也都认识的，还在一起吃过两次饭。"

"他是什么时间租下你的公寓的？"

"大概两年前吧。"罗堃思忖了片刻，"当时我去外地工作，房子空了下来，他说想要过来住，我就租给了他。"

"他离开之前没有给你打电话吗？"

"没有。"罗堃叹气道，"如果不是你们找到我，我都不知道这家伙失踪了。"

"那你知道视频中那个中年女人是谁吗？"

"她姓朱……"罗堃想了想，"她叫朱怡婷。"

随后，我们辗转找到了朱怡婷。

当吴岩表明来意的时候，她的脸色突然就垮掉了。

询问之下，她承认了自己的刑奴身份，而蔡鹏就是她的男主。

朱怡婷称，她是两年前偶然进入这个圈子的。

她在网上无意中看到有关调教刑奴的视频，那些在别人看起来重口味的影像却撩拨起了她心底隐匿的欲望。

她今年四十一岁，结婚十七年，孩子也十五岁了。

白天，她按部就班地做饭、上班、照顾孩子和老人，晚上和老公做爱，没有前戏和后戏，雷打不变的男上女下体位，最后睡觉。

一天又一天，周而复始。

她逐渐地将自己活成了一个大家眼中令人艳羡的机器人。

殊不知，他们眼中知性文静的她却渴望着屈服和调教，渴望着疼痛带来的快意，渴望着各种可以激发她内心原始欲望的东西。

打破，打破现在平凡无味的自己。

最初是鞭打、捆绑、吊环；

然后是滴蜡、浇水、拘束；

接着是针刺穿孔、火刑、烫印。

一步一步地，她在各种刑罚中获得了解放。

在丈夫面前，她是上得厅堂下得厨房的贤妻，在男主面前，她是追逐酷刑和高潮的忠实奴隶。

她经历过三任男主，有过欢愉，也有过不开心的经历，最后在蔡鹏的调教下停留。

当时蔡鹏已经有一个固定刑奴，就是李小璠。她和李小璠以姐妹相称，也是从那时开始，蔡鹏开始了对这对姐妹奴的调教。

"你知道李小璠是从什么时候做刑奴的吗？"吴岩问她。

"其实，我们是不愿意被打听自己身份信息的。不过，既然做了姐妹奴，也多多少少知道彼此的信息。"朱怡婷回忆道，"起初，我以为她就是想要尝鲜的女孩子，后来她告诉我，她已经做了四年的刑奴，只不过隐藏得很好，一直未被人发现。"

"她有没有说自己为什么要做刑奴？"吴岩问道。

"她说自己从小就是爸妈眼中的乖乖女，学习成绩好，也贴心懂事，从来没被责罚过。"朱怡婷想了想说，"有一次，一个邻班的女同学因为误会她和自己男朋友的关系，给了她一巴掌，但就是这一巴掌让她记住了这种奇妙的味道，那种莫名其妙的，她从未体验过的疼痛，那种近在咫尺，却又触手不及的感觉！"

"那你知道李小璠的指甲被剥掉了吗？"

"我知道，她最喜欢主人，不，是蔡鹏剥掉她的指甲，尤其是那种连根拔起的。虽然我也渴望疼痛，但这种剥掉指甲，我是承受不了的。"说到这里，朱怡婷忍不住摸了摸自己的指甲，"我们认识的这两年，她被蔡鹏剥掉了四十多个指甲，基本上一年，她的手脚指甲都要被剥上一遍。"

剥掉指甲，想想都觉得钻心地疼，更何况是连根拔起。

"你最后一次见到李小璠和蔡鹏是在什么时候？"吴岩又问。

"四五天之前吧，就是这个月的十日那天。"朱怡婷回道。

"地点呢？"

"蔡鹏居住的公寓。"

"后来他联系过你吗？"

"其实，我都没有他的联系方式。"朱怡婷解释说，"我们约定好每周二和周五是调教日，除了调教，我们彼此没有交集。他也答应过我，不会打扰我的生活。"

关于朱怡婷的询问结束后，她特意请求吴岩，千万不要公布她的身份。

吴岩安慰道："放心吧，我们只是例行询问。"

芮童有些不屑："没想到看起来挺内向的，竟然还是一个刑奴。"

我接过他的话，说："性格内向或外向和刑奴没有直接关系。再说了，她做刑奴是她的选择，我们也无权干涉。"

虽然确认了李小璠的刑奴身份，但并没有直接证据表明，李麒麟的灭门案和李小璠的刑奴身份有关。

不过，这还是给了特案科很大的信心。

李小璠的刑奴身份已经撕开了这个模范之家的伪装，而这道口子还会不断扩大，直至找到被表皮包裹的真相！

第十四章 凌晨汇款

与此同时，医院方面联系了吴岩，称李麒麟再次进入危险期，一旦出现并发症，随时可能死亡。

为了挖掘李麒麟梦境中隐藏的线索，吴岩提出了潜梦请求。

重症监护室外面，我和吴岩相对而坐。

我提醒他："现在潜梦非常危险，一旦他在我们潜梦的过程中死亡，我们很可能被带入虚无之梦，死在梦里。"

不过，吴岩还是不愿意放弃这个机会："哪怕只有一分钟也好，或许他的梦境里还有我们没有发现的秘密。"

在杨逸凡的案件中，我曾潜入濒死状态的郭学民的梦中，最后被他驱赶离开，事后听完宝叔说的话，我仍旧心有余悸。

虽然潜入濒死梦境就是在赌命，但我最终还是同意了吴岩的请求。

我嘱咐 Naomi 将强行唤醒时间设定为五分钟，不管是否找到线索，五分钟后，我们必须离开李麒麟的梦。

为确保万无一失，Naomi 将强行唤醒力度调至最强。

佩戴好仪器后，我和吴岩相对躺好，平稳呼吸，伴随着舒缓的音乐缓缓入睡。

这一次的梦境是从一辆轿车里切入的。

开车的是李麒麟，我和吴岩坐在后座上。

车子平稳行驶着，穿过被雨帘包裹的市区，最后在一家酒吧前停下。

李麒麟摇下车窗，抽了一根烟。

他似乎在等人。

这时候，一个漂亮女孩从酒吧里走了出来，她运气不太好，连续招了两辆出租车都没有停靠。

雨越下越大，她匆匆穿过马路，准备到路对面搭车。

几乎是同时，李麒麟将车子开了过去，在她身边停下："嘿，你是季蓝心吗？"

女孩一愣："你是谁？"

李麒麟笑笑，说："你不记得我了吗，我是李麒麟！"

似乎是光线不太好，女孩仔细看了看，表情倏然舒展开来："喔，你是班长李麒麟！"

我将头探了出去："看来，他们两个认识。"

吴岩解释说："这女孩叫作季蓝心，李麒麟的初中同学，我们在走访过程中，通过视频联系过她。"

"他不会无缘无故梦到她，两人之间应该有其他联系吧。"我推测道。

"哦，有这么一个事，她和我们谈及李麒麟，说两个人曾有过矛盾。"吴岩想了想说，"好像是初中毕业后，身为班长的李麒麟组织了一场聚会，当时季蓝心出于个人原因没来参加，两个人因此在电话里争吵过。"

我若有所思地点点头，说："或许，梦境内容就和这个有关。"

吴岩笑了："你还会预测梦境呢！"

我听出了他话外之音，附和道："只是猜测而已，我们静观其变。"

李麒麟说送季蓝心回家，对方也没推辞，顺势坐上车子。他们有说有笑，话题从现在说到了从前。

其间，李麒麟说他组织了一场同学会，但一直没能联系到季蓝心，今天正巧碰到了她，问她有没有时间。

季蓝心也没多想，就说当然愿意参加。

吴岩惊讶地看看我："真的和同学会有关！"

我点了点头，没说话。

聊着聊着，季蓝心就迷迷糊糊地睡着了。

吴岩问道："她怎么突然就睡着了呢？"

我淡然一笑："你不能用现实逻辑来解析梦境内容，它可以有逻辑，也可以毫无章法，李麒麟是梦境主人，他想要谁睡着，谁就得睡着。"

随后，李麒麟将季蓝心带回了家，我们也随他跟了进去。

客厅里被布置得很温馨，横幅、气球还有大家的照片，四周摆满椅子，只是每个椅子上都蒙着一块布，不知道下面盖着什么。

李麒麟将季蓝心放到沙发上，试着唤醒她："蓝心，你醒醒，同学会快开始了。"

他这话说得鬼气森森的。

这房间里除了我们四个，不，准确地说除了他们两个没别人了，哪里来的同学会。

这时候，季蓝心缓缓醒了过来："我……我这是在哪儿……"

李麒麟笑笑说："你在我家呢！"

季蓝心有些错愕："你不是要送我回家吗，为什么来你家了？"

李麒麟仍旧笑着："你忘记了吗，我邀请你参加同学会，你同意了，我就带你来了。你看大家都来了，同学会要开始了。"

季蓝心环视一周，她也意识到了古怪："不好意思，我有些不舒服，我要回家了。"

话落，她起身踉踉跄跄地朝门口走去。

李麒麟没有阻拦，因为他知道她无法离开。

这时候，季蓝心才发现门被锁住了，转头呵斥道："我要回家了，请把门打开！"

李麒麟笑了笑，门突然自己就开了。

季蓝心慌忙地就要夺门而去。

只是她出门的瞬间，脚下一滑，传来了惨叫。

这时候，李麒麟缓缓地走过去，我和吴岩跟在他身后，眼前的一幕让我们惊愕：公寓的外面不是走廊，而是一片虚无寂寥的空间。

这处公寓就悬浮其中。

像是浩瀚的宇宙中只有一颗孤零零的地球。

季蓝心双手死死抓着公寓前的地面，大声呼救着，身体来回摆荡。

吴岩一惊："这也太吓人了吧。"

我淡淡地说："李麒麟是梦境主人，他有绝对的控制权。"

李麒麟缓缓蹲下，说："现在你还想要逃吗？"

季蓝心吓坏了："我不会逃了，不会逃了……"

李麒麟将她救了上来："我说了，今天是同学会，谁也不能离开！"

季蓝心啜泣道："你说什么呢，就我们两个，哪里来的同学会！"

李麒麟又笑了："怎么会是我们两个呢，同学们都来了，还有我们的老师们呢！"

　　季蓝心愣了。

　　这时候，李麒麟缓缓走到那一排排椅子前面，掀开盖在上面的红布，接着就是季蓝心的惨叫。

　　说真的，我和吴岩也吓坏了。

　　那下面盖住的竟然是一颗颗冰冷的人头，排列整齐，表情各异。

　　李麒麟笑着说："你看看，大家都来了呢，这是副班长曲玮玮，这是学习委员曹一冰，这是纪律委员尹向建……"

　　他耐心介绍着，直至被季蓝心打断："够了！"

　　他转头说道："现在就差你一人了。"

　　季蓝心知道自己在劫难逃，但还是乞求他放过自己。

　　接下来，我和吴岩看到了一场完整的追杀戏码，最终，季蓝心被抓住了。

　　李麒麟将一根皮带绑到她的脖颈上，逐渐用力。

　　我和吴岩站在那里，安静而残忍地看着季蓝心挣扎着，沉重地翻动着身体，直至逐渐没了动静。

　　良久，我才试探性地问道："她……死了吗？"

　　吴岩走到季蓝心面前，悲伤地点点头。

　　这时候，李麒麟将季蓝心的头颅割了下来，放到唯一一张空着的椅子上。

　　他松了口气："好了，大家终于聚齐了，同学会现在开始。"

　　他打开电视和音箱，放肆地唱着笑着跳着，那些冰冷的人头冷漠地看着他，季蓝心也在其中。

　　直至他累了，才缓缓停下来。

　　随后，他起身去冰箱里拿泡面，我和吴岩又看到了冰箱里储藏着李麒麟父母和姐姐的人头。

　　不仅仅是老师和同学，他竟然在梦里再次将父母和姐姐杀害了。

　　他煮了一桶泡面，全神贯注地看起了电视，浑然不知空荡荡的客厅里还有我们两个隐形人。

然后，他吃饱了，伴随着那些人头的凝视，躺在沙发上睡着了。

不久，就传来了鼾声。

整个房间里透出一种末世的疯狂和冰冷。

吴岩冷不丁打了个喷嚏："为什么我总感觉那么冷，那么不舒服呢！"

我走到电视机前，从口袋里摸出一把匕首，用力刺了进去。

一股黏稠的褐色液体循着破口汩汩而出。

吴岩一惊："这是什么东西？"

我抬眼看看他："情绪，这是梦的情绪。"

"梦也有情绪？"

"每个梦境都有它特有的情感表达和诉求，人在现实中的情绪和梦中的情绪是有关联的。"电视里的黏稠液体越来越多，散发着腐臭，我若有所思地说，"从我们初次潜入李麒麟的梦境开始，不管是灭门现场、蜥蜴人交媾，还是这一次他残害季蓝心，不论是现实的折射，还是梦中的虚构，每个场景无不透露着一种阴冷和失序。"

没等观察更多，Naomi 启动了强行唤醒按钮，我们从李麒麟的梦境中醒来。

现实里，五分钟的潜梦时间已过。

醒来的吴岩仍旧沉溺在刚才的杀梦之中，他侧眼凝视那个全身插满管子的高中生。我接过 Naomi 递过来的功能饮料，淡淡地问他："你还好吗？"

吴岩点点头，说："我只是想不通，为什么他的梦境里会充满杀意，如此阴暗疯狂呢？"

虽然潜梦时间很短，但这次的梦境观察却带给了我新的思考。

我思忖了良久，问道："还记得李麒麟的老师和同学说，灭门案发生前，他的性格发生剧变，行径也变得诡异吗？"

"当然记得。"

"或许，就和这些梦境有关。"

"性格变化和梦境有关？"

"准确地说是和梦境自我有关。"

"梦境也有自我？"

"每个人都有独特的梦境自我。简单来说，就是梦里的那个你，这是一个和现实自我平行的形象，但你不会感知到它的存在。"我淡淡地说，"因为，他只存在于你的梦境世界之中。"

"就是双重人格了？"

"某种意义上的双重人格吧。"

"你的意思是说现实中阳光开朗的李麒麟幻想自己是一个杀人狂，所以梦境中的他才充满了杀意？"对于我的推测，吴岩表示怀疑。

"冷漠阴郁、失序疯狂就是李麒麟典型的梦境自我表现，和现实里阳光开朗、善良自信的他判若两人。他在灭门惨案发生前，性格出现剧变，一定是有一个强大的外因所致，不过即使是强大的外因，也不会让他的性格产生如此剧烈变化，甚至做出灭门举动！"我抬眼看看吴岩，"但是，这个外因可以让他患病！"

"患病？"吴岩追问道，"什么病？"

"他很可能罹患了梦境自我解离症！"当我对吴岩说出这个病症时，他也是一脸错愕。

"梦境自我……解离症？"

"解离症指的是在记忆、自我意识或认知的功能上的崩解，包括解离性失忆症、解离性迷游症、多重人格异常以及自我感消失症等等。"我细致地做了讲解，"我们在很多影视作品里看到过类似疾病，梦境自我解离症也是解离症的一种，即梦境自我从梦境场景中解离出来，行为和认知出现影响、侵蚀甚至占据现实自我的现象，直白一点就是梦里的你影响了现实中的你。"

"我确实是第一次听到这种病症。"吴岩不禁感叹道，"当了这么多年刑警，突然感觉自己很没有文化。"

"由于发病率极低，症状表现上和人格分裂又非常相似，很多精神科医生或心理咨询师会将它认定为人格分裂。"我淡淡地说，"我也是在宝叔的梦境学课程上接触过。"

"那发病原因呢？"

"发病原因有三个：其一，与童年创伤密切相关，尤其是性侵害；其二，突发的创伤性生活事件；其三，某些遗传因素。"我解释说，"回到8·13灭门惨案中分析李麒麟的性格状态，我更倾向病因是突发的创伤性生活事件。"

"突发的创伤性事件……"吴岩低声念叨着。

"由于突发性和创伤性，诱发梦境自我解离，这事件让李麒麟的性格变得焦虑恐惧，而冷漠阴郁的梦境自我则放大了这种个体感受，两个因素彼此影响，彼此强化，彼此融合，最终导致他的性格发生剧变，引发了灭门案。"

"所以……"吴岩抬眼看看我，"我们应该转变调查方向？"

"相比挖掘李麒麟一家的家庭关系，从家庭关系中寻找突破口，"我点点头说，"我感觉这个突发的创伤性事件才是关键！"

潜梦结束后，吴岩送我回家休息。

结果路上他接到芮童的电话，说特案科收到指挥中心转警，一个姓苏的举报人提供了一条关于李麒麟的线索。

我立刻让吴岩掉转车头，旋即赶回东周市公安局。

苏先生称，大约一个月前的那天凌晨，他和客户应酬完回家，驱车路过东周城市发展银行，曾看到一个疑似李麒麟的人坐在自动柜员机前面痛哭，当时他还过去询问是否需要帮助，对方听后却匆匆骑车离开了。

由于离开得匆忙，对方遗失了一张学生证，苏先生捡起来一瞧，原来他是东周市精英中学高三（7）班的学生，名叫李麒麟。本来，苏先生计划第二天就将学生证还回去，没想到妻子突然出了车祸，他一直在医院照顾妻子，便将这件事遗忘了。直至昨天，他无意中看到有关"8·13李麒麟灭门案"的新闻，突然想起了那张学生证的主人就是李麒麟，所以第一时间就联系了警方。

根据苏先生提供的线索，芮童和技术人员调取了位于东周市开发区的城市发展银行该时段的监控录像。

虽然戴着帽子和口罩，但通过截取的画面，还是能确定他就是李麒麟，他也确实有汇款之举，汇款金额只有一百元。

"凌晨两点去自动柜员机给别人汇款？"我看完录像，也充满疑惑。

"或许，收款人很需要这笔钱吧？"芮童推测道。

"你能动脑子想一想吗？"吴岩拍了拍芮童的脑袋，"这个收款人就这么需要一百块钱吗？"

"俗话说，一分钱难倒英雄汉，没准对方就真的缺钱呢。"芮童低声嘟囔道。

"真是卤煮寒鸭子——"吴岩无奈地笑笑，"肉烂嘴不烂。"

不过，这无疑又在李麒麟的怪异举动中添了一笔，也让我们对于收款人的身份信息充满好奇。

对方会是谁呢？

同学？朋友？家人？

这是一个矛盾的举动，凌晨汇款说明对方很需要这笔钱，但汇款金额仅仅是一百块，他真的这么需要这一百块吗？

他就没有其他途径获取，必须等待李麒麟的汇款吗？

随后，结合该时段自助柜员机的交易记录，银行工作人员确定了收款方账号，也核实了账号的开户信息。

开户人张玫，女，1972年5月15日出生，户籍登记地为贵州省铜仁市思南县塘头镇塘头村。

在警方梳理的李麒麟一家人际关系名单中，并没有一个叫张玫的。

吴岩一惊："贵州，那么远？"

芮童提议道："我们要不要去贵州取证，正好给身体和心灵一次完美的旅行。"

吴岩白了他一眼，第一时间联系了贵州省思南县警方。

通过当地派出所确认，这个张玫自2001年2月起就一直在深圳打工。

随后，吴岩又辗转与身在深圳的张玫通了电话，对方称自己从未来过东周市，与李麒麟一家更是不认识。

不过，她提到自己曾在2006年5月遗失过身份证，所以很可能有人盗用了她的身份证信息。

与此同时，东周市城市发展银行的工作人员提供了此账户的交易记录。

自2009年5月19日起，一直到2009年8月7日，也就是灭门案发生前一周左右，不断有人向该账户汇款，每次汇款金额几十块或上百块，72次汇款共计为1800元。

汇款时间不一，分布在一天的任何时段，汇款地点虽然都在东周市辖区内，但非常分散，囊括了从东至西，从南到北，从市区到郊县的大部分银行。

通过调取相关银行的监控录像，除12次记录因设备问题无法核实外，另外60次全部都是由李麒麟从不同银行的自动柜员机上汇出。

吴岩推测，虽然有12次汇款记录无法核实，但基本可以推断也是李麒麟所为。

最让人生疑的是，这张银行卡的开户时间是2006年7月3日，开户行是贵州省铜仁市思南县的中国广发银行思南县支行，但第一次交易记录却是

2009 年 5 月 15 日，东周市城市发展银行。

"盗用他人的身份信息开户，放了三年才使用，而且自从开户后，无任何存取款记录，也未开通任何业务，只有李麒麟在向卡内汇款。"吴岩道。

"不分时间地点汇款，汇款金额又那么少，最奇怪的是对方竟然还不取走！"芮童感叹道，"看来古怪的人不只李麒麟，这张银行卡持卡人的精神状态也值得鉴定啊！"

"你们说，持卡人为什么不把钱取走呢？"吴岩又问。

"或许他根本不缺钱吧。"芮童答道。

"也或许……"我抬眼看看他们，"这张卡根本没人使用，它就是一张死卡。"

"李麒麟为什么要向一张死卡里汇钱，有毛病吗？"芮童感叹道。

"看来他的怪异行为不仅仅是老师同学提到的那些。"吴岩若有所思地说，"现在又可以添加一条新的了。"

我没再说话，心中的疑惑却肆意疯长起来：

李麒麟为什么要这么做呢？

第十五章　生存游戏

一连奔波三天，案件也没突破性进展，Naomi 打电话通知我说咨询中心有紧急事务需要处理，我只好向吴岩请了假。

吴岩一脸抱歉地说："这段时间辛苦你了。"

我笑笑，说："等处理完手头的工作，我一定及早归队。"

虽然回到咨询中心，回归了之前的工作状态，但工作之余，我还是在想着灭门惨案，反复咀嚼着案件线索和李麒麟的梦境场景内容。

由于太过专注，有一次，我差点从楼上摔下去。

Naomi 有些不悦地说："你只是特别顾问，只要负责引导吴警官进入梦境，并进行解析就好了，至于破案的事情还是交给警察吧。"

我淡淡地说："你不好奇吗，一个高中生为什么会举刀杀害全家人？"

Naomi 将冲好的咖啡放到我的办公桌上说："我当然好奇啊，不过好奇也没有用，我们又不是警察。"

话落，她便转身离开了。

我一边想着老师同学口中那个行为怪异的李麒麟，一边毫无目的地点开了咨询者的视频资料。

那一刻，我突然想到了一个名字。

毛小斌？！

没错，就是毛小斌，他曾经出现过和李麒麟非常相似的怪异行为。

毛小斌是我的一名心理咨询患者。

去年此时，他来到这里向我请求帮助。

那是一名高大帅气的大学生，却说自己有心理障碍，不敢和女孩子交往。在交流中，他提及了自己的初中时代，那不算开心，甚至有些屈辱的三年生活。

我迅速点开当时的视频记录。

当我再次看到毛小斌的画面，听到他低声说着"打乱老师讲课，在女同学的水杯里放虫子，将自己的脸上涂满泥巴，笑着唱歌……"的时候，仿佛听到咔嗒一声，两个平行的人生突然咬合到了一起。

我第一时间赶回了东周市公安局特案科。

当时，吴岩正在翻看笔录，芮童也在，见我回来了，吴岩一脸茫然地问："哎，你怎么又回来了？"

"我想……"我气喘吁吁地说，"我可能知道李麒麟这一系列古怪行为背后的玄机了！"

"你想到什么了！"吴岩倏地站起来。

"生存游戏！"我激动地说。

"什么？"芮童听完，侧眼看了看同样茫然的吴岩，"生存游戏？"

"没错，就是生存游戏。"我追问道，"我想大家上学的时候或多或少都经历过校园霸凌吧。"

"我初中的时候被一群高年级的学生欺负过。"芮童想了想，说。

"我也遇过不少这样的咨询患者，他们都表示校园霸凌带来的阴影多多少少地影响了现在的生活，个别咨询者甚至患上严重的心理障碍。"我语带兴奋地说，"其中有一个案例非常特殊，咨询者叫小毛，他说自己读初中的时候，班上有一个同学绰号圆规，圆规有两个死党，大家叫他们圆规兄弟。圆规兄弟喜欢欺负同学，而小毛就是他们欺负的对象。"

听到这里，吴岩和芮童缓缓坐了下来。

"不仅如此，圆规兄弟还给小毛设定了一个生存游戏，就是让他在某个时间地点做出某种行为。"我详细解释说，"比如打乱老师讲课，在女同学的水杯里放虫子，将自己的脸上涂满泥巴，笑着唱歌，等等。他接到指令后，必须做到，否则就会受到惩罚，起初他也反抗过，但后来还是屈服了，为了躲避惩罚，他只好接受他们的任务。"

"这个听起来和李麒麟的怪异举动确实很相似。"吴岩发表了看法。

"没错，当我第一次从李麒麟老师同学那里得知，他在两个月前突然出现很多怪异举动时就感觉很奇怪，一个正常人是不会主动疏离人群，莫名情绪失控，疯狂喝水至吐，更不会突然殴打同学，又下跪道歉，做出在卫生间吃屎等古怪行为的。"我点点头说，"直至我们查到他在做出这些举动的同时，还在给一个陌生账户汇款，我才意识到他好像也在做这么一个生存游戏。"

"你是说，也有人在给他发出指令，让他在指定的时间和地点完成各种奇怪的任务？"吴岩追问道。

"没错。"我应声道，"只不过与小毛相比，李麒麟的生存游戏更加残酷和疯狂！"

"既然这么残酷和疯狂，他为什么要接受呢？"芮童提出疑问。

"他很可能被威胁了！"我冷冷地说。

"威胁？"吴岩感觉有些可笑，"如果他真的被威胁了，也应该报警或向家人求助吧，怎么就轻易接受了呢？"

"人是一种很奇怪的动物，尤其是初高中生，并不是遇到什么事情都会选择求助的。"我仍旧坚持自己的推测，"就像当时的小毛，宁可被圆规兄弟欺辱惩罚，也不愿意告诉父母，他只是不断告诉自己，还有多少天就要毕业了，毕业了就可以摆脱他们的纠缠了。"

"如果按你推测，确实有人威胁李麒麟，他也接受了，对方就是为了让他做这些奇怪举动吗？"芮童又提出了新问题。

"你们仔细想想，其实这些怪异举动是有关联的。"我提示道。

"关联？"吴岩和芮童面面相觑。

"这更像是一个循序渐进的控制过程。"我举了一个例子，"有一部泰国电影叫作《13骇人游戏》，你们应该看过吧。"

"我看过，好几年之前的电影了。"芮童接过话题，"说的是穷困潦倒的主人公为了奖金，必须完成十三个任务。"

"没错。"我点点头说，"你可以和你师父简单介绍一下剧情。"

"任务一开始很简单，但随着游戏进行，难度越来越高，直到最后，简直是在挑战参赛者是不是还有人性。"芮童回忆道，"主人公需要完成的第一个任务是用地上的报纸打死一只苍蝇，第二个任务是将打死的苍蝇吞掉，第五个任务是在高级中式餐厅里吃光一盘人的大便，第十三个也是最后一个任务是杀死房间中坐在轮椅上的父亲。"

"没错，主人公为了奖金，不惜牺牲尊严、人格甚至生命，他在逐步完成任务的过程中，也逐步被游戏控制，故事到了最后，他已然不能回头，但并不是单纯因为奖金，而是他的自我已经被整个游戏摧毁！"我接过芮童的介绍，继续说道。

"按照你的说法，李麒麟应该不是被人威胁了，而是参加了这种恐怖的游戏？"吴岩语带质疑，似乎并不认可我的推测。

"电影是电影，现实是现实，况且电影里的主人公是由于穷困潦倒才为了奖金参加游戏的，李麒麟家境优渥，根本不需要。"我并不在意吴岩的质疑，"我只想借助电影情节说明，李麒麟从一开始的主动疏离人群一步一步到可以接受去卫生间吃屎，那是有人正在通过这种方式逐步摧毁李麒麟的自我，以达到彻底控制他的目的！"

吴岩也被我的话吸引了。

"这个威胁者绝对是一个深谙心理学的专家，不仅通过发布指令的方式逐步深入地控制李麒麟，同时不分时间地点地让他汇款，为的就是让他产生恐惧心理，然后不断强化这种感觉，直至他彻底崩溃！"我不急不缓地叙说着，"就好像希区柯克提出的'定时炸弹'理论，如果画面一开始炸弹爆炸了，死了很多人，观众不会很惊讶，也没什么感觉，哦，死人了而已，但如果一开始一个人在桌子旁悠闲地坐着，而桌下有一颗定时炸弹，那么观众的心就会紧张起来，时时刻刻想着这颗炸弹。那个让李麒麟接受威胁的原因就好像这颗炸弹，而这个威胁者就是为了营造这种感觉！"

"按照你的推测，既然李麒麟愿意接受威胁，那这个原因一定非比寻常！"芮童顺着我的思路说，他第一时间将这件事同李小璠的刑奴身份联系了起来，"也可能不是他自己的原因，而是他家人的原因，比如他姐姐李小璠！"

"就算有人掌握了李小璠的秘密，威胁控制了李麒麟，也不足以让他做出灭门的举动吧！"吴岩提出了疑问，"毕竟，那可不是普通的杀人，而是灭门！"

"是的，威胁和控制本身会让李麒麟产生愤怒和恐惧，但这种程度的愤怒和恐惧确实不足以让他做出灭门举动。"我认可了吴岩的质疑，"不过，你还记得我在第二次潜梦结束后，提到的梦境自我解离症吗？"

"当时你推测李麒麟的患病原因可能是突发的创伤性事件。"吴岩点点头说。

"没错，这也证实了我的推测，诱使他发病的突发创伤性事件**或许**就是这个威胁。他无法消解这种状态，便将这种强烈的感觉压抑到了梦境之中，引发了梦境自我的解离。冷漠失序的梦境自我影响了阳光开朗的现实自我，成几何级地强化和放大了李麒麟的愤怒和恐惧，那么他做出杀人灭门的举动也就可以说通了！"

如果李麒麟被威胁了，对方威胁和控制他的东西究竟是什么？

仅仅就是李小璠的刑奴身份吗？

而威胁他的人是谁？

会是李小璠的男主蔡鹏吗？

还是另有其他？不管是谁，他这么做的动机呢？

随后，吴岩让大家扩大取证范围，任何和李麒麟一家相关的信息都不能错过。

不过，李麒麟一家的人际关系网已经被警方调查得差不多了，反反复复就是那些人、那些事，基本没有新线索了，而我提出的"威胁"推测似乎就只成了推测。

除了吴岩，包括芮童在内的特案科其他同事对于我的说法并不认可，甚至有人说我是信口开河，干扰破案。

而我只是提到了"威胁"推测，如果同他们说起梦境自我解离症，估计他们会直接将我送到精神病院吧。

这让我感觉很挫败。

吴岩安慰我说："你知道我师父老胡吧，当时他负责过一起连环杀人案，也是在同事们都反对的情况下，坚持自己的推测调查了整整三年，最后还是侦破了案子，抓住了凶手。"

我转头看了看吴岩，他笑笑，说："我师父说过，警察破案必须依靠证据，但并不能完全依赖证据，有时候也是需要大胆推测的，这一点，你和他很像。"

我微微颔首，说："我只是怕……"

吴岩打断我的话："怕什么，你怕自己的推测是错的，给我们提供了错的方向，最终影响了破案？"

我点点头。

吴岩语重心长地说："这就是这起案件的特殊性，所有涉案人不是死亡就是昏迷，我们唯一能做的就是走访排查，从一开始的大面积撒网调查，到后来以李小璠为突破口挖掘这一家人的隐匿秘密，再到现在的'威胁'推论，其实我们已经在逐渐细化，缓慢靠近真相了。"

与此同时，李大海所供职的东周市规划设计研究院的同事打来电话称，在李家出事后，办公室曾接到邻市东闽市阳光租车公司打来的电话，称李大海在该公司租赁的车子有违章，是否需要公司代为处理。

当时接电话的同事称会帮忙传达，结果挂断电话后因为工作忙碌就忘掉了，直至昨天，该租车公司再次打电话过来。

研究院负责人第一时间联系了警方。

李大海夫妇名下各有一辆轿车，他却在租车公司租了车。

这引起了吴岩的怀疑，他随即联系了东闽市公安局，请求协助调查。

不查不知道，一查还真查出了猫腻。

东闽市阳光租车公司的工作人员通过租车系统查到，李大海曾在该公司先后十七次租车，租期一天至三天不等。

最近一次租车时间是在 7 月 24 日，也就是灭门案发生前的半个多月，由于车辆出现违章，工作人员才通过李大海预留的电话号码联系他，询问处理事宜。

协查办案人员随即调取了违章当日违章地点东闽市桥东区天山北路的监控录像。

当大家看到画面里出现的李大海和另一个人时，差点惊掉下巴。

和李大海一起出现并乘车离开的并不是什么小三，而是一个大学生打扮的年轻男孩。

根据监控录像确定，当时他们从一家叫作 Saffron 的泰国餐厅离开，而餐厅内的监控录像更是让我们咋舌。

李大海和那个大学生相对而坐，虽然背对摄像头，但整个用餐过程中，李大海数次为大学生喂食，还有其他亲昵举动。

之后，他们走出餐厅，驱车离开。

这和亲友口中那个稳重内向的李大海判若两人。

芮童一副惊恐的表情："这明明就是一对情侣在赤裸裸地秀恩爱啊！"

我也不禁感叹："李大海不会是 Gay（男同性恋者）吧！"

吴岩说："别急着下结论，先找到那个大学生再说。"

根据餐厅结账记录，李大海二人当时用了一张尾号为 984 的民生银行信用卡，我们在调取此信用卡信息后，确定开户人就是当时和李大海一起用餐的大学生。

他叫肖俊乐。

东闽市科技师范学院土木建筑系的大二学生。

在找到他之后，他称和李大海只是朋友关系，但当他看到我们提供的视频资料之时，又沉默了。

他忖度很久，还是承认了和李大海的关系：他们确实是情侣，那个亲友眼中稳重内向的李大海是让肖俊乐着迷的李大哥。

肖俊乐称，一年前，他们在一个朋友聚会上相遇。

他对李大海印象很好，大家礼节性地加了微信。不过，当时李大海有一个男朋友。过了不久，李大海在微信上找他聊天，聊的次数多了，他们也逐渐熟络了。有一次，李大海约他出来喝酒，他去之后才知道李大海和男朋友分手了。再后来，李大海向他表白了，他们就成了情侣。

"你知道李大海有家室吗？"吴岩问他。

"他有一个读大学的女儿和一个读高中的儿子，其他的我就不知道了，他也不让我打听，我也不想要打听。"肖俊乐如实回答。

"李大海给你钱吗？"吴岩又问。

"他每个月会给我一些零用钱，还给我租了一处公寓。"肖俊乐回道，"就在御府江南社区。"

"那你们平常怎么联系？"

"他给我买了一部手机。"这时候，肖俊乐从口袋里摸出另一部手机，"专门用于我们之间联系，打电话和发微信也有时间限制，一般情况下，都是他主动联系我，有时候，他周末也会来看我，带我吃饭看电影。"

"那你知道李大海已经死了吗？"

"我知道……"说到这里，肖俊乐的眼睛瞬间红了，嘴角抽动着，"我在新闻里看到了他们家的事情……"

"那你最后一次和李大海见面是在什么时候？"

"半个多月前吧，就是上个月。"

"当时李大海有什么异常表现吗？"

"他和之前一样，就是和我闲聊。"肖俊乐摇摇头，"在公寓留宿一夜就回去了，他走之前还说下次带我去外地旅游。"

随后，肖俊乐向吴岩提供了他和李大海专用的社交账号，上面都是二人的亲密合照。

先是文静乖巧的李小璠被揭开了刑奴身份，现在李大海又被确定是 Gay，还有一个和自己儿子年纪相仿的同性情侣。

芮童见我一直盯着李大海和肖俊乐的照片，机警地说："你不会有什么想法吧，我警告你，我可是百分百的直男！"

我无奈地瞥了他一眼："放心吧，你不是我的菜，我喜欢你师父这种成熟稳重的，不仅可以给我钱，还能给我租公寓。"

吴岩一边开车，一边说："都什么时候了，你们还有心情胡闹！"

我关掉了肖俊乐的社交账号："之前大家一直在疑惑，那个疑似威胁李麒麟的人会不会是掌握了李小璠的刑奴身份才会成功控制他。现在看来，对方很可能掌握了更多秘密！"

"我也是这么想的。"吴岩微微颔首，"李麒麟一家根本没我们看到的、听到的、掌握到的那么和谐美好，这个所谓的模范家庭背后藏了太多的秘密。"

"其实，从确认李小璠刑奴身份开始，我就有一个困惑。"我说出了心中所想，"如果那个疑似威胁李麒麟的人掌握了他父亲、姐姐甚至是母亲某些不为人知的秘密，他是怎么做到的呢？"

吴岩和芮童被我的话吸引了。

我继续说："根据朱怡婷的叙述，李小璠大概是从高二起就踏入了 SM 圈，开始了双面人生，这四年内，老师、同学包括亲密朋友都无任何察觉；而李大海和肖俊乐的同性恋人关系保持了一年多，之前也有同性恋人，也是异常小心谨慎，可以说他们隐藏得非常好，甚至家庭成员彼此间都未发觉，那个疑似威胁李麒麟的人是如何发现并掌握的呢！"

吴岩若有所思地点点头，说："不管是谁，这都需要花费超乎想象的时间和精力去观察和挖掘。"

芮童问道："动机呢，如果他挖掘李麒麟一家的秘密，又以这些秘密威胁他，最终是为了什么呢？"

"这也是我一直想不通的地方。"我摇摇头，说，"只有找到这个疑似威胁李麒麟的人，才能够知道真正的原因！"

第十六章　自我侵蚀

回程路上，李曼荻给吴岩打来电话，说她又有了新发现。

我们回到市局之时，已是傍晚。

见我们回来了，那个每天冰块脸的李曼荻兴奋地说："又有新发现！"

吴岩直奔主题："说说吧。"

她将报告交到我们手中："我在给李麒麟一家做尸检时，顺便检验了他们的血型。其中，李大海是 A 型血，朱月桦是 AB 型血，李小璠是 AB 型血，而李麒麟是 O 型血。"

"A 型血和 AB 型血是不能生出 O 型血孩子的！"我一惊。

"没错，李麒麟应该不是李大海的亲生儿子。"李曼荻微微颔首，"至于李小璠是不是他的亲生女儿还需要进一步确定。我已经联系了一家权威鉴定机构，也送去了检验样本，结果会很快出来的。"

"或许李麒麟是领养的呢？"我提出疑问。

"请看看后面的报告。"李曼荻提醒道。

我这才看到血型报告后面是一份出生证明，出生人正是李麒麟。

"我拜托医院方面的同学，让他们帮忙调查一下，结果就找到了当年李麒麟出生证明的存根，上面还有李大海和朱月桦的签字。"李曼荻解释道，"这说明李麒麟并非领养，他确系朱月桦亲生，只不过是和别人的孩子。"

她与他人有染？

婚内出轨，还怀了别人的孩子？

这确实又是一个让人惊愕的发现！

就在刚才回来的路上，我还猜测朱月桦是否有什么不为人知的秘密，结果就这么被李曼荻揭开了。

这也再次证实了我初次潜梦观察后的推测，除了李小潘，李大海和朱月桦也与他人存在不正当的性关系。

那一刻，我恍惚看到那个如同新鲜蜜桃般精致漂亮的四口之家，被一层一层剥去外皮，腐败的汁液喷涌而出。

吴岩不可置信地说："父亲是同性恋，母亲与他人有染，姐姐是刑奴，自己又被人威胁，这简直就是一个混乱之家！"

我不禁感叹道："如果不是亲身经历，感觉这一切就像在演电视剧！"

当晚，特案科在会议室开了一个简短的讨论会。

本来，我推托不想参加，但吴岩坚持让我参会，辅助他进行会议。

吴岩直奔中心："案子调查到现在，藏在李麒麟父母和姐姐身上的秘密基本都被揭开了，我推测李麒麟的灭门与隐藏在他家人身上的秘密以及那个疑似的威胁有关。试想一下，如果有一天，你被别人告知，自己稳重保守的父亲不仅是同性恋，还有一个比自己年长几岁的大学生恋人，自己文静乖巧的姐姐其实是酷爱刑罚调教的刑奴，会是什么感觉？"

我淡淡地回道："惊恐，然后是愤怒吧。"

吴岩转头问我："那你会揭穿他们的身份吗？"

我摇摇头，说："一旦揭穿了他们的身份，整个家庭就将受到灭顶之灾。"

吴岩微微颔首，说："没错，所以李麒麟很可能就此接受了来自对方的威胁，对方威胁他，如果不按照自己所说的去做，就会公布这些爆炸性的秘密，而爆炸则意味着粉碎！"

我同意吴岩的推测："相比顾全自己，人往往更倾向于顾全家人，一旦李麒麟接受威胁，被对方控制，便会跟随指示一步一步进行下去，对方不断放出李小璠做刑奴的秘密，李大海是同性恋的秘密以及朱月桦与他人有染的秘密，逐步让他屈从，直至彻底失去反抗。在这个过程中，李麒麟会因为饱受威胁控制，累积愤怒和恐惧，这让他无法承受这些压力，引起他'冷酷残忍'梦境自我的解离，从而影响现实之中的自我，被强化的愤怒和恐惧，引发他的性格发生剧变，直至失控杀人！"

吴岩表示同意："这样李麒麟的灭门动机也可以解释通了，但我推测那个疑似威胁李麒麟的人目的并不是简单地威胁他或者摧毁他。"

芮童问："那他的真正目的是什么？"

我侧眼看了看吴岩："摧毁这个家庭！"

大家开始窃窃私语。

吴岩微微颔首，说："没错，他要毁掉李麒麟全家！"

李曼荻不禁感叹："如果真有这么一个人，他和李麒麟一家有什么血海深仇，要用这么一种方式摧毁了他的一家？"

没错，用这种方式摧毁一个家庭甚至比亲自杀人都要恐怖和残忍，而这也是我们亟须弄清的地方！

当天晚上，远在美国的宝叔竟然赶了回来。

吴岩又惊又喜，他简单说明了现在的案件进展。

我也说出了关于李麒麟梦境自我解离症的推论："通过两次梦境观察，基本可以确定他有一个近乎完整的梦境自我，这个自我残酷冷漠，充满杀机，而在现实中李麒麟被以家人秘密威胁，这给他带来很大的压力和冲击，诱发梦境自我从梦境场景之中解离出来，从而影响现实自我的思维和行为模式。梦境自我不断强化现实自我的愤怒和恐惧，放大对家人的厌恶和憎恨，催化他最终做出了灭门的举动！"

我本以为自己的"精彩推测"会得到宝叔的认可，然而他听完这些，却并未表态，而是要求我安排了第三次潜梦，毫不顾忌此时潜梦存在的危险性。

这让我有些耿耿于怀。

四台脑电波同步扫描仪彼此相连，四个人的意识空间瞬间联通，我们三人再次出现在了李麒麟的梦境之中，切入口仍旧是李麒麟的家。

熟悉的人，熟悉的摆设，熟悉的一切。

这一次的梦境场景是从李麒麟被训斥开始的。

吴岩介绍道："这是李麒麟的邻居，我在走访的时候见过，人挺和善的。"

邻居带着女儿来李麒麟家里做客，其间，小女孩私自跑到了李麒麟的卧室，弄坏了他的东西。

邻居不仅没有让女儿道歉，还责备李麒麟，他们发生了非常激烈的争吵，小女孩还试图攻击李麒麟。

吃晚饭的时候，李大海和朱月桦也责怪了李麒麟，称他不懂事。他只是沉默地听着，饭后，朱月桦在厨房刷碗，李大海则去了书房。

我们跟随李麒麟回到卧室，只见他戴上一副耳机，又从抽屉里取出一把剪刀，然后匆匆离开了。

吴岩惊呼道："这家伙不会又要杀人吧！"

他的猜测没错，李麒麟提着剪刀去了厨房，回身掩好玻璃门，朱月桦转身问道："你怎么进来了……"

她的话没有说完，表情就从疑惑变成了惊愕，她缓缓低下头，我们看到了插入她腹部的剪刀。

李麒麟一边轻哼着旋律，一边冷酷地抽插着剪刀，朱月桦甚至没有发出声音，就瘫倒在了地上。

接着，李麒麟打开水龙头，将剪刀冲洗干净，随后离开了厨房。

我们又跟随他走进书房，眼睁睁地看着他将正在上网的李大海杀害，表情淡定而冷漠。

杀完了父母，李麒麟又撬开了邻居家的门。

不过他的衣着变了，头上的耳机也不见了。

宝叔淡淡地说："这是黏合梦境，从出门的瞬间，梦境场景就已经转换。"

我点点头，说："我们初次潜入他的梦境时，也出现了黏合梦境，场景从灭门现场转换到了三个蜥蜴人交媾。"

接下来，梦境走向并未改变，李麒麟将之前责备他的邻居及其女儿都杀害了，她们在被杀的过程中，竟然毫无反抗。

李麒麟杀人后，还将小女孩的人头割了下来，用塑料袋包住，做成了足球，一个人在客厅里欢快地踢了起来。

我转头对宝叔说："您看到了吗？这和我们之前观察到的内容非常相似，李麒麟的梦境自我表现出来的特征就是冷漠阴郁、失序疯狂，所以我才推测是梦境自我解离影响了现实中的他。"

"我的梦境学课程中确实是这么界定梦境自我解离症的。"宝叔从口袋里摸出一包烟，然后递了一根给吴岩，"但你们发现李麒麟的这个梦境自我有什么问题吗？"

"太过残忍冷酷吧？"吴岩抽了一口烟，问道。

宝叔摇摇头。

"那是什么问题呢？"我忍不住问道。

"在谈及这个问题之前，你能分析一下这个梦境吗？"宝叔深深吐了一口烟圈，转头问我，"或者说，谁才是这个梦的真正主人？"

我指着还在踢"球"的李麒麟说："当然是他了。"

宝叔摇摇头，他走到李麒麟身边，指着那颗"球"说："她才是梦的真正主人！"

"她不是邻居的女儿吗？"吴岩问道。

"回到王朗刚才问我的，李麒麟的梦境自我最大的问题是太完整和立体了。"宝叔解释说，"准确地说，太像一个真实的人了。"

"太像一个真实的人了？"我感觉有些可笑，"这也有问题吗？"

"我来简单说一下对这个案件的看法。"宝叔不急不缓地说着，"按照现阶段案件调查的情况来看，李麒麟很可能是遭受了来自陌生人的威胁控制，他知道了父母和姐姐的秘密，充满愤怒和恐惧。虽然在被控制的过程中，这种愤怒和恐惧会成倍增加，但不至于让他犯下灭门罪行，所以很可能是这件事诱发了他梦境自我的解离，梦境自我影响了现实自我，强化和放大了愤怒和恐惧，最终导致惨案发生。这么说来，他确实像患上了梦境自我解离症。"

"您并没有回答刚才的问题。"我提醒道。

"虽然说每个人都有独特的梦境自我，也就是梦里那个'自己'，但这只是一种理论上的概念。通常情况下，梦境自我是处于萌芽状态的，也就是说极其模糊，甚至可以忽略不计的。"宝叔耐心解释道，"我们观察到的梦境是更偏重内容，而忽略自我的。不过，李麒麟的梦境自我却非常立体，且极为真实，甚至在影响整个梦境内容的走向。"

我表示怀疑："凡事都有例外，或许李麒麟就拥有这么完整立体的梦境自我呢？"

宝叔摇了摇头。

我表示不解："您的意思是？"

宝叔思忖了片刻，说："他罹患的并不是梦境自我解离症，而是梦境自我侵蚀症！"

梦境自我侵蚀症？

吴岩问道："两者有区别吗？"

宝叔解释说："两者所达到的效果是很相似的，即梦境自我影响现实自我，强化放大现实情绪。不过梦境自我解离症需要诱因，即使梦境自我被解离，被解离出来的梦境自我由于很模糊，对于现实自我的影响也不会太大，即在可控范围之内，但梦境自我侵蚀症则不同，除非是专业造梦师，否则是无法营造这么真实的，足以影响现实的梦境自我的，也就是说，梦境自我解离症是一种客观病症，而梦境自我侵蚀症则是一种主观行为！"

我一惊："这么说，有专业造梦师营造了这个梦境自我，然后侵蚀了李麒麟本有的梦境自我！"

"刻意营造一个冷漠失序充满杀意的梦境自我，与现实之中的威胁控制并举，双重侵蚀李麒麟的现实自我。"宝叔语带悲伤地说，"只是他不知道，在那些他睡着的夜里，一个陌生的杀人魔已经潜入，正在迅速蚕食自己的身体。"

我想到刚才宝叔问我的问题："所以您刚才问我谁才是这个梦境的真正主人？"

宝叔点点头，说："回到这个梦境场景的分析，我们能感受到梦境散发出来的负面情绪，所以推测梦境主人实际上是处于一种极度恐惧和愤怒的状态中。虽然植入的梦境自我侵蚀了李麒麟本身的梦境自我，但这种侵蚀并不彻底，致使他残存的梦境自我分裂出来，以邻居和女儿的形象出现，包括上一次潜梦中的季蓝心，实际上是作为对抗这个新的'李麒麟'而存在的，只是这种对抗就像李麒麟本身的梦境自我一样不堪一击，最后只能被吞噬。"

吴岩追问道："既然此人是造梦师，应该就是专业级别了，为什么偏偏要以梦境自我影响现实自我，单纯地植入梦境不能做到吗？"

宝叔淡淡地说："单纯地植入梦境虽然会影响人的现实情绪，但影响程度与人对梦境内容的耐受度以及感受力有关，且很容易出现各种突发情况，比如精神紊乱等。相较之下，以梦境自我作为切入点，通过植入的梦境自我侵蚀原有的梦境自我，并将这种影响延伸至现实中，既隐蔽又收效迅速。"

吴岩感叹道："案件真是越来越复杂了，都有专业的造梦师参与进来了。"

我深深叹了口气："会是谁呢？"

吴岩捻灭了烟头："或许就是那个威胁李麒麟的人，如果不是，也是他雇用了拥有造梦能力的人以此摧垮李麒麟。不管是谁，他都想通过李麒麟之手杀害李大海一家！"

那个隐藏在黑暗之中的威胁者到底是谁？

此时，他成了侦破整起灭门案件的关键！

第
十
七
章　
旧
案
重
现

　　通过潜梦观察和梦境自我的分析，宝叔推翻了我之前的推论，也让隐藏在
灭门案背后的真相越发扑朔迷离起来。

　　潜梦结束后的次日，吴岩接到派出所值班民警的电话，一个姓蓝的男子说
想要提供案件线索，我和宝叔也一起赶了过去。

　　蓝姓男子名叫蓝绪宁，今年二十四岁，本市人，现在是一家广告公司的实
习生。

　　他说自己有一个表姐叫邱婉琳，2007 年 2 月 12 日，邱婉琳杀害了父母，
随后割腕自杀而亡。

　　吴岩困惑地问他："你想说明什么呢？"

　　蓝绪宁解释道："我表姐性格很开朗的，但在发生灭门案前，我见过她，
她的精神状态很差，性格也变得古里古怪的，我怀疑她得了抑郁症，还劝她去

治疗，没多久就发生了灭门惨案，而被杀的表姐的父母也是老实人，谁也不会想到表姐会杀人。当时的办案民警给出的结论是抑郁症引发的情绪失控，继而灭门，但我不相信她会无缘无故地抑郁，这里面一定另有原因。"

吴岩问："所以你找到了我们？"

蓝绪宁点点头，说："我在新闻上看到李麒麟灭门案的消息，知道他们一家也是模范家庭，我想说这背后有会不会有什么联系？"

我一惊："你说邱婉琳一家也是模范家庭？"

蓝绪宁连连应声："他们家获奖的时候，我还去了现场呢！"

模范家庭评选是东周市政府于1999年开始的一项全民评选活动，邱婉琳一家和李麒麟一家分别是2007年度和2008年度的获奖家庭之一。

吴岩看了看我和宝叔。

那一刻，我恍然听到一声轻微的撕裂声。

由浅及深，由轻及重，由表及里。

送走了蓝绪宁，我问吴岩："你对这案子没有印象吗？"

他摇摇头，说："在2009年1月1日之后，灭门类案件才归并到特案科，在此之前，这类案件一般都是所在辖区的刑警队立案处理。"

随后，我们随他去档案管理科调阅了邱婉琳灭门案的卷宗。偌大的阅读室内，我们三个相对而坐。

吴岩静静抽着烟，表情阴晴不定。

虽然是薄薄的一本卷宗，案情也并不复杂，他却反复看了很久。

良久，吴岩面色凝重地说："我怀疑李麒麟灭门案和邱婉琳灭门案并不是简单的灭门惨案，而是有内在联系的一系列灭门惨案！"

我倒抽一口凉气："系列灭门惨案？"

宝叔侧眼看看身后密密匝匝的档案架："你是说，这些卷宗里还有类似案件？"

　　吴岩点点头，说："我们验证一下就知道了。"

　　这绝对是一个足以改变案件性质和案件走向的推测！

　　那一刻，一簇隐隐的寒意从黑暗之中生发出来，缓慢流动着，直至充满整个空间。

　　随后，吴岩召集特案科全体人员，一起加班到天亮。

　　更让人意外的是他的推测是正确的。

　　特案科统计并整理了东周市自 2000 年至 2009 年 10 年来发生的所有灭门案件，一共有 32 起，其中 95% 是因家庭积怨造成，情杀、财杀或仇杀，不过有 4 起灭门案非常奇怪，犯罪嫌疑人并无明显作案动机。

　　第一起灭门案发生在 2000 年 5 月 14 日，案发地点是东周市和平区康泰胡同的一处民房内，41 岁的犯罪嫌疑人李元正（男）杀害了妻子和在读高中的女儿，随后自杀。邻居发现后并报案，但一家三口已经死亡多时。

　　第二起灭门案发生在 2002 年 1 月 17 日，地点是东周市东城区光明社区的一出租房内，19 岁的犯罪嫌疑人袁佳文（女）杀害了父母，随后服药自杀。邻居发现后，将袁佳文送往医院，虽然努力抢救，但未成功，于抢救当日死亡。

　　第三起灭门案发生在 2004 年 7 月 19 日，地点是东周市开发区银都社区 5 号楼 1 单元 303 室，21 岁的犯罪嫌疑人苏扬（男）杀害了母亲和哥哥，随后跳楼自杀，后被送往医院不治而亡。

　　第四起灭门案发生在 2007 年 2 月 12 日，地点是东周市南加区千山公寓 11 号楼 3 单元 1202 室，23 岁的犯罪嫌疑人邱婉琳（女）杀害了父母，随后割腕自杀。后同学联系邱婉琳，发现一家三口已经死亡多时。

　　结合当时警方的调查笔录可知，这四个家庭非常和睦，都是邻居朋友眼里的完美家庭，但并无交集，唯一的关联就是四个家庭都曾获得过"模范家庭"的称号，而四个犯罪嫌疑人性格也都是本来阳光开朗，却在灭门案发生前性格出现了巨大变化。

由于毫无线索可循，警方给出的结论也多是家庭积怨或抑郁症引发的情绪失控，继而做出灭门举动。

吴岩推测，这四起看起来毫无缘由的灭门惨案或许和李麒麟灭门案一样，犯罪嫌疑人在灭门前也曾接受了类似威胁，威胁者掌握了他们家庭成员的某些秘密；同时，威胁者本人或威胁者雇用造梦师制造了强大的梦境自我，侵蚀影响现实中的自我。

两个因素彼此强化，导致他们性格剧变，最终酿成惨案。

我提出疑问："在李麒麟灭门案中，我们推测威胁者可能和他们一家有隐秘仇恨，所以才会这么做，但这个威胁者不会与这四起灭门案都有关系吧？"

宝叔也同意我的说法："这种可能性确实太小了。"

吴岩提出了新想法："如果威胁者不止一个人呢？"

"不止一个人？"我一惊，"你什么意思？"

"你们设想有没有这么一种可能，在李麒麟灭门案中，我们怀疑威胁者和他们一家有隐秘仇恨，就算这个人想要利用这么一种变态的方式摧毁他们一家，但一个人的力量真可以做到吗？"吴岩继续说，"一个人花费大量时间和精力去发掘每个家庭成员身上隐藏的秘密，还要不露痕迹地威胁李麒麟？"

吴岩的提问正好击中了我们之前提出的假设中存在的漏洞。

之前，我只是考虑了事件的可能性，却忽略了可操作性：一个人确实无法完成这么大工程量却又这么细致的工作。

"你是说威胁李麒麟的不止一个人，很可能是几个人？"宝叔问道。

"再往深处说，威胁他的很可能是一个各有分工且有序的团体或组织。"吴岩微微颔首。

一个团体或组织？！

"就我们目前掌握的线索来看，挖掘李麒麟一家的秘密并威胁李麒麟的行为，很可能是多个人共同完成的。"吴岩继续说，"如果是多个人完成的话，那他们就不是只和李麒麟一家结怨，他们选择李麒麟一家极有可能是因为李家也是模范家庭！"

对于吴岩这个推测，我直呼不可思议："这也太玄乎了，因为是模范家庭就无冤无仇被盯上，继而被摧毁？"

一旦他的推测成立，李麒麟灭门惨案的性质就会彻底改变！

不过，这只是推测而已，没有任何实质性证据，况且时间过了那么久，想要重新调查这些案件，找到蛛丝马迹，已是困难重重。

但吴岩还是决定重新调查这四起灭门惨案，只要还有一丝希望，就不能放弃寻找。

同时，他向相邻市市局发出紧急协查函，希望各市局能提供类似灭门案件的线索。

次日一早，与东周市相邻的东闽市的警方就提供了有价值的线索。

东闽市公安局刑警支队队长路天赐是吴岩和宝叔的警校同学，他接到协查函后，立刻组织警力对本市十年内发生的灭门类案件进行了连夜排查，发现这十年内，东闽市也发生过五起类似灭门惨案。

外人眼中艳羡的和谐之家，都曾获得类似模范家庭的称号；毫无动机的犯罪嫌疑人；案发前的性情大变；最终的灭门恶行。

随后，相邻的清河市公安局也发来协查结果，称在他们辖区，也有相似案件发生，被灭门家庭都是模范家庭或外人眼中的和谐家庭。

这更加印证了吴岩之前的推测，李麒麟灭门惨案并非单一案件，极有可能是系列案件，而现在类似案件还发生在其他城市，更让这被背后隐藏的真相越发扑朔迷离。

吴岩推测道："很可能有一个隐秘的团体或组织，游走在各个城市之间，他们选择看似完美和谐的家庭，通过选定一个家庭成员，以挖掘其他家庭成员的秘密威胁他，使其深陷愤怒和恐惧，同时辅以梦境自我入侵现实自我，强化并放大这种感受，最终让他彻底崩溃，犯下灭门惨案，最后再自杀。正因为都是灭门惨案，凶手也自杀了，所以办案民警在处理时多以家庭积怨或抑郁症结案，很少深入调查，加之相隔时间很长，很难将案件串联到一起，所以这也是此类案件一直被忽略的原因。"

由于案发时间较长，重新调查涉案人的人际关系非常困难，即使找到当年询问过的证人，他们能够提供的也只是遥远的回忆而已。

特案科只能从距今最近的邱婉琳灭门案件调查，吴岩再次找到蓝绪宁，通过他辗转找到邱婉琳的高中同学张茜。

如今，张茜已经大学毕业，在一家传媒公司做文案策划，听闻我们的来意，她并未拒绝，还帮我们联系了邱婉琳的另一个高中同学杨雪莉。

当年，她们和邱婉琳是最好的朋友。

时隔多年，回想起当年的事情，张茜还是不免感伤："我和小琳是初中同学，上高中后又在一个班，还是同桌，可以说是无话不谈的好姐妹，我们还说过考同一所大学。只是没想到高三那年，小琳杀害了全家人，这件事震惊了整个学校，警察来找我们问话，爸妈交代我们不要多嘴，所以我们也并没有将实情告诉警察。"

这么说来，邱婉琳灭门的背后还有隐情？

张茜解释道："后来，我一直想要去找警察说清楚，却始终没有勇气，今天你们来找我们，索性我们就说了吧。"

吴岩示意芮童做好记录，开口问道："当时邱婉琳出事前，是不是有过一些奇怪举动？"

张茜和杨雪莉对视了一眼："没错，那段时间她确实变得怪怪的。她本来非常阳光开朗，是大家的小太阳，但在出事前三个月左右吧，她就有些不正常了，先是主动疏远我们，我们问她怎么了，她说没什么，但身为好朋友，我们还是暗中观察她，我发现她经常接到神秘电话，然后离开教室或请假。"

杨雪莉接过话题说："不仅如此，她还会做一些奇怪举动。因为小琳和张茜的家就在学校附近，她们是不住校的，但那段时间，小琳突然就住进了宿舍。有一次我起夜，看到她就站在镜子前，我吓坏了，急忙问她怎么了，她只是盯着镜子不说话。后来，我还看到过她用小刀割伤自己。再后来，她就不住校了。我们去家里探望过她两次，却被赶了出来，我们就没有去过了，直至她出事。"

我抬眼看了看吴岩。

显然，吴岩也已经明白，邱婉琳在灭门之前，并非患上了抑郁症，而是极有可能被人恐吓威胁了，有人用这种方式控制了她，让她疏远同学，一步一步深入其中。

离开之前，张茜问吴岩："警察叔叔，我们是不是犯了大错？"

吴岩转头看看她："为什么这么说呢？"

张茜咬了咬唇瓣，说："我们应该在小琳出事后，主动告诉警方这些的，但我们没有那么做。"

吴岩想了想，安慰道："过去的事情就不要再提了，不过，你们还是给我们提供了很重要的线索。"

在接下来的调查走访中，虽然吴岩找到了另外三起灭门案的相关人士，但由于时间过去太久，他们已无法回忆起相关细节了。

与此同时，东闽市公安局刑警大队传来好消息，路天赐和同事找到了去年发生的一起灭门惨案犯罪嫌疑人王青的同学和亲友。

同学和亲友称，灭门惨案发生前，王青经常接到神秘电话，精神状态异常，行为古怪，也是疏离同学，情绪失控，自残伤人，等等。

　　吴岩的推测被逐步印证，邱婉琳和王青，还有那些灭门案的犯罪嫌疑人，他们极有可能都和李麒麟一样，家人的秘密被掌控，然后对方以此威胁，让他们做出各种奇怪举动，就是为了让他们失去自我，接受控制，同时以梦境自我侵蚀现实自我，彼此强化和放大，直至他们彻底崩溃。

　　那些隐藏在灭门案之下的线索逐渐清晰起来，彼此串联，形成了新的线索！

第十八章 温水煮蛙

吴岩第一时间向局长进行了汇报。

局长听后非常重视，立刻联系东闽市公安局和清河市公安局抽调精干警力，组成三地联合调查组，吴岩是小组负责人。

调查组成立后，吴岩安排召开了案审会。

会议开始前，他也有隐隐的担忧，不停在楼道里抽烟。

我知道他的担忧：调查组成员都是各地精英，眼下我们将李麒麟灭门案扩展到系列案件，却以推论居多，并没有太多确凿证据。

案审会上，吴岩向大家介绍了现阶段所掌握的信息线索，我和宝叔作为特别顾问也列席了会议。

"关于8·13李麒麟灭门案，我想大家应该有一个基本了解了。我们通过深入调查，逐渐发现这并不是一起简单的灭门案，李大海是同性恋，并有固定的同性恋人，朱月桦疑似与他人有染，李麒麟并非李大海的亲生儿子，李小璠酷爱 SM 文化，是一名资深刑奴，这一切都和外人眼中的模范家庭相冲突，而李麒麟在死前行为举止怪异，性格突变，也疑似被人威胁。我推测威胁者很可能掌握了李麒麟一家的秘辛，以此威胁并控制了他，让他逐步深入，最终选择灭门，继而自杀。"

有民警开始窃窃私语，似乎对于吴岩的推测表示怀疑。

"随后，我们调阅了东周市十年内的所有灭门案件卷宗，发现有四起类似案件，由于办案民警调查得不深入和灭门案件本身的特殊性，这些案件并未得到有效重视，也未形成案件串并，我市警方向东闽市和清河市两地公安部门发出协查通告，经核查，也都发生过类似案件。"吴岩示意芮童将协查报告分发给每个参会人员。

"其中，邱婉琳灭门案和王青灭门案中，邱、王二人都是在犯下灭门罪行前出现了和李麒麟相似的怪异举动，我推测，他们也是因为家人的秘密而被要挟，最后杀害家人后自杀。"

有人提问："那现阶段，除了李麒麟灭门案，我们并没有掌握其他案件中的家庭的所谓秘辛了？"

吴岩点点头，说："除了李麒麟灭门案，其他类似案件由于时间过去太久，加之当事人已死，我们并未查到他们身上隐藏的秘密，所以这一切仍旧属于推测范围。"

有人提问："如你刚才所说，包括李麒麟、邱婉琳和王青在内，即使他们接受了威胁，也不一定会做出灭门和自杀举动，一旦无法忍受了，还是可以选择报警或求助的？"

我代替吴岩做出了回答："大家都听说过温水煮青蛙理论吧。其实这种威胁与之类似，最初的手段可能比较温和，随后逐步加重，而当你意识到这一切时，已经无力改变。"

有人提问："怎么听起来这么玄乎呢，人就那么容易被控制吗？"

我解释道："大家可以看一下报告上的分析，东周市、东闽市和清河市三地十年内发生的类似案件一共有 13 起，加上李麒麟灭门案，14 起灭门案中，除去发生在东周市的一起和清河市的一起，另外 12 起案件的犯罪嫌疑人都非常年轻，年龄在 18 至 22 岁之间，虽然李麒麟、邱婉琳还有王青等人已是高中生或大学生，也算成年人了，但他们只是生理意义上的成年，与成年人相比，他们身心发育尚未成熟，辨别是非和控制冲动的能力尚未真正形成，极易受外界诱惑和他人影响。况且，威胁者掌握了其家人极为隐秘或难以启齿的秘密，他们很容易就范，接受威胁！"

见还是有人提出异议，吴岩给我使了一个眼色："接下来，我的这位同事，国家二级心理咨询师王朗，以李麒麟灭门案为例，向大家简单说明一下，这种威胁是如何一步一步让李麒麟被控制，继而做出灭门举动的。"

"在此之前，我要先普及一个观念，就是大家经常听见的洗脑。"我示意芮童打开投影仪，"洗脑，也叫作精神控制，就是个人或团体采用非道德的操纵手段来说服个体按照其意愿进行改变，从而使个体彻底改变对自我及对外界事物原有的认知结构，在被灌输新的价值观和世界观后，使个体重建有利于某个个人或团体的全新认知基模，并使个体依赖于对方，成为其工具。"

芮童为我更换了一张 PPT，我接着说："首先是信息控制。最常见的手段为封闭信息交流（或单一信息来源），操纵者通过控制人的时间和生理环境，提供单一种类信息，让你没有足够机会接触到正面信息，从而使你相信他们说什么都是对的。回到李麒麟灭门案中，我们在走访调查中得知，李麒麟与老师、同学突然疏远，不与外界沟通了，这就是控制信息的来源。

"其次，是时间控制。他经常接到神秘电话，之后他的行为也变得很古怪，比如不停吃零食，看恐怖片，在指定时间去自助柜员机汇出很少的钱，其实这都是在控制你的时间。

"再次是行为干预。大家想过吗，为什么平时单纯善良、胆小懦弱的人到了战场上会变成杀人不眨眼的恶魔呢？为什么一个普普通通的人可以变得无所畏惧地去采取自杀式袭击？这往往是因为他们在长时间的洗脑和控制中丧失了个体感，导致丧失自我。回到本案中，疑似威胁李麒麟的人以不断发出指令的方式，试图干预并控制他的行为，比如令他做出疯狂喝水至吐、突然殴打同学再下跪道歉、在卫生间吃屎拍照、自我睡眠剥夺、扰乱课堂纪律、不与他人社交等指定行为，直至李麒麟彻底放弃自我并服从于他们。"

"最后是人格破坏。常见手段为通过习得性无助（Learned Helplessness）来摧毁个体的自信体系。"

"习得性无助？"有人窃窃私语。

"习得性无助，是指因为重复的失败或惩罚而造成的听任摆布的行为。此理论最早于 1967 年由美国心理学家马丁·塞利格曼（Martin E. P. Seligman）通过动物实验提出。他把狗关到笼子里，只要狗一触碰笼子门，就给狗施加难以忍受的电击。多次试验后，即使他把笼子打开，狗也不会再逃跑了，只会蜷缩在笼内。"宝叔适时地做出了补充。

我继续解释道："正如实验中那条绝望的狗一样，当个体面临不可控的情境时，一旦认识到无论怎样努力都无法改变不可避免的结果后，便会产生放弃努力的消极认知和行为，表现出无助、抑郁和绝望等消极情绪。习得性无助并不全是因为意志力薄弱，它也并不能以个体的意志力为转移。只要给予足够强的摧残、足够多的绝望，就能让几乎任何人陷入习得性无助的状态中。而回到本案中，疑似威胁李麒麟的人正是通过李麒麟家人看似难以启齿的秘密，打击和摧毁他的自尊，恶化他的身心状态，降低其理性判断能力，最终让他将绝望发泄到家人身上，酿成惨案。"

听完我和宝叔的讲解，在场各位也沉默了。

吴岩微微颔首，说："我想刚才这两位同事和大家解释得很清楚了，李麒麟就是这么一步一步走上了灭门的道路。结合另外 13 起类似案件综合分析，从案件数量和案件操作复杂程度上来说，我们推测操纵这背后的一切并非某一个人，很可能是一个组织或团体，成员分布在各个城市，他们专门选择那些看似和谐美好的家庭下手，直至它们被彻底摧毁。所以接下来，我们需要重新核查这些灭门案里面的线索，尽快破案。或许就在现在，某个家庭正经受着这种威胁，一旦被威胁人达到极限，就会有新的灭门案发生！"

会议结束后，吴岩问我们："为什么没有将梦境自我的事情同大家说一下？那样会有更说服力的。"

宝叔解释说："对于普通人来说，梦境自我虽然可以理解，但将其应用到现实案件侦破中，还是不易被接受的，甚至会让大家质疑我们所做的分析的客观性和科学性，为了避免不必要的麻烦，我让王朗在讲解时选择了保留。"

吴岩点了点头。

我淡淡地说："作为特案科的特别顾问，我能做的也就这么多了，接下来就只能依靠你们了。"

吴岩一惊："怎么，你要退出？"

我侧眼看看宝叔，说："当然了，况且宝叔也回来了，我可以卸任了。"

宝叔摇摇头，说："这次委托是属于你的。"

吴岩假装严肃地说："听到宝叔说了吗？既然你接受了委托，就要善始善终，案件还没有侦破，你还得继续留在特案科。"

第十九章 秘密音频

　　三市警方联合警力突击调查，在调查的第三天，东闽市警方便找到了线索，提供线索的是东闽市盈天律师事务所的律师杜铭。

　　我、吴岩还有宝叔一行三人来到盈天律所。

　　杜铭回忆说，一个多月前，他的儿子小迪邀请同学彭金岳来家里吃饭。饭后，彭金岳的爸爸将孩子接走了，小迪洗漱后也去睡觉了。午夜时分，小迪突然来到杜铭房间，说有事告诉他，他感觉事情不对劲，就仔细听小迪说了。

　　杜铭一脸严肃地说："当时小迪对我说，彭金岳和他分享了一个秘密，其实是给他听了一段音频。"

　　我疑惑地问："音频？"

　　杜铭点点头，说："我问他什么内容，他说是彭金岳爸爸打电话的录音。"

　　吴岩也被这话题吸引了："具体什么内容呢？"

"小迪说，那段音频里，彭金岳的爸爸声音很尖，像女人。"杜铭面色凝重地说，"大致说，李麒麟，现在开始计时，你只有十五分钟的时间去东周市谈南路的农业银行自助柜员机上向 0986 的账户汇出七十五元钱，如果未能按时完成，我将会把你姐姐的照片和视频发送到你所有亲友和老师、同学的手机上。"

我追问道："你确定彭金岳的爸爸当时说的是'李麒麟'吗？"

杜铭微微颔首，说："小迪是这么和我说的，虽然不确定是哪三个字，但确实是 Li Qi Lin 的同音。"

我和吴岩对视了一眼，这突然勾起了我们的兴趣。

除了关键的"李麒麟"，杜铭在对话中还提到了"你姐姐的照片和视频"。

照片和视频？

那个人掌握了李小璠的什么照片和视频？

会和她做刑奴有关吗？

李小璠只有一个男主，就是蔡鹏。

如果确实是有关她做刑奴的内容，那就和失踪的蔡鹏有关系。

在这场灭门惨案中，这个只出现在视频里的胖男人到底扮演了什么角色？

眼下，我们必须确认第一个线索。

芮童立刻调出之前的汇款资料，确定在 7 月 12 日凌晨 1 点 10 分，有一次汇款记录，金额是七十五元，汇款地点就是东周市谈南路的农业银行自助柜员机。

不过，吴岩还是提出了疑问："杜律师，你儿子有没有问过彭金岳，为什么他会录下这段音频？"

杜铭点点头，说："我问了小迪，他说彭金岳喜欢恶作剧，之前也偷偷录下过爸妈吵架，甚至是亲热的录音，然后给同学们听，而最近他总是看到爸爸偷偷去阳台或卫生间打电话，他很好奇，就用手机偷录了这么一段录音，所以他能确定就是自己爸爸发出的声音。"

我不禁感叹：果然是熊孩子！

吴岩表示了怀疑："请问一下，你儿子的年龄？"

杜铭回道："他今年十三岁，正在读初一。"

吴岩又问："你儿子只是听了一遍就记住了这么关键的信息吗？"

杜铭似乎听出了吴岩的话外音，一个十三岁的初中生能够在短短时间内记住那么多关键信息吗？

杜铭笑了笑，解释道："小迪从小学一年级就在业余时间参加了名著速读课程，课程训练他们的听读和总结能力，所以他以有意思为由，又听了一遍，记下了关键信息。"

吴岩微微颔首，说："距离灭门案发生已经有十多天了，你为什么选择现在向警方提供这条线索呢？"

杜铭解释道："最近，我一直在北京处理诉讼案件，昨天刚回来，听人说起了李麒麟灭门案，突然就想到小迪当时同我说的这件事。开始，我也有些犹豫，不知道孩子的话能不能当真，思来想去，我还是将这件事和在派出所工作的朋友说了，他帮我联系了刑警队的同事。"

这确实是一条极具价值的线索！

路天赐立刻派民警调查了彭金岳的爸爸，随后吴岩对杜铭说："杜律师，我有一个请求，可能有些过分，但还是希望你能配合我们。"

杜铭也意识到吴岩的意思："你想让我通过小迪邀请彭金岳再来家里做客？"

吴岩笑笑，说："没错，不过我们会提前进入你家，到时候，我们需要确定彭金岳手机里是否还有这段录音或其他录音，这对我们破案非常关键！"

杜铭犹豫了片刻，还是答应了我们的请求。

吴岩安慰道："放心吧，我们会保证事件的安全。"

杜铭离开后，大家都很激动，如果他提供的线索属实，那么彭金岳的爸爸很可能就是威胁李麒麟的人，或者与此相关的人。

很快，关于彭金岳爸爸的基本信息被摸清了。

彭清松，男，1970年11月24日出生，汉族，本科文化，本市人，住东闽市桥东区海天一色公寓11号楼3单元1101室，现供职于东闽市第一测绘公司后勤部。

东闽市警方交叉对比了彭清松和李麒麟及家人的工作、住宿、交通等各方面信息，均无任何交集。

当晚，路天赐带着吴岩、芮童和我提前到了杜铭居住的公寓，楼下也安排了其他同事。

晚上7点，杜铭带着杜小迪和彭金岳进了家门，然后杜铭进厨房忙碌，小迪说想玩彭金岳的手机，彭金岳也没犹豫，就将手机交给了小迪。

杜铭抓住时机，让小迪和彭金岳帮忙去公寓外面的肯德基买汉堡，两个孩子很开心，便拿钱下楼了。吴岩则利用这个空当，将彭金岳的手机取走，搜索后并未找到那段音频。

幸好芮童精通数据恢复，在杜小迪和彭金岳回来前，成功恢复了三个月内删除的视频和音频数据，其中不仅包括那段杜铭提到的音频：

李麒麟，现在开始计时，你只有十五分钟的时间去东周市谈南路的农业银行自助柜员机上向0986的账户汇出七十五元钱，如果未能按时完成，我将会把你姐姐的照片和视频发送到你所有亲友和老师、同学的手机上……

还有其他音频：

李麒麟，游戏又开始了哟，现在开始计时，你只有二十分钟的时间去东周市雨花西路的建设银行自助柜员机向0986的账户汇出一百元钱，现在交通有点拥堵，你要加快速度哟，如果迟到的话，你老爸和他男朋友的故事就会通过邮件发送到他的同事的电脑上，到时候，他就成了名人喽……

亲爱的麒麟宝宝，你是不是想念我了呢？你最喜欢的游戏又来了，这一次你的任务是去东周市振兴大街的自助柜员机汇出十元钱，现在就开始计时了，你只有半小时的时间，如果未能按时完成，你刚才收到的你姐姐的劲爆视频就会传至网络，到时候所有人就都知道了，大家就都知道你姐姐的真实样子了……

李麒麟，恭喜你完成了这个任务，但今天你还有一个任务，我暂时不会告诉你，在接下来的三小时中，你要随时保持注意，如果你错过了我发出的任务，你亲爱老妈的有趣照片就会定时发送出去……

几段录音内容基本相似，都是威胁李麒麟的话，威胁理由也是公开家人的秘密照片和视频。

不过，这些音频声音很尖厉，不像男人发出来的，吴岩判断对方应该使用了变声器。

但这还是让我们为之一振，这极可能就是打开李麒麟灭门惨案的突破口！

为了避免给杜铭一家造成麻烦，我们决定先行离开，而负责监视彭清松的同事说，彭已经离开了公司。

虽然彭金岳手机里关于威胁李麒麟的音频被恢复了，声音却经过了变声器处理，路天赐笑笑说："放心吧，我们局里有一个声纹鉴定高手。"

随后，我们见到了他口中那个声纹鉴定高手唐笑野。他听了音频后，笑着说："放心吧，声纹鉴定是能鉴定经过变声器变声的声音的。"

我和吴岩不禁松了口气。

"其实声纹鉴定分析的不是真正意义上人的语音，经过变声器变声的声音只是改变了语音的物理属性，并非改变所有鉴定意义上的声学特征。"唐笑野解释说，"所以我们还是能通过共振峰、基频，甚至音强、音长等进行比对的，只不过，准确率会有所下降。"

"下降多少呢？"吴岩追问。

"在可控范围内。"唐笑野回道。

当晚，路天赐联系了东闽市第一测绘公司的后勤部主任，从他那里拿到了彭清松的开会音频记录，经唐笑野连夜声纹鉴定，确定声音系同一人的概率为97.5%。

这无疑给我们接下来的审讯打了一针强心剂。

次日一早，彭清松刚离开公寓，吴岩和路天赐就找到了他。

对于警察的出现，他显然很意外。路天赐出示了工作证："我们是东闽市公安局的，现在需要你和我们走一趟，配合调查。"

虽然彭清松佯装镇定，但我还是抓住了他眉宇间掠过的惊恐。

讯问室内，吴岩问起了有关李麒麟灭门案的事情。

起初，他还听着，后来终于忍耐不住，问道："警察同志，你们不是说找我来配合调查的吗，但你们都在和我说什么李麒麟灭门惨案，这和我有关系吗？"

吴岩反问道："你不认识李麒麟吗？"

彭清松语带轻蔑地说："当然不认识了。"

吴岩淡淡地说："你最近没看新闻吗？东周市出了一起灭门案，一个叫李麒麟的高中生把全家人都杀了，然后自杀了。"

彭清松回答得很干脆："不好意思，因为工作太忙，我很少看新闻。"

吴岩笑笑，说："既然这样，那你听听几条音频吧。"

随后，路天赐播放了三段音频：

李麒麟，现在开始计时，你只有十五分钟的时间去东周市谈南路的农业银行自助柜员机上向0986的账户汇出七十五元钱，如果未能按时完成，我将会把你姐姐的照片和视频发送到你所有亲友和老师、同学的手机上……

李麒麟，游戏又开始了哟，现在开始计时，你只有二十分钟的时间去东周市雨花西路的建设银行自助柜员机向0986的账户汇出一百元钱，现在交通有点拥堵，你要加快速度哟，如果迟到的话，你老爸和他男朋友的故事就会通过邮件发送到他的同事的电脑上，到时候，他就成了名人喽……

亲爱的麒麟宝宝，你是不是想念我了呢？你最喜欢的游戏又来了，这一次你的任务是去东周市振兴大街的自助柜员机汇出十元钱，现在就开始计时了，你只有半小时的时间，如果未能按时完成……

第三条音频没有听完，彭清松有些不耐烦地说："这又是什么？"

吴岩反问道："这不是你的声音吗？"

彭清松一副不可置信的表情："这明明是一个女人的声音！"

吴岩微微颔首，转头示意路天赐播放了另一段音频，即东闽市第一测绘公司后勤部主任提供的彭清松开会的音频。

彭清松听后，面带不可思议的表情问："你……你们怎么会有我开会的音频？"

吴岩问："这个是你的声音吧？"

彭清松侧眼看了看吴岩，不情愿地点点头。

这时候，路天赐将一份声纹鉴定报告推到彭清松面前，看到报告的一刻，彭清松的脸色突然垮了，他颤颤巍巍地说："这……这怎么可能！"

吴岩呵斥道："根据声纹鉴定结果，你刚才听到的两个声音确实系同一人发出的，而这个人就是彭清松你本人！"

彭清松仍旧不愿意承认："这不可能的，不可能！"

路天赐追击道："你想说你明明使用了变声器，为什么还是会被发现吧。"

彭清松突然就沉默了。

他意识到了危机！

吴岩冷峻地说："现在可以说一说你和李麒麟的关系了吧，你为什么要威胁他，最终摧毁他们一家！"

彭清松辩解道："警察同志，我并不认识李麒麟，我更没威胁他，我只是……只是打错了电话。"

路天赐反击道："你觉得这是一个合理的解释吗？打错电话还能直呼对方姓名，还能让对方做出具体行动，甚至还使用了变声器！"

面对自己不堪一击的借口，彭清松已无法再辩解。

这时候，吴岩将李麒麟灭门惨案的现场细节照片展示给彭清松看，他很拒绝，数次转头并闭上眼睛。

吴岩追击道："你仔细看看，这就是你威胁并控制的李麒麟，他先是扎死了自己最疼爱的姐姐，然后是爸妈，最后自杀！"

彭清松眼神闪烁，不断回避。

吴岩步步紧逼："李小璠身上有十七处刀伤，分布在左胸、左腹和右腿，致命伤是利器刺破脾脏导致大出血死亡。朱月桦身上也有多达十四处的刀伤，分布在左颈部、左胸和左腹，致命伤是利器割破颈动脉导致大出血死亡。李大海身上的刀伤最多，多达二十二处，分布在左胸、右胸和左腹，系利器刺破心脏而死……"

彭清松躲避着那些残酷的现场照片："不要给我看了，不要给我看了……"

吴岩抛出撒手锏："你想想看，如果这一切发生在你家里，你十三岁的儿子彭金岳向你和你妻子举起刀子，杀了你们，最后自杀会是什么场景。你敢想吗，敢想吗？！"

路天赐追击道："为什么在你眼中，你的家庭就珍贵无比，别人的家庭就如同草芥，可以随意残杀呢？！"

彭清松突然呵斥道："我说了，不要再说了，不要再说了！"

第二十章 神秘组织

　　吴岩和路天赐的轮番审讯彻底击溃了彭清松的心理防线，但在我看来，在接受讯问之前，他已经承受了巨大的精神压力，所以我们才能如此迅速地拿到其口供。

　　彭清松承认了他威胁并控制李麒麟的事实，同时，还说他是 Black Tropical Fish 组织的地级市引导官。

　　Black Tropical Fish，黑色热带鱼。

　　也就从那一刻起，这个之前从未被提及的神秘组织缓缓浮出了水面。

　　虽然是炎炎八月，但当我从彭清松口中听到有关黑色热带鱼的一切时，还是感到了深不可测的寒意。

　　彭清松介绍说，他是一年前经人介绍进入黑色热带鱼的。

那天，他去参加同学聚会，聚会上遇到了二十年没见的高中同学张睿，张睿现在是一所技术学院的老师。

席间，他们聊得很起劲。

人到中年之后总会感觉生活充满了钝感和绝望，工作、家庭，甚至是性生活。

彭清松自然也不例外。

那种想要控制、想要改变、想要掌握一切的欲望如此强烈，最后却只能面对现实的一成不变。

聚会结束后已是午夜，张睿送他回家。

车子兜兜转转了很久，最后停在了空旷的世纪广场旁边。

正当彭清松一脸困惑之时，张睿拿出一部旧式手机和类似话筒的小玩意儿，然后拨通了一个号码。

电话接通后，张睿的声音突然变了。

那一刻，彭清松才意识到那个类似话筒的小玩意儿是变声器。

张睿的声音透过变声器变得低沉而魅惑："现在是午夜12点，你今晚的任务是必须在十分钟之内来到世纪广场，站在广场中央哭泣，哭泣十分钟才能离开，如果你不能准时赶到或者哭不出来，你家人的秘密会被群发到你所有朋友、同学的手机上，想想那个场面，会不会感觉很有趣？"

那话听起来不容反抗，更像是某种恐吓！

张睿挂断电话，彭清松颤颤巍巍地问道："老张，你……你这是在干什么呢？"

张睿没说话，只是坐在车里听音乐，一边听，一边让他计时。

那一分一秒过得煎熬。

九分钟后，彭清松果然看到一个穿着高中制服的女孩骑着车子来到世纪广场，接着跑到操场中央，毫无预兆地失声痛哭起来。

偶尔有路人经过，投来异样的眼光。

这女孩就是刚才张睿在电话里命令的人吗？

她为什么会听张睿的话？

张睿又为什么让她站在广场中央哭泣呢？

彭清松更困惑了。

虽然他听不到她的声音，但他能确定，那女生哭了整整十分钟才疲惫地离开。

待那女生离开后，彭清松问道："喂，这到底怎么回事？"

张睿转过头，一脸严肃地问他："想不想要体验操纵别人人生的感觉？"

操纵……别人的人生？

听到这句话，彭清松竟然感到了一丝莫名的欣快。

张睿介绍说，那个女孩叫作邱婉琳，一个普普通通的高三女生。

本来，彭清松猜测张睿和邱婉琳有什么瓜葛，或许是掌握了对方的什么秘密，以此要挟，让她做一些奇怪的行为，泄愤罢了。

但张睿耸耸肩，一副盛气凌人的样子："好兄弟，你把一切想得太简单了，我不是掌握了她的秘密，而是掌握了她一家人的命！"

一家人的命？

掌握了人命却被张睿说得云淡风轻。

张睿缓缓摇下车窗，窗外的夜色汩汩地融进车内，彭清松突然感觉眼前这个高中同学充满了神秘感。

张睿转头对彭清松说："你不是对于现在的生活感觉无趣了吗？我可以给你提供一个乐子！"

乐子？

那两个字像一双女人的手，在彭清松的心头肆意撩拨起来，那感觉不亚于瞬间重返二十岁。

他抵挡不了那两个字的诱惑。

接下来的一周，彭清松一直和张睿在一起。

张睿让他目睹了自己是如何通过电话操纵那个叫邱婉琳的女孩在指定的时间和地点做出各种各样意想不到的行为的，有些行为还是极具羞辱性的。

这种好奇让彭清松沉溺其中，他突然想到小时候，被高年级同学欺负的场景，那时候他们也是通过暴力让他做出各种具有羞辱性的举动。

这期间，彭清松不止一次追问，张睿到底掌握了那女孩的什么秘密，她才会如此服帖地听从他的指令。

但张睿都只是笑而不语。

他越是如此，彭清松越是好奇。

一周后，彭清松给张睿打来电话，他想要寻找这种乐子，但张睿必须说明他是通过什么方式控制了那个女孩。

张睿这才道明了真相，也说出了自己隶属于 Black Tropical Fish，黑色热带鱼。

黑色热带鱼是一个神秘组织，没人知道它的创建时间、真正的创建者是谁，但组织的宗旨很明确，就是不动声色地摧毁那些看似美好和谐的家庭，尤其是外人眼中令人艳羡的模范之家。

就像一个水池中，悄悄潜入一条不明来历的鱼，它一点一点吃掉水池里的生物，直至彻底将它们毁灭，然后再悄悄地离开。

在这个过程中，成员们可以体验控制他人的乐趣和摧毁"美好"事物的快感。

控制和摧毁，这是每个人从生到死都无法摆脱的欲望。

黑色热带鱼在每个城市都有负责人，组织机构严密，彼此独立，却又彼此合作，成员更是遍布全国各地各行各业各个年龄段，有企业老板、个体户，也有老师、医生，甚至包括清洁工和乞丐，等等。年龄也从二十岁至六十岁不等，只要是人们能接触到的行业和族群，都可能隐藏着黑色热带鱼的成员。

除了负责人和组织骨干，黑色热带鱼的成员主要分为五类：

热带鱼、挖掘人、引导官、观察者和清道夫。

热带鱼，负责寻找和评估目标家庭，并找到突破口。

挖掘人，负责挖掘和梳理目标家庭成员的秘辛。

引导官，负责通过各种手段对目标家庭成员的被威胁者发布指令，最终控制他，让他做出杀人灭门的举动。

观察者，负责隐藏在目标家庭成员身边，观察并记录他们的一举一动。

清道夫，负责在目标家庭被摧毁后完成扫尾清理工作。

黑色热带鱼的成员一边做着旁人眼里的正常工作，一边完成着组织下达的各种任务。

在发布的每个任务中，根据具体内容、难易程度和地域差异，每类成员人数不等。有时候，你需要从任务发布到结束进行全程参与，有时候，你只需要帮忙打开一扇门，或进行一次搭讪，你此次任务就完成了。

三年前，对于平淡生活感到无趣的张睿意外在网络社群里认识了一个陌生网友，对方将张睿拉入了另一个网络社群，在那里，张睿认识了很多新朋友，群主叫作"完美陌生人"，他说他们正在做一项非常有趣的任务，并且邀请张睿加入，任务内容就是不用任何暴力手段去毁灭一个家庭。

听起来有些不可思议，又透出莫名的邪恶。

当时张睿根本不相信，不用任何暴力手段怎么能毁掉一个家庭，"完美陌生人"说这个任务的期限是半年，任务的目标竟然是刘浩林一家。

接着，有人在群里发出了刘浩林的个人照和全家福。

没错，张睿认识这个男人，就是他的同事刘浩林，和他一起进入的公司，现在却成了他的上司。

刘浩林人很好，对待下属热情，工作也很积极，尤其是他的家庭，在2007

年的全市"模范家庭"评选中脱颖而出,获得名次。

有几次,刘浩林邀请同事们去他家做客,张睿也见过刘浩林的爸妈和妻子,都是老实本分的人。

相比刘浩林的工作和家庭,张睿却相形见绌。

生活里,妻子在三年前和他离了婚,还带走了儿子,工作上,他上班十几年,却还是一个名不见经传的部门副主任。

羡慕越积越多,发酵成了嫉妒,虽然表面上平淡如水,他的心里是憎恨刘浩林的,不过他将这种恨隐藏得很好,只是失落之时,拿出来细细啃食几口。

就是这么一个完美和谐的家庭,张睿不知道"完美陌生人"会用什么办法进行摧毁,这让他在好奇的同时,心里也涌出莫名其妙的快感。

张睿接受了"完美陌生人"的邀请,加入了这个神秘的任务,而将自己的真实面目隐藏在电脑背后,兴奋感逐渐翻滚、沸腾起来。

在此次任务中,他被设定的身份就是"挖掘人",而他接受的第一个任务就是深入挖掘刘浩林的个人资料。

"完美陌生人"告诉他:任何人都是禁不住挖掘的,就像任何事都禁不住推敲一样。

在接下来长达半年的时间里,张睿一边上班,一边花费了大量时间和精力挖掘有关刘浩林的一切。为此,他甚至不远千里去了刘浩林的云南老家,真的挖出了对方的一个天大秘密——刘浩林竟是双性人。

刘浩林本名刘保华,从小就拥有男女两副生殖器,这种生活一直持续到十年前,他去泰国做了手术,成了一个所谓的男性。

然后,刘浩林来到千里之外的东闽市,还改成了现在的名字,也就是那时候起,刘浩林和他一起进入了公司,两年后他还结了婚。

当张睿得知这个秘密的时候,身体止不住地颤抖,他忽然感觉自己拥有了控制的力量。

　　他将这个重磅信息提供给了"完美陌生人"，并得到认可，而关于刘浩林爸妈和妻子的秘密也被逐渐发掘了出来。他和其他"挖掘人"的任务完成，而接下来就由"引导官"负责利用各种手段对刘浩林的妻子发布威胁指令，最终将其彻底控制，犯下灭门举动。

　　灭门之前，张睿听刘浩林聊起过妻子的种种古怪，他还偷偷去了刘浩林居住的社区，看到了失魂落魄的刘浩林之妻，他知道一切，却还是静静地看着他们一家被引入绝境。

　　不知道为什么，当张睿看到刘浩林一家被灭门的新闻时，心里竟有一种怪异的爽意，那种对于完美之物毁灭的快感。

　　之后，他便正式加入了黑色热带鱼，彻底沉溺其中，随时接收组织发来的任务，他也在热带鱼、挖掘人、引导官、观察者和清道夫五个不同身份中来回穿梭，体验着不同的感觉，摧毁着不同的人生。

　　张睿说完了自己的故事，彭清松听后也跃跃欲试。

　　他问张睿为什么想要邀请他加入黑色热带鱼，张睿解释说因为当时他们将目标家庭定在了彭清松的小学同学身上。所以，彭清松第一次接受的身份就是挖掘人。在成功完成任务三个月后，彭清松得知小学同学杀害家人并自杀的消息。他有些害怕，害怕警察找到他，所以想退出，张睿却告诉他，一旦加入黑色热带鱼，将不能退出，如果强行退出，下一个被摧毁的目标就是自己，彭清松只好被胁迫着继续做下去，直到现在。

　　这也是讯问最后，彭清松情绪崩溃的另一个原因。

　　为了不引起注意，黑色热带鱼的成员都是异地负责制，比如身在东闽市的彭清松接收的就是有关东周市或者清河市的任务。

　　这一次，他接到了组织的任务，就是摧毁东周市的模范家庭李麒麟一家，而他担任的就是"引导官"。

　　他根据"挖掘人"提供的信息，通过单线联系，逐步控制了李麒麟，让对方在各种怪异举动中丧失了自我，然后不断强化这种恐惧和绝望，并且暗示对方可以杀掉家人以获得彻底解脱，直至李麒麟真的犯下灭门恶行。

听了彭清松的供述，我说出了初次潜梦时观察到的内容："有目击者称，李麒麟在灭门之后，曾反复打开卧室的灯，并在阳台上站了十分钟才自杀？"

彭清松啜泣着说："那是他在向观察者发出信号，意思是他已完成灭门举动，随后就要自杀了……"

吴岩追问道："你是说李麒麟家对面的公寓里隐藏着'观察者'？"

彭清松点点头，然后趴在桌上，失声痛哭起来。

而在彭清松疯狂残忍的故事中，唯一没有提及的就是宝叔推测的造梦师或与梦境相关的人和事。

吴岩和路天赐也意识到案情的重大和复杂，第一时间向省公安厅刑侦总队进行了汇报，随后制订了周密的抓捕方案，第一时间控制了彭清松口中的张睿等人。

那个张睿给我留下了深刻的印象：个子不高，模样清秀，戴着眼镜，蓝色衬衣，看起来斯斯文文的。

对于警方的讯问，他却矢口否认，称自己和彭清松只是普通朋友。

至于黑色热带鱼，以及彭清松提到的各种内容，他更是撇得一干二净，反侦察、反讯问的能力很强。

吴岩知道，轮番讯问不会起到正面效果，反而会让他更加防备，这家伙与彭清松不同，他是在享受完成每个任务的乐趣。

此时，吴岩提出了潜梦的要求。

虽然这并不在办案程序之中，但鉴于情况特殊，吴岩坚持进行梦境观察，宝叔也认为这不失为一个打破僵局的方法。

张睿喝掉了含有助眠药物的水之后睡着了。

Naomi 将唤醒时间设定为五分钟，我们一行三人潜入了张睿的梦境空间。

短暂的触电感之后，梦境场景从一条走廊开始。

宝叔从口袋中摸出三支手电筒，分发给我和吴岩。

走廊很黑很深邃，两侧也没有房间，我们不知道身处于这个走廊的什么位置。

漫无目的地走了很久，我们仍旧在走廊之中。

吴岩不禁感叹道："这家伙的梦和别人的梦都不一样，竟然是一条没有尽头的走廊，也不知道走到哪里是个头。"

宝叔突然停下了脚步："这走廊没有入口和出口，更没有尽头，这是回廊梦境。"

"回廊梦境？"吴岩感叹道，"这梦境的名词还真多。"

"回廊梦境是典型的防御梦境，象征着错综复杂的环境或心理，也意味着梦境主人拥有不可告人或羞于启齿的经历。"宝叔解释说，"他将这些秘密藏在梦境最深处，由回廊保护，以防窥探。"

"这么说，这个张睿也有造梦能力了。"吴岩追问道。

"回廊只是防御梦境的一种表现形式，这很可能是梦境主人隐藏的秘密激发了潜意识的保护机制，潜意识发出防御指令，营造出了回廊。不仅仅是他，任何人的潜意识保护机制一旦被激发，都可能出现防御梦境，而防御形式千奇百怪，可能是一条无尽的回廊，一片海洋，也可能是一座五指山，这就是梦境的奇妙之处！"宝叔摇摇头说。

"那我们走不出去了？"吴岩又问。

这时候，宝叔从口袋里摸出了那个酷似罗盘的钟表。

梦境解离器？

没错，就是在杨逸凡案件中，我被困在贯通梦境里，宝叔用它打破了梦境时间的固定程式，带我离开的。

我追问道："梦境解离器不是针对濒死梦境的吗，对于防御梦境也起作用吗？"

宝叔笑笑，说："这东西都能将你从贯通梦境中带出来，何况一个普通的防御梦境。"

接着，他启动梦境解离器，我们三人彼此握手，周围的空间迅速旋转起来，越转越快，当我感觉五脏六腑都快被甩出来之时，那种感觉戛然而止了。

那一刻，我们三人坐进了一辆车子。

我和吴岩因为强悍的甩动，忍不住哇哇呕吐起来，只有宝叔镇定地坐在中间。

而开车的人正是张睿！

宝叔淡淡地说："这里是张睿的第一层次梦境，现在经历的场景应该就是他被警方控制之前做的最后一件和黑色热带鱼有关的事情。他非常在意，加之接受警方的讯问，更会本能地反复回想，才会有回廊梦境进行防御，而我们进入梦境的切口也会以此开始。"

窗外两侧空空荡荡，只有一条笔直的公路。

张睿开车回到了他任教的技术学院。

除了一栋孤独的教学楼，周围空荡荡的，什么也没有。

宝叔环视道："这个场景里刻意突出了这栋教学楼，模糊甚至忽略了其他，说明张睿将他的秘密藏在了这里。"

张睿下车后，从包里拿出一沓资料，径直来到教室，走到学习资料储物柜前面，将它放进了第二排的柜子里。

吴岩推测那些东西很可能和黑色热带鱼有关。

宝叔转头问他："你们在调取证据的过程中，有没有检查这些资料储物柜？"

吴岩摇摇头，说："这些都是学生的柜子，和案子没关系，我们并没有调取，况且都是一些学习资料，张睿也不会把那么重要的资料放在这么显眼的位置吧。"

我走到张睿的身边，侧眼看着他："或许他也认为别人会这么想，才把这么重要的资料放在最显眼的位置吧。"

吴岩感叹道："这家伙就不怕学生发现吗？"

我耸耸肩，说："这所技术学院就是一所'发证学校'，也就是说来这里上学的都是来混证毕业的，他们才不会去翻阅那些枯燥无味的学习资料呢！"

吴岩无奈地笑了笑："最危险的地方才是最安全的地方。"

刺痛感袭来的时候，我们三人离开了梦境。

随后，吴岩和路天赐赶到张睿任课的教室，却发现所有学习资料全被带走了。

原来，张睿在被警方带走时，曾请求警方留给他一分钟时间，让他把当天的班级事务布置一下，其中有一项就是让班长更换班级后面的储物柜资料。

当时来带走张睿的刑警也没在意，谁会想到那一刻他就在借助学生的手不动声色地毁灭证据了。

幸好负责更换的班长没有将学习资料卖掉，吴岩在其中找到了张睿藏匿的东西，正是记录了有关黑色热带鱼的重要资料。

面对证据，他只能承认自己的罪行。

通过张睿等人的供述，隐藏在东周市、东闽市和清河市三市之中的黑色热带鱼组织被逐渐牵扯出来，并逐一被查获，涉案近百人，有企业老总、广告策划人、三线演员、大学老师、商场服务员等等。

在那其中，我竟然看到了三张熟悉的面孔，没想到他们竟然都是东周市黑色热带鱼组织的一员。第一个是灭门惨案的报案人，李大海的好朋友王嘉宁，他的身份是"清道夫"。案发后，他进入案发现场，清理了可能会引起警方注意的线索，其中包括彭清松和李麒麟单线联系的手机等等。之后，他以报案人身份进入了案件。

第二个是班主任王老师，就是向警方提供李麒麟在课堂上情绪失控信息的那位老师，他的身份是"观察者"。他住在李麒麟所在公寓的对面楼里。

那一晚，他接收到了李麒麟发出的"开灯"信号，李麒麟做梦也不会想到那个他每天接触，热情开朗的王老师明明知道他已坠入深渊，却不施救，只是眼睁睁看着他迅速坠落，直至摔得粉身碎骨。

第三个就是李大海的同性恋人肖俊乐，那个文文弱弱的大学生，我记得当时我们和他谈起李大海的时候，他也伤心地哭了。

只不过，我们看到的只是表层故事，暗藏在背后的真相却与之相反。

根据肖俊乐供述，他是大一的时候通过小学同学介绍进入了黑色热带鱼，每天睡觉打游戏的大学生活消磨了他的希望，而在黑色热带鱼之中，他找到了莫大的乐趣和存在感。

一年前，他接到组织发来的任务，此次他的身份是"挖掘人"之一，负责深挖李大海身上的秘密。从那一刻起，那个稳重内向的中年男人被他盯上了，在他长期深入的跟踪中，发现了李大海的同性恋人。他将这个信息反馈给了负责人，得到的回复是继续挖掘，为了得到更多"实锤"，他便主动出击，出现在了李大海身边。

只是李大海到死都不知道，那个瘦弱爱哭的肖俊乐是一匹狼，不动声色地潜伏在他的怀里，而他早已是对方的盘中之餐了。

肖俊乐说出这些的时候，毫无悔意，表情甚至带着一点骄傲。

吴岩问他："他那么信任和照顾你，你就不会感到一丝愧疚吗？"

肖俊乐突然笑了出来："这才有意思，不是吗？"

那一刻，我突然感到一种后怕。

在和肖俊乐初次见面之时，我们以为自身的年龄和阅历远远凌驾于对方之上，所以将他看成了笼中雀，一切都在我们的控制之中，殊不知，他才是真正的控制者。

他只有二十一岁，却将人命视如草芥，甚至将玩弄他人的生活和命运当作乐趣。

乐趣？

他说得那么淡定轻松。

那种从人性暗处生发而出的恐怖和邪恶，远远超出了屠戮本身！

与此同时，李小璠的男主，那个人间蒸发的蔡鹏的身份也被揭开了。他并不是"挖掘人"，负责深挖李小璠的"挖掘人"从他手里买走了秘密，所以他才在灭门案发生后选择"逃离"。

在随后的调查中，东周市的黑色热带鱼负责人在供述之中，提到了有关"造梦师"的关键信息。

他说，虽然造梦师存在于组织之中，但没人知道，也没人见过那个人，或者说对方究竟几个人，是不是人都不能确定。

后来，他在和其他城市的负责人的交流中得知，造梦师的工作就是制造梦境自我，然后对选定目标的梦境进行入侵，配合现实的威胁和控制，互相影响和强化，最终达到灭门目的。

"那他是怎么做到的呢？"吴岩追问道。

"这个我确实不清楚。"负责人摇摇头，"每次任务到了引导官环节，造梦师会指定地点，然后由引导官威胁目标前往，具体做什么我就不知道了。"

我推测，包括李麒麟在内的目标人物，一定在"指定地点"经历了什么，而整个经历和梦境自我侵蚀有极大关联。

宝叔提出的梦境自我侵蚀症得到了印证，但造梦师的身份依旧是谜，案件仍在进一步的侦破当中。

真相浮出水面之际，我心中却没有一丝欣喜快慰。

这个隐秘组织潜伏在各个城市之中，就像一条隐藏在深海之中的邪恶之鱼，东周市、东闽市和清河市或许只是这条鱼身上很小的鳞片罢了，它的真身仍旧隐藏在阴郁寒冷的水中。

随后，省厅成立专案组，吴岩和路天赐被抽调，成为成员。

专案组对全省范围内的黑色热带鱼组织展开了代号为"清鱼"的大规模清

查行动，更多涉案人浮出水面。

李麒麟灭门惨案背后隐藏着如此庞大和恐怖的秘密，这是我和吴岩，甚至是整个特案科都没有想到的。

案件移送检察机关起诉前，吴岩接到医院方面的电话，说李麒麟因为并发症导致呼吸衰竭，最终抢救无效死亡。

或许，对李麒麟来说，这是最好的结果了。

我不知道如果他醒过来，在被告知这一切真相后，要如何面对残破不堪的余生。

也或许，那个被梦境自我侵蚀的他已经变了，再也回不到阳光开朗的高中生模样了。

隔日，宝叔因为工作事宜回了美国。

吴岩开车送我回去。

离开前，他特意对我表示感谢："如果这一次没有你的帮助，案件恐怕没那么顺利。"

我笑笑，说："我也从中学到了不少刑侦知识。"

他伸出右手："期待和你的下一次合作。"

我握住了他的手："我也一样。"

回到家，我连衣服都没换，就倒在床上睡着了。

我被沉重的疲倦带入了一个深邃的梦。

我梦到自己潜入了黑暗的海底，周围都是阴郁冰冷的海水。

这时候，我发现暗处有两个光点，越来越大，越来越逼近，我这才看清，那是一双眼睛，阴鸷而充满杀意。

接着，我看清了，那眼睛背后是一条巨大的蛰伏的热带鱼，它摆动着身体，似笑非笑着，缓缓向我张开了嘴巴……

第三卷 罪梦追凶

你真的敢断言你了解自己的人生吗？模糊的记忆，忘却的回忆，随你心意重新书写的过去真的存在吗？

——日剧《走马灯株式会社》

潜

梦

者

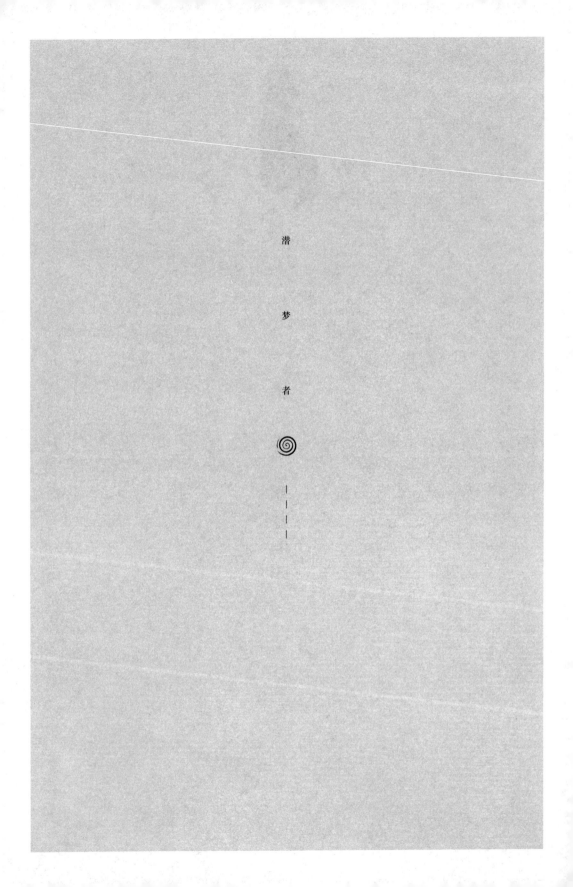

- - - -

第二十一章 杀人之梦

那是一个雨天的午后。

我收到宝叔的邀请，准备连夜乘飞机去美国参加一个心理学方面的研讨会。

下楼时，我看到一个穿着餐厅制服高高瘦瘦的男生同前台接待说话："请您帮帮我，我真的想要见到王老师。"

前台接待耐心地解释道："很抱歉，王老师本月的预约已经排满，如果你想会面的话，我可以帮你登记，如果你想咨询的话，我可以帮你安排到下个月。"

制服男生仍旧苦苦请求："拜托你了，我必须现在见到王老师，我真的有非常重要的事情咨询他，真的。"

前台接待向我投来求助的目光。

我看了看时间，距离飞机起飞还有一段时间，便走了过去："你好，我是王朗，就是你要找的王老师。"

制服男生很兴奋："王老师你好！"

我微笑着说："前台人员说得没错，咨询确实需要预约，而我这个月的预约已经排满。"

制服男生仍旧积极争取着："可是，我真的有问题想要向您咨询。"

他的态度很虔诚，我也不忍拒绝："虽然预约满了，但我们现在可以聊天，不过我还要出差，所以只能给你十分钟。"

制服男生连连点头："十分钟就够了！"

我向前台接待点头示意，便将制服男生带到了一楼会客厅。

"坐吧。"我招呼他坐下，顺便给他倒了一杯咖啡。

制服男生接过咖啡，做了自我介绍。

他叫邢鹏，今年十八岁，目前在一家保洁公司工作，他是从报纸上看到了"黑色热带鱼"的案件报道，所以才找到了我。

我蓦然意识到，"黑色热带鱼"事件已经过去了半年之久。

我坐在邢鹏对面："你想向我咨询什么呢？"

他似乎有些紧张，连续喝了两杯咖啡才开始了讲述："其实，这件事困扰我很久了，在您之前，我从未和任何人提起过。"

我微微颔首，示意他继续。

他叹了口气："大概从我记事起吧，我就总是做一个梦。"

我习惯性地在笔记本上写下了——梦。

又是一个关于梦境的咨询。

他想了想，继续说："那个梦有些模糊，我梦到一个小男孩，我想应该是我小的时候吧，我坐在房间里，一边吃着棒棒糖一边看电视，然后里屋传来声音，我起身去看，结果看到我父母在杀害一个女人，他们杀了人还对我微笑，最恐怖的是我也对他们笑了。他们问我棒棒糖好吃吗，我说好吃，接着，父母将那个女人装进了一个大箱子……"

说到这里，他突然停住了，似乎陷入了自己描述的场景之中。

我轻咳了一声："然后呢？"

他如梦初醒般地说："然后梦境就结束了。"

梦境内容并不离奇，相较之下，我更关心另一个问题。

我又问道："你刚才说，从你记事起就一直在做这个梦吗？"

他连连点头："十多年了吧。"

我确认道："每天都做吗？"

他回忆说："也不是，大概隔一段时间就会做一次，有时候是几天，有时候是几个月，但内容都是一样的。"

我思忖了片刻，解释说："这是一个杀梦。"

他一惊："杀梦？"

我安慰他："在梦境学中，有关杀戮的梦境被统称为杀梦。不过，你不用紧张，杀梦并不可怕。很多人都会做杀梦，有人甚至会常年持续这种情况，就像你一样。或者是自己杀人，或者是看到别人杀人，尤其是看到父母或亲近之人杀人。"

他问道："我为什么总是会梦到这个场景呢？"

我想了想，解释说："大致有三种原因。第一，在你很小的时候，曾看过一个或多个让你感觉恐惧的画面，比如暴力图片和恐怖电影，或者说让你感觉害怕的人和事，这些内容进入你的记忆，被大脑加工以后，形成一个新的信息，然后这个信息被不断填充、丰富和完整，最后成了一个虚假的场景类画面，以梦境形式作为表达，所有人都会产生虚假记忆，特别是关于童年时期经历过的场景记忆。第二，你曾面临过或现在正在面临很大的学习或生活压力，你无法解决它们，这让你感到了焦虑，你将这种情绪压抑到无意识中去，使你

204 ⌾

在清醒时不会意识到它的存在，但它并未消失，而一直在无意识中积极活跃，最终通过杀人梦境场景的方式进行了释放。第三，这是一种现实人际关系的梦境反应，你很可能和父母或亲人朋友产生了矛盾，或者说你和父母、亲人朋友的关系并不好，也可能是他们做了某些事情让你产生了焦虑或恐惧，这种情绪被反映到梦境之中，就被虚构成了杀人场景。"

听完我的话，邢鹏就不说话了。

他反复咬着唇瓣，若有所思。

虽然我们童年或多或少会看到、经历让人不适的画面或事情，但它们都会被藏在记忆深处，想要让它们出现，通常需要一个激发点，比如说再次看到类似画面或经历类似场景，才会触发这些画面，不会发生邢鹏这种长时间和反复出现的情况。

所以，我更倾向于后两种情况。

我追问道："我能问一下，你的生活压力大吗？"

邢鹏回道："初中毕业后，我就不上学了，在一家餐厅洗盘子，虽然工资不多，但足够自己开销。两年前，我母亲去世了，父亲又被查出尿毒症，我的工资除了养活自己，还要补贴家用，生活上确实有些压力，不过也能过得去。"

他的话里透着一股隐约的无奈。

我又问："那你和父母的关系怎么样呢？"

邢鹏摇摇头，说："我们关系不好，准确地说是很差吧。"

似乎是回想起了不开心的事情，他的语气里透出一种无可奈何的自卑："从我记事起吧，我就随他们四处打工，他们经常不在家，我很少和他们亲近，他们也不愿和我亲近，虽然是一家人，生活得却像陌生人。从初中起，我就一直住校，有时候周末也不回家，和他们更是没有交流。"

说到这里，邢鹏感慨道："不怕您笑话，我挺羡慕同学们的父母的，总觉得那才是父母，有呵护，有疼爱。有时候，我真的想问问我的父母，他们为什么要这么对我。"

我又问："后来呢？"

邢鹏叹了口气："初中毕业后，他们不打算供我上学了，我也不想读书了。我就在一家餐厅打工，基本不回家。老板对我不错，知道我没地方住，就让我住在餐厅库房。后来，餐厅倒闭了，我又去了一家保洁公司做清洁工。他们始终对我不闻不问。我母亲去世时，整个葬礼，我一声都没有哭，因为我真的哭不出来。再后来，我父亲被查出尿毒症住院，我去医院看过他两次，他对我的态度有所改变，可能是需要我的钱吧，现在除了每个月给他一些生活费外，我们基本没联系了。"

根据邢鹏的叙说，我更倾向于这个梦境场景的产生、反复出现与他和父母的关系有着极大关联。

父母的冷漠忽视和童年的情感缺失让他极度缺乏安全感，虽然嘴上说得云淡风轻，心中却极度渴望，这种情绪被压抑到潜意识之中，便以杀梦的形态表现了出来。

我看了看时间，想要结束这次对话："你的情况我基本了解了，这个梦境并没有你想象得那么复杂，你只需要调整状态，不要影响生活就好。"

对于我的解释，邢鹏似乎并不满意："王老师，我总觉得那不是梦境，或许……或许真的发生了什么！"

虽然我感觉有些可笑，但还是保持着职业的耐心："你是说你的父母杀了人吗？"

邢鹏咬了咬唇瓣："也或许是我看到别人杀了人……"

这时候，我接到 Naomi 的电话，起身准备离开："如果每个梦到杀人场景的人都认为有真实杀人案发生，那这个社会就彻底混乱了。"

邢鹏欲言又止。

我走到他身边，轻轻拍了拍他的肩膀："不要胡思乱想了。"

话落，我便离开了会客厅。

坐上车子时，Naomi问我那是谁，我没说话，只是在后视镜里看到他落寞地站在门口，然后迅速消失在了雨中。

忙碌的美国之行让我忘记了那个叫邢鹏的年轻人，没想到我回国的次日，他竟然再次来到了咨询中心。

当时我正在参加部门的讨论会，Naomi站在玻璃窗前，示意我出去。

我推门出来，有些不悦："怎么回事？"

Naomi无奈地耸耸肩说："有一个叫邢鹏的年轻人要见你。"

邢鹏？

"他来了？"我忽然想到了美国之行前见到的那个年轻人和困扰他的杀梦。

"就在一楼会客厅。"

"可是我已经为他提供过解答了，如果他还想要咨询，可以安排其他心理咨询师。"

"我向他说明了情况，但他还是指定要你提供咨询！"

"指定我？"我有些气愤。

"没错，他很坚持那个场景并不是现实关系的梦境投射，甚至还向我提出了梦境疗法，他想要让你帮他回忆更多的细节。"Naomi解释道。

"他怎么知道梦境疗法？"我一惊。

"我也不清楚，所以才来找你。"Naomi耸耸肩说。

我只好再次见了邢鹏。

邢鹏见到我，很是激动："王老师，你终于肯见我了！"

我问道："你怎么知道梦境疗法的？"

他的语气带着乞求，又有些威胁："我知道你可以潜入别人的梦境，看到梦境里发生的内容，我求求你，进入我的梦境吧。"

在之前的咨询案例中，除了杨逸凡和李毓珍，我并未向任何人透露这个秘密，而且那件事之后，我也要求李毓珍保密的，那邢鹏又是从哪里获知的信息？我再次质问："你究竟从哪里得到这些信息的？"

邢鹏以问答问："如果我告诉了你，你是不是可以答应我的请求？"

我反问道："你在威胁我？"

邢鹏摇摇头，乞求道："王老师，我从没想过要威胁你，我只是想要确定这到底是一个简单的梦境，还是曾经发生过什么。"

他说得恳切而卑微，我突然就想到了初三那年，我也是这么渴求得到心理医生的解答，我恍然看到了自己的影子，那种被梦境困扰纠缠的无助。

我思忖了良久，最终答应了他的请求。

邢鹏也告诉了我事情原委。

原来他曾在黑色热带鱼事件中出现过，当时，我和吴岩两次潜入李麒麟的梦境之中，潜梦地点就在病房内，本以为足够安全且隐蔽了，没想到第二次潜梦时，在医院做保洁员的邢鹏就躲在卫生间内，意外看到了我们的潜梦过程，还听到了我们的对话。

我很意外："你怎么会躲在那里？"

邢鹏回忆道："那天我的工作已经做完了，但又不想回去，就找了一间重症监护室的卫生间躲了起来睡觉。"

我追问道："去重症监护室的卫生间睡觉？"

邢鹏解释说："那里人少清净，之前，我也都是这么做，没想到那次却看到了你们。"

我这才恍然大悟道："其实，从你第一次找到我开始，就想让我潜入你的梦境一探究竟了，对吗？"

邢鹏点点头，说："当时你走得急，我也没有多说。"

虽然答应了邢鹏的要求，但我还是提前说明了情况："潜梦并不是我可以随心所欲地进入你的梦境，即使潜入了你的梦境空间，也不一定能够观察到你提到的那个场景，因为梦境是不可控的，不是我想要看到什么，就能看到什么的，所以对于潜梦观察，你也不要抱太大期望。"

邢鹏听后点点头。

我让他先行回去，晚上 8 点再回来。

当晚，邢鹏准时来到咨询中心。

Naomi 为我们佩戴了脑电波同步扫描仪，并将唤醒时间设定为五分钟。

在她的安排下，我们服用了助眠药物，我嘱咐邢鹏保持轻松，就像平常睡觉一样，他点点头，没多久便进入了睡眠状态。

我也缓缓被睡意覆盖，然后感到了熟悉的触电感。

耳边传来一声闷闷的扑哧声，像是什么东西爆炸了。

我倏地睁开眼睛，发现自己坐在一个空荡荡的电影院里，偌大的屏幕上是银白的雪花。

这应该就是邢鹏的梦境了，我的观察也从这里开始。

前排坐着一个老人，我起身走了过去。

他怀里抱着一个盒子。

这时候，有人走了进来。

我转头一看，是邢鹏。

他走到老人身边，问道："你好，电影为什么没有开始？"

老人没说话，只是自顾自地看着那盒子。

邢鹏坐到老人身边，指着盒子说："这里面装的是什么？"

老人侧眼看看他，没说话，然后打开了它。

那一刻，我也将头凑了过去。

让人惊奇的是那盒子里竟然是一个精致的电影院模型，空间布置和我现在所处的一切是一模一样的。

更让我惊异的是盒子里的电影院中，也有两个人，就是老人和邢鹏！

盒中老人怀里也抱着一个盒子，盒中邢鹏坐在他身边，也在朝盒子里看着。

这个盒子勾起了邢鹏的兴趣。

他将手伸了进去，试图去触碰盒中的那个自己，同样地，盒子里的那个他也做出了同样的动作。

几乎是同时，我的头顶被一簇阴影覆盖，我猛地抬眼，发现一只巨大的手正朝着我，不，准确地说是朝着邢鹏而来。

很显然，邢鹏也意识到了这些，他抬头看到了那个伸向自己的巨大手臂，还有手臂之后的……

另一个自己？

而盒中的邢鹏也做着同样的反应。

那个瞬间，邢鹏将手缩了回去，一同缩回去的还有盒中的那个自己以及出现在头顶的庞然大物。

邢鹏吓坏了。

一同被吓坏的还有盒子里的那个邢鹏，以及将我们当作盒中之物的那个邢鹏。

这个在恐怖电影里出现过的桥段竟然发生在了邢鹏的梦境之中。

我的大脑迅速推测着：这应该是一个俄罗斯套娃式空间，我所处的是其中某一层而已，而每一层空间都包含老人和邢鹏，场景内容也是一致且同步的。

这时候，邢鹏起身就要逃离。

不过整个电影院被封闭起来了，他找不到出口，焦躁且慌乱，盒子中的那个他也是一样地四处乱撞。

他再次回到老人的身旁，乞求对方帮他。

老人突然笑了，将手伸进盒子，捏住了盒中的邢鹏，而那一刻，一只粗糙的大手也透过黑暗，朝着我身边的邢鹏覆盖过来，捏住了他。

容不得邢鹏求救，老人便猛地用力，捏爆了盒中的那个"他"，几乎是同时，我听到扑哧一声，身边的邢鹏也被捏爆了！

那一刻，我看到了另一个"邢鹏"走进了电影院。

我蓦然意识到最初进入这个场景之时听到的扑哧声了，那是上一个"邢鹏"被捏爆的声音。

梦境至此戛然而止。

我主动醒来，回到了现实之中。

随后，邢鹏也醒了过来。

我将在梦里看到的内容告诉了他。

他困惑地问我："这又是什么意思呢？"

我解释说："在人的梦境之中，剧场或者电影院往往代表着一种幻想，场景或银幕内的信息可以帮助梦境主人理解世界表象下的秘密。不过在你的梦里，电影院是空的，只有你和那个老人，电影屏幕上也是空白的，没有内容传达，这反映了你潜意识深处隐藏着强烈的孤独和恐惧，封闭的空间象征着你对于亲人关系的焦虑和隔离。"

"那个盒子里的电影院呢？"邢鹏又问。

"叠套空间的无限循环，无限深入，却又发生着同样的事情，说明你试图将这种孤独和恐惧隐藏起来。"我解释说，"最终却通过梦境场景的形式进行了释放。"

"所以你并没有看到我说的杀人场景？"邢鹏追问道。

"我在潜梦之前说过了，人的梦境本身是不可控的，不是说你想让我看到什么，我就会看到什么，我看到的就是现在所面对的。"我解释道。

"或许，多试两次就可以了。"邢鹏仍旧不愿意放弃，"王老师，你再潜入我的梦境看一看吧！"

"首先，潜梦具有很大的危险性，王老师的每次潜入都是未知的，虽然他会如期醒来，或者被我唤醒，但也有可能走失梦中；其次，作为潜梦者，每次潜入都会消耗大量精力，如果有再次潜梦的必要，我也会根据他的身体状况来安排时间；最后，还是王老师之前所说的，梦境不能被你控制，更不可能被他控制，他只能被动地观察和分析，或许下一次他会看到杀梦场景，或许永远都不会看到。"听到邢鹏的要求，没等我开口，Naomi 便严肃地反驳道。

"我……"邢鹏一时语塞，他也意识到了自己的失言，"对不起，我只是太想知道那个梦境是否真实发生过了，没有考虑到这些。"

我向 Naomi 使了一个眼色，她便不说话了。

相比最初被邢鹏"威胁"的愤怒，此时此刻，我却对这个孩子充满了同情。

他说得没错，他只是想要一个确切答案。

仅此而已。

而我是唯一可能帮助他的人。

我为邢鹏安排了第二次潜梦，就在三天后。

不过，第二次潜入的我仍旧没有看到那个杀梦场景。

我是在一条阴暗的隧道中醒来的。

邢鹏从我的身边经过，他手里擎着电筒，惊恐地朝着隧道深处跑去。

我忙不迭起身，跟着跑了起来。

邢鹏一边跑着呼喊救命，一边不停回头看。

好像有什么在黑暗深处追赶而来。

轰隆隆的，带着一簇压迫的气势。

很快，我就分辨出那是球体滚动的声音。

直至我看到一颗铁球从黑暗中滚动而出，它正好封锁了整条隧道，这让我想到了小时候玩的"滚球迷宫"游戏。

铁球越滚越快，就在快要追上邢鹏的瞬间，隧道突然出现岔口，他本能地闪身而进，我也随之而去。

转头的瞬间，铁球从我们身后掠过。

邢鹏靠在墙边喘着粗气，就在他以为躲过一劫之时，另一颗铁球已从黑暗中滚滚而来。

反反复复，无穷无尽。

我醒来后，向邢鹏说起了这个场景，并做了梦境分析。

先后两次潜梦所观察到的场景通过不同的梦象透露了相同的信息，那就是隐藏在邢鹏意识深处的焦虑和恐惧。

非常强烈，绝对不是单纯的杀梦能够引起的。

一次或许是偶然，但不同时间的两次潜梦却出现了同样的情况，这引起了我的好奇。

"它们不会无缘无故地出现。"我面色凝重地看着眼前这个单薄的年轻人，"或许，这是一种信号。"

"信号？"

"没错，你更深一层次梦境里散发出来的信号。"

"更深一层次的梦境？"邢鹏一惊。

"没错，也就是梦境的第二层次，个人无意识。"我解释道。

在杨逸凡的案例之中，我已经详细解释过了第一层次梦境，接下来，我要说一下第二层次梦境。

第二层次梦境里经常隐含着长期被遗忘的记忆或者秘密，它可能是一个片段或很多个碎片，也可能只是一句话或一个动作。

但与第一层次梦境的光怪陆离或晦涩难懂不同，第二层次梦境内容是真实的，不管逼真还是模糊，都是发生过的。从这个角度上来说，第二层次梦境是不需要通过梦象解析的，因为所见即所得。

虽然在成长过程中，这些记忆或秘密会被逐渐掩埋，但并不会消失，强烈的情绪仍旧可以从这一层次梦境中渗透出来，通过第一层次梦境释放信号。

在之前的潜梦中，我的观察和分析一般都在第一层次梦境。

有两次，为了深入分析咨询者的心理状态，我也曾试着潜入对方更深一层次的梦境，但都失败了。

准确来说，第二层次梦境并不是单纯的梦境，它更趋近于一种状态，不是随便就可以潜入的。

在上周我去美国参加研讨会之余，也和宝叔聊了很多。

宝叔提到了更深层次的梦境潜入，比如第二层次的个人无意识，甚至第三层次的集体无意识。

他和研究人员经过反复试验，确定潜梦者是可以借助脑电波同步扫描仪潜入更深层次梦境的。

在潜入之前，潜梦者和被潜入对象需要服用加倍的助眠药物，以保证睡眠状态稳定，潜梦者即将在被潜入对象梦中苏醒的时间段内，将电流刺激提高一倍以上，就有可能直接进入第二层次梦境。

不过，这种潜入的概率并不高，有时候需要反复刺激才有可能进入，但会给潜梦者和被潜入对象带来不小的身体痛苦，甚至会引起脑部损伤。

除此之外，还有另一种方法：同样是在潜入之前，潜梦者和被潜入对象服用加倍的助眠药物，以保证睡眠状态稳定，潜梦者先进入被潜入者的第一层次梦境，在观察过程中，梦外负责操作仪器的人加强电流刺激，以此破坏梦境稳定性，潜梦者可能因此进入第二层次梦境，但这种潜入方式也存在很大危险性，由于电流刺激，梦境状态极不稳定，潜梦者很可能进入未知的空间。

我向邢鹏说明了情况："如果你愿意接受潜入，我们就尽快安排下一次潜梦。"

他听后点点头，说："王老师，我都听你的安排。"

我微微颔首，说："虽然不至于产生什么危险，不过到时候你可能要受点苦。"

邢鹏却说:"没问题。"

我补充道:"不过,我还是要说明一下,我不能保证会成功潜入你的第二层次梦境,毕竟,我之前也没有成功,我们权当是一次尝试。"

在征得他同意后,我在三天后安排了第三次潜梦。

在此之前,我向邢鹏索要了他父母的照片,以便在梦境中做出区分。

邢鹏给我了一张很旧的照片:"我已经很多年没有和他们拍照了,他们本身也不喜欢拍照,尤其是和我一起。"

照片中的邢鹏还很小,但他似乎并不快乐,只是冷漠地看着镜头。

他介绍道:"左边的是我母亲王巧芳,右边的是我父亲邢建文。"

在服用了加倍的助眠药物后,我和邢鹏陆续进入了睡眠状态。

虽然反复的电流刺激给我们带来了很大的痛苦,但结合之前的失败经验,Naomi 通过调整电流强度和时间,竟然顺利地将我送入了邢鹏的第二层次梦境。

第二十二章　家庭暴力

我是在一个杂乱的房间里醒来的，可能是助眠药物和电流刺激的原因，我感觉头部很沉重，虽然身处梦境，却非常疲惫。

阳光很刺眼，明晃晃的，整个视野都在旋转。

血流冲撞着眼眶子嗡嗡作响。

我试图让自己站起来，但身体无法保持平衡，瞬间又摔倒了。

恍惚之中，我看到了一个中年男人。

随后，他的影像逐渐清晰起来。

邢建文?

没错，就是他，邢鹏的父亲邢建文。

不过，他看起来要比照片里年轻和精壮，他从我身边经过，手里拎着干瘦的邢鹏。

那时候的邢鹏很小，看起来只有六七岁的样子。

邢鹏挣扎着，哭喊着，我知道他在发出声音，我却听不到。

我努力站了起来，想跟过去，步子却迈得很艰难，没走几步，再次失重跌倒，我就眼睁睁看着自己倒了，仿佛身体根本不受控制。

没想到在第二层次梦境中，作为梦境观察者的我也不能灵活行动了。

在此之前，宝叔曾告诉我，第二层次梦境和第一层次梦境不同，由于涉及的多是深远真实的记忆，梦境内容无法虚构和修改，且在时间、空间和细节上都极难控制，时间快进倒退、空间扭曲断层、细节任意转变都是很常见的。

最重要的是，这一层次梦境不受梦境主人的控制，也就是说不存在自动清除机制，但这一层次梦境却隐藏着强大的梦压。

所谓梦压，即梦境对于梦境潜入者（梦境观察者）的垂直作用力，其压力大小与梦境内容密切相关。

海洋学家将一个纸杯子绑在探测仪器上，探入深海，取上来以后，纸杯子会缩小变形。同理，梦境潜入者承受着梦压，也可能被碾碎，尤其是在时间、空间和细节变化时，梦压会空前加强。

不过，每个人第二层次梦境的梦压不尽相同，越是深远、越是在意的场景或内容，梦境压力会越大。

理论上来说，只要被潜入对象是睡眠状态，而潜梦者可以承受梦压的话，那么就可以进行无限的观察。

由于初次承受强悍的梦压，我开始不自觉地吐血，那感觉比现实中的吐血还要来得真实和痛苦。

这时候，邢建文走到水池旁，突然将邢鹏的头按进池子里，一边按还一边笑，而王巧芳就坐在旁边抽烟，恣意而悠然。

他们似乎在说着什么，但我听不清。

刺刺刺——

像是收音机跳台发出的声音。

随后，邢鹏挣脱了邢建文的控制，浑身湿淋淋的，疯狂地往回跑，我也努力起身跟上去，虽然跌跌撞撞的，但我还是随他冲进了屋里。

那一瞬间，我的眼前一黑，邢鹏不见了。

我的身体仿佛遭受了重击，鼻孔和耳孔竟然开始流血，喉咙里也充满了血沫，那是一种很真实的体验，我感觉自己快要死了。

这时候，一簇光线撑开了周围的黑暗，光线来自一把手电筒。

这一刻，我看清了。

举着手电筒的人是邢鹏。

不过，眼前的这个邢鹏比刚才那个他明显高了不少，但还是那么单薄。

我知道，梦境时间快进了，梦压空前加强，所以我才会感到异常痛苦。

此时此刻，我来到了一间潮湿的地下室。

黑暗处传来不规则的喘息声，我努力跟随着邢鹏越走越深，像走在一条没有尽头的喉咙，接着，一只大手伸过来，一把扼住了邢鹏的脖子，他挣脱不及，手电筒掉进了黑暗中。

啊——

我听到了他的惨叫声。

那一刻，我的视线也被黑暗剥夺了。

整个体腔内充满了压力，它渗入每个细胞之中，仿佛在那个瞬间就要集体爆炸。

我再睁开眼睛之时，发现自己倒在一间破旧的房间里。

梦境时间再次发生了变化。

虽然胸口很闷，身上也出现了大面积梦压导致的红斑，但我隐约能够听清周围的声音了，我知道自己已经逐渐适应了梦压。

我平稳呼吸，缓缓坐了起来，然后看到了坐在电视机前的小男孩，三四岁，正在吃着棒棒糖。

彩色旋涡状的那种。

我仔细辨认着，那应该是幼儿时期的邢鹏吧，稚嫩的小脸上依稀有着十多年后的样子。

这时候，屋里传来一阵阵低沉的叫声，还有男女的对话声，我想要起身走进去，但双腿根本不听使唤，我只好爬过去。

虽然只有两三米，我却爬了很久。

透过虚掩的门缝，我看到了一男一女，不，准确地说是邢鹏的父母，邢建文和王巧芳，他们正在用皮带勒死一个女人。

那时候的他们看起来很年轻，也就三十岁左右的样子。

被皮带勒住的女人死寂地看着我，不，她看不到我，准确地说，她是看向外面的房间。

她用力翻动着身体，像一条濒死的鱼。

这时候，年幼的邢鹏也走了过来，他一边吃着棒棒糖，一边对着父母微笑。

我蓦然意识到，眼前这一幕就是邢鹏向我描述的那个困扰他多年的父母杀人梦境！

容不得我多做观察，一阵头痛便汹涌袭来。

只是眨眼的瞬间，我发现邢建文已经将那个女人装进了大皮箱，王巧芳则去外屋陪邢鹏看电视。

时间再次出现了快进。

接着传来敲门声，王巧芳去开了门，我不知道她和对方说了什么，然后又走回来继续和邢鹏看电视。

而邢建文则在里面的房间，一边装箱子，一边抽烟。

有条不紊，淡定自若。

随后，王巧芳走进了厨房，开始做饭。

邢鹏仍旧看电视。

没多久，邢建文就带着大箱子出门了，他出门的时候，邢鹏也跟了过去，他笑着对邢鹏说了什么，但我什么也听不清。

刺刺刺——

仍旧是收音机跳台发出的声音。

虽然我和邢鹏只隔着三五米，却感觉怎么也追不上他。

邢建文关门的瞬间，我看到了外面的走廊和栏杆，我所处的房间应该是在一栋旧式楼里，我还看到楼下的树旁站着一个男孩子。

他穿着红蓝校服，看起来有十三四岁，他似乎也在看向这里。

那一刻，我听到有人在叫那个男孩子，他应声了。

我试着离开房间，但随着门被关上，我的视线也被收了回来。

我知道，我是无法离开那间屋子的，因为邢鹏的视角只是在这间屋子里。

这也是进入第二层次梦境观察的局限。

在这里，我要说一下梦境观察视角和视野的问题。

我曾在杨逸凡的事件中提及过造梦视角，而观察视角和造梦视角相似，都是梦境视角的一种。

潜梦者在第一层次梦境进行观察时，拥有的是上帝视角，也叫作万能视角，就是说潜梦者是可以抛开梦境主人，自由观察梦境内容的，从某种程度上说，这种视野是无限的，但进入更深的第二层次梦境后，潜梦者拥有的视角就变成了凡人视角，也就说是，潜梦者只能跟随梦境主人的视角进行观察，视野也是有限的。

回到邢鹏的第二层次梦境之中，他的视野只存在于这个房间里，我能观察和收集信息的地方也就这么大。

我无法自主离开这个房间，看不到房间外更多的东西，更不知道外面发生了什么。

这时候，我突然发现自己的左手被吞噬了，这种吞噬迅速蔓延至全身。顷刻之间，我就消失在了房间之中。

我知道，我即将醒来。

我和邢鹏先后苏醒。

醒来的邢鹏直接呕吐了起来，药物和电流刺激带来了强大的副作用，Naomi 将水递给他："你还好吗？"

呕吐之后，他逐渐平稳了呼吸："我没事，没事……"

虽然我没有呕吐，但每一寸骨骼和肌肉都生发出了剧烈疼痛，没想到潜入第二层次梦境会给身体带来这么沉重的负担。

随后，Naomi 给我们观看了整个操作过程录像。

她解释说："8 点 5 分，邢鹏进入睡眠状态，8 点 9 分，王老师进入睡眠状态，8 点 9 分进行第一次电流刺激，持续十秒，8 点 10 分进行了第二次电流刺激，持续十秒，8 点 11 分进行了第三次电流刺激，持续十秒。这期间，邢鹏有过三次哭泣，整个潜入过程无外界干扰，潜梦时间为五分钟，自主苏醒。"

邢鹏问我是否看到了那个他描述的场景，我心中掠过一丝犹豫，但还是摇摇头说，只是看到了他小时候很多琐碎的片段。

没错，我骗了他。

他有些失落。

我安慰他说："我之前也说过，并不是潜入就会找到线索，即使进入了第二层次梦境，我仍旧只是被动的观察者。"

他表示理解，问："那我们什么时候能进行下一次潜梦？"

我想了想，说："这样吧，十天之后你再过来，我们进行下一次潜梦，或许会有新发现。"

他有些不甘："不能提前几天吗？"

我摇摇头，说："十天已经是最短期限了，短时间内连续潜梦会给你我的身体带来巨大的负担，更何况是潜入更深层次的梦境。"

我让 Naomi 送邢鹏回去，离开前，我安慰他："好好休息，我们十天后再见。"

邢鹏悻悻地坐上车子。

送走了邢鹏，我回到休息室躺了很久，潜梦带给我的不适感才逐渐消退。

不过，那个场景带给我内心的冲击仍旧非常强烈。

说真的，这次潜梦确实超出了我的想象。

我本以为邢鹏反复梦到的那个场景，就是现实关系的一种梦境投射，直至我发现了隐藏在它梦境深处的焦虑和恐惧。本来我也只是推测，这可能是更深层次梦境散发的信号，没想到一语成谶，那个场景竟然存在于邢鹏的第二层次梦境之中！

没有任何虚构和修改的可能，这就是真实发生过的画面！

这么看来，事情似乎就没有我想得那么简单了。

随后，我和宝叔通了电话。

对于我成功潜入第二层次梦境，宝叔也很高兴，他说即使有足够的药物和电流刺激，能够顺利进入第二层次梦境的潜梦者还是极少数，而我不仅成功潜入，还承受住了梦压，顺利地完成了观察。

在听完我的叙述后，宝叔也认为当年的邢鹏确实看到了一场真实的伤害画面，而伤人的就是他的父母。

虽然我认定那是凶杀场面，且根据场景内容推测，邢鹏的父母极有可能已经杀害了那个女人并装箱抛尸，但由于我只是看到了部分画面，不能完全断定邢鹏的父母就已经杀害了对方，所以宝叔还是谨慎地将"凶杀"换成了

"伤害"。

宝叔问我:"你为什么没有将这个信息告诉邢鹏呢?"

我解释说:"这是潜梦带来的观察,并不是现实的依据和事实,在没有任何证据的情况下,如果盲目告诉他我观察的内容和分析,可能会让他产生很大的心理压力。母亲已经去世,所以他一定会去质问自己的父亲,到时候我怕引起不必要的麻烦。"

宝叔又问:"所以,你想要自己调查看看了?"

我叹了口气:"我想要找到这个场景发生的地点,或者任何与此有关的线索,确定事件的真实性,所以才将下一次潜梦安排到了十天后。"

宝叔却说:"你有没有想过,如果确定了事件的真实性,下一步打算怎么办,如果找不到任何线索,是如实回答还是继续隐瞒?"

我有些犹豫:"我还没想好。"

其实,宝叔所说的问题,我早就考虑过了。

只不过,眼下最重要的仍旧是寻找有关这件事的线索,至于如何向邢鹏说明,先看一下调查进展吧。

宝叔又说:"虽然你掌握了部分梦境信息,但若要独自进行调查还是困难重重。"

我回道:"所以,我可能还要找一个人帮忙。"

我所说的就是在"黑色热带鱼"案件中有过合作的,东周市公安局刑警支队特殊案件调查科科长吴岩。

我特意将会面地点安排在了朋友经营的高档泰国餐厅。

吴岩笑笑说:"王老师,这半年没有你的消息,突然联系我,就请我来这么高档的餐厅,我这心里有点怕。"

我也笑了:"我就直说了吧,我确实有事拜托你。"

吴岩吃了一口咖喱皇炒蟹:"看在这炒蟹的分儿上,我就听听吧。"

听完我的故事，吴岩点了一根烟："你是说梦里的一切是真实的，当年极有可能发生了一起凶杀案，不，准确地说是杀人抛尸案？"

我微微颔首，说："理论上是这样的，但我观察到的场景并不完整，所以才拜托你帮忙。"

吴岩无奈地笑笑："你的忙我是一定要帮的，只是你要提供更多线索，起码要确定地点，否则我这协查通告都不知道发到哪里。"

我点点头，回忆道："当时我在那个房间里观察到很多信息，但有价值的只有三个。"

吴岩抬眼问道："说说看。"

我继续道："第一，墙上的日历，虽然有些模糊，但我还是能够分辨出时间是 1998 年，具体日期我无法看清；第二，邢鹏当时观看动画片的电视台台标，大概是两个重叠的字母 N 和 J，颜色是红蓝绿或红黄绿，屋里光线不太好，只能大致判断是这三种颜色；第三，那个站在楼下大树下面的男孩子，他的校服是红蓝相间的，而且我还听到了有人叫他冯小兵，同音或者谐音吧。"

吴岩抬眼问道："你看清那孩子的样子了吗？"

我摇摇头，说："当时天色有些暗，加之他站在大树旁边，距离有点远，我没有看清。"

听我说完，吴岩无奈地说："王老师，你提供的线索太模糊了，根本没有任何指向性的信息。"

我笑着说："所以啊，我才要拜托你这位特案科的科长，你们不就是专门侦破各种疑难杂案的吗？你就把这个当作自己的案子来查。"

吴岩夹了一块咖喱鱼饼："不过，咱们丑话说在前头，我只能说尽力帮你查，至于能不能找到，你还是别抱太大希望。"

离开之前，我将邢鹏留下的身份证号码也交给了吴岩，希望对于调查有所帮助。

其实，在找到吴岩之前，我已经让 Naomi 调查过邢鹏一家，邢建文确实罹患了尿毒症，定期在医院做透析。

邢鹏提供的身份证号码也是正确的，他的同户信息也有父亲邢建文和母亲王巧芳，不过母亲王巧芳的人口状态为注销，注销时间是两年前。

邻居们也称，他们和邢家并不熟络，只知道那是一个三口之家，男主人有病，女主人已经去世，他们的儿子也经常不在家。

这与邢鹏提供的信息基本一致。

接下来的一周，我去了杭州参加研讨会，心里仍旧惦记着邢鹏的状态和吴岩的调查。

一周过去了，吴岩始终没有联系我。

我不知道，如果十天之内吴岩未能给我提供线索，我要怎么办，继续向邢鹏隐瞒，还是告知他潜梦的真相？

就在我感觉调查没有希望的时候，吴岩突然打来电话，电话中的他很兴奋："王老师，我帮你找到那个冯小兵了！"

冯小兵，就是当时躲在大树后面的男孩子！

这也让我为之一振。

只是这个冯小兵人在北京，而吴岩正在调查一起杀人案，分身乏术，我只能亲自去一趟北京了。

我第一时间开车赶往冯小兵所在的北京大兴。

路上，我详细听了吴岩的寻找过程。

吴岩说，我提供的三个信息中，真正可以作为切入点进行调查的只有第二个，即疑似的电视台台标字母和颜色。

吴岩拜托在电视台工作的朋友进行查找，对方确定重叠字母 J 和 N，颜色红蓝绿的那个标志是金南市地方电视台的台标。随后，他联系到金南警方，请求协查，结合我看到的日历上的年份，金南警方确定该台当时只在金南本市范围内播放，所以邢鹏梦中的一切发生的地点应该就在金南市。

虽然缩小了范围，但距离 1998 年已经过去了十二年，想要在金南市寻找线索仍旧十分困难。

根据我提供的校服信息，金南警方经过细致走访调查，确定服装来自金南市第三实验中学，不过并不是校服，而是当时体育队的队服。当年体育队的一名带队老师说，当时学校举行运动会，那批红蓝队服是专门为运动会定制的，使用年份为 1998 年 2 月到 8 月，使用时间是六个月。

这一下将搜索范围缩小到了体育队，但当年体育队并没有一个叫冯小兵的学生，不过倒是有一个叫冯继超的。

金南警方通过调取同户信息，确定冯继超有一个弟弟叫冯继松，而冯继松的曾用名就是冯小兵。

随后，金南警方通过冯继松的家人联系到了正在北京工作的他，同时，吴岩将冯继松的联系方式提供给了我，还有一张他的近照。

与此同时，他还让金南警方调取了当年的刑事案卷记录，确定在 1998 年并没有相似案件发生，随后金南警方将搜索范围扩大到三年内，也未找到相关线索。

最后，吴岩在电话里说："其他的，我也帮不了你了，或许这个冯继松能够给你提供什么线索。不过，你也别抱太大希望，毕竟过去那么多年了，或许他早就忘了。"

我充满了信心："过去多久都没事，所有的记忆都在他的梦境之中，我一定可以找到线索的！"

挂断电话之前，吴岩嘱咐道："如果有需要，随时给我打电话。"

我笑笑说："放心吧。吴科长。"

连续七小时的长途奔袭，我终于赶在冯继松下班前见到了他。

今年二十七岁的冯继松现在是北京一家广告公司的文案总监。

我们见面的地点就在他公司楼下的咖啡厅。

我先给他看了证件，又向他说明了来意，同他说起了潜梦，还提到了出现在邢鹏梦境之中的他。

本来我还非常担忧，害怕他会觉得我是骗子或者神经病，直接甩脸走人，毕竟不是每个人都会接受"潜梦"一说的，没想到他听后却表示相信："虽然感觉不可思议，但你看起来确实不像在骗人。"

关于我提到的情节，冯继松回忆道："没错，那天我确实在那栋公共楼外面的大树下等过人！"

我问他："这么说，你对那天的事情还有记忆？"

冯继松点点头，说："其实，这件事也困扰了我很久，如果不是你找到我，恐怕我再也不会向第二个人提起了。"

我表示疑问："过了这么久，你怎么还会记得那么清楚呢？"

冯继松看向玻璃窗外，若有所思地说："我感觉……那天我好像看到了什么不该看的东西……"

不该看的东西？

以下为冯继松的自述：

那天是 1998 年的 3 月 16 日。

我记得很清楚。

下午放学后，我本来是在体育队等我哥的，但他们要训练很长时间，我觉得没意思，就骑自行车走了。离开前，我哥让我去他的同学赵科家里借游戏带，我赶过去的时候，赵科不在家，我就在外面等着。

赵科家在城东的一栋公共楼里，几号楼我忘记了，楼房大概有三层吧，就是外面有走廊和栏杆的那种，他家住在三层。

我站在楼下的大树下面等，过了不久，赵科回来了，他让我在楼下等一下，他去家里取游戏带。

过了一会儿，我看到二楼的一个房间门开了，一个男人提着一个大箱子走了出来。

这时候，赵科也从三楼的房间走出来，大声喊说游戏带找不到了，让我先回家，然后就回去了。

没多久，那个男人提着箱子走了下来，他把箱子放进一辆面包车里，随后开车走了。当时我本应该直接回家的，结果竟然鬼使神差地骑车子跟了上去。

因为那面包车离我不远，我看到他将箱子放在车子旁，准备开门的时候，那箱子动了！

我突然对那个箱子产生了兴趣，既然那箱子动了，里面一定装的是活物，但箱子看起来那么重，这活物应该很大。

当时我想，不会是一个人吧？

好在那辆面包车开得不快，我骑车子隐藏在人群里，就一直跟了下去。

车子沿着民心河开了一会儿，周围的人越来越少，最后在一个偏僻的角落停了下来。为了不引起怀疑，我直接骑自行车超过了面包车，骑了很远。

最后，我将车子放到一边，又小心翼翼地跑了过去，我藏在一米多高的苇子丛里，然后看到男人将那个大箱子从车里拉了出来，他左右看了看，将它丢进了河里，最后开车走了。

他走后，我还跑过去看了看。

不过由于天太黑，我也不能确定他到底在哪个位置抛掉的箱子。

回到家后，我还被我哥骂了一顿，但我心里总是想着那个会动的大箱子。

后来，每次我经过民心河，总是忍不住想起那天晚上，那个男人抛箱子的场景。

时间越久，我越是好奇，那箱子里到底装的是什么呢？

冯继松的回忆让我既意外又惊喜，这不仅侧面印证了邢鹏梦境的真实性，也从另一个视角将事件进行了延续。

听到这里，我问他："你还记得赵科家的具体位置吗？"

冯继松想了想，说："他家住在城东的混乱区。"

我一惊："混乱区？"

冯继松解释道："就在市区东面，大人们都管那里叫作混乱区。"

我想了想，说："我还有一个不情之请。"

冯继松抬眼看看我："什么请求？"

我低声道："我想要……潜入你的梦境！"

冯继松一愣："潜入……我的梦境？"

我点点头，说："没错，虽然你同我说了当年的事情，叙述也很详细，但仍旧缺少很多细节，我想要在你的梦里找到线索，我想要知道那个箱子里到底装的是什么！"

第
二
十
三
章

路
人
视
角

　　本来以为冯继松会犹豫，甚至拒绝，没想到他似乎对这些很感兴趣，竟然直接答应了："说真的，我也想要知道那个箱子里的秘密。不过，你可不能随便偷看我的秘密哟！"

　　我笑笑，说："你放心吧。"

　　当天晚上，我给 Naomi 打了电话，让她连夜赶来，并将潜梦安排在了次日中午，地点则是冯继松租住的公寓。

　　对于我想要潜入冯继松第二层次梦境的提议，Naomi 很是担忧。毕竟，这是短时间内我的第四次潜梦，对于身体已经是沉重负荷。

　　我安慰她："放心吧，我心里有数。"

　　Naomi 追问道："即使顺利潜入冯继松的第二层次梦境，就一定可以找到你想要看到的场景吗？"

我摇摇头，说："我不能确定，但我必须尝试！"

潜梦之前，Naomi为冯继松戴上脑电波同步扫描仪，他还很紧张，我安慰他："这个仪器很安全，你只要像平常一样睡着就好了。"

冯继松点点头。

Naomi解释说："在你睡着的过程中，仪器会产生电流，反复刺激你的大脑，但请你放心，虽然会让你的身体产生不适，但这是在安全范围之内的。"

我并没有向冯继松解释更多，包括梦境的分层等，但在他服药入睡之前，我嘱咐他反复回忆当年的事情。

在成功潜入邢鹏的第二层次梦境后，我和宝叔曾有过交流。

宝叔也提到，如果被潜入对象在睡前反复回忆某个记忆点，那么潜梦者在潜入他的第二层次梦境后，会增加观察到此记忆点触发的片段或场景的概率。

我缓缓躺下，逐渐进入了睡眠状态。

有了上一次的经验，这一次，在Naomi的电流控制下，我顺利地在冯继松的第二层次梦境中醒来。

我的身体出现了和之前相同的不可控状态，意识和动作似乎永远不在一个频道上。最重要的是体腔内充满了压力，似乎随时都要爆炸。

我努力坐了起来，发现自己身处一个昏暗的房间。

这时候，我看到了年幼的冯继松，他从床上跳了下来，赤着脚，缓缓走了出去。

外面屋子传来光亮。

我试着分散控制身体的注意力，动作竟然逐渐变得可控，甚至灵活了许多。

我跟着冯继松向外走。

光亮是从一扇虚掩的门后传来的，然后看到光亮中有一对男女，他们赤身裸体地亲热着，完全没有注意到站在暗处的冯继松。

我推测那应该是冯继松的父母，很多人在幼年时期都曾无意中看到父母亲热或做爱，虽然这种记忆很快就被淡忘了，但其实并未消失，而是被压抑进入了个人无意识之中。

那一瞬间，我的眼前闪过一个画面，有很多人在打篮球，有奔跑声，还有口哨声。

接着，剧痛穿过大脑，我知道梦外的 Naomi 再次进行了电流刺激。

我的身体瞬间被牵引起来，被屋顶吞噬之时，我发现自己来到一间破旧的浴室前面，年幼的冯继松竟然在偷窥母亲洗澡。

然后那个很多人打篮球的画面再次出现，持续时间比上一次有些许延长。

我知道，这是冯继松的回忆在起作用，配合电流刺激，这些场景就开始出现了，只是仍旧不太稳定。

只要 Naomi 再次进行电流刺激，应该就可以看到指定的梦境了。

这时候，我感到电流穿过身体，耳边传来很多细碎的声音，眼前的一切也晃动起来，身体仿佛被剧烈挤压着，随时可能爆炸。

当我再回过神之时，发现自己站在一个室内篮球场之中，奔跑声和口哨声此起彼伏，整个视野也逐渐稳定下来。

我环视一周，竟然看到了少年时代的冯继松。

他就站在场边。

我知道，我已经观察到了想要看到的场景。

不过相比邢鹏的第二层次梦境，冯继松的则要相对清晰很多，内容也更为充实丰满。

这应该与他们的年龄和视野有关，看到疑似凶杀现场的邢鹏只有三四岁，接纳和记录信息的能力非常有限，而当时的冯继松已经是一名初中生，接纳和记录的信息更多更翔实。

这时候，我看到冯继松在场边和一个高个子男生说了什么，那应该就是他哥哥，对方将一件红蓝色体育服交给他，他穿在身上，随后走出了体育馆。

虽然身体仍旧不好控制，但我还是勉强跟了上去。

冯继松和同学一起骑车离开，我也只好骑上一辆自行车追了过去。

他们骑了很久，然后陆续分开，这段距离大概有十公里，几乎耗尽了我全部力气，最后他在一整片破败不堪的居民楼前停下。

楼是很旧式的那种，一共有十二栋，每栋有三层，每层有六户，左右各一副铁梯，每一层的外门走廊还有围栏。

除了一片破旧居民楼，我还看到了那棵熟悉的大树。

一切就如冯继松叙述的，当时他离开体育馆后确实来到城东的混乱区，来找赵科索要游戏带。

冯继松将车子锁在树下，买了一碗冰粥，一边吃，一边无聊地等待。

我则根据当时在邢鹏梦里看向外面所呈现的角度，走到七号楼下面，通过冯继松视野的允许范围进行分析，最终反推锁定了疑似邢鹏梦境场景发生的房间位置。

七号楼的二楼，左数第三个房间。

这时候，冯继松从书包里掏出一本漫画书，随意翻阅起来。

没多久，一个高瘦的男生骑车停在了冯继松身边，他拍了拍冯继松的肩膀："你等一下，我去楼上给你取游戏带。"

冯继松点点头，没说话。

天色逐渐暗了下来，我的身体也越发不适。

虽然逐步适应了梦压，但毕竟身处第二层次梦境，在这一层次中停留时间越长，给身体带来的负荷就会越大。

这时候，二楼右侧尽头的房间门突然开了。

一个小女孩走了出来，看起来有六七岁，她走到左数第三个房间门前，敲了敲门，然后门开了。

开门的是一个年轻女人。

我仔细辨认，确定她就是邢鹏的母亲王巧芳。

我的推测是准确的，那里就是邢鹏的家。

王巧芳和小女孩说了些什么，小女孩给了她一张纸，她则给了小女孩一根棒棒糖，随后又把门关上了。

我恍然记起邢鹏的那个梦境场景中，我确实听到有人在敲门，而王巧芳去开了门，只不过当时我将注意力放到了对周围的观察，并未顾及敲门的人是谁。

冯继松无意间抬眼看了看，继续低头看漫画。

我则缓缓走上那栋楼的二楼，来到二楼右侧尽头，小女孩走出的房间门口。

不过，在距离门口两三米的地方，我被一簇无形的力量挡住了，我知道，我已经到了视野允许范围的尽头。

那个房间门口外面有个报箱，虽然已经褪色，字迹也有些模糊，但还是能够辨认出：《金南日报》专用箱，编号099776。

我退回到邢鹏家的门口，等待着接下来发生的一切。

过了不久，门开了，邢建文果然拎着大皮箱走了出来。

那一刻，我看到了站在门内的，年幼的邢鹏。

几乎是同时，我听到有人叫了一声——冯小兵。

站在楼下的冯继松抬头应声，声音是从楼上传来的，说话的应该就是赵科："我的游戏带找不到了，你先回家吧。"

冯继松应了声。

赵科继续说："你回家和你哥哥说，明天早上带着《魂斗罗》的游戏带去学校。"

冯继松点点头。

赵科嘱咐道："告诉他务必小心，别被你老妈发现了。"

冯继松有些不耐烦了："好了，我知道了。"

两人对话的间隙，邢建文已经关上门，拎着那个大皮箱下了楼。

那一刻，我不得不感叹：邢鹏和冯继松，两个互不相识的人，却因为视角的转换而将梦境内容连接了起来，而我也能跟随另一个人的视野，继续追寻！

这时候，邢建文拎着大皮箱走到一辆无牌照的面包车旁，将箱子放在一边，自己则去开车门。

我也迅速跟着下了楼。

而推车准备离开的冯继松突然朝这个方向看了过来，我也将目光落到了那个大皮箱上面：没错，皮箱确实动了！

我推测，邢建文并未杀死那个女人，起码在那一刻，箱子里的女人还活着。

邢建文将大皮箱塞进车厢里，点了一根烟，便驱车离开了，而对大皮箱产生怀疑的冯继松也骑车跟了上去。

我跟在了最后面。

通过冯继松的视角，我追踪到了那条静谧偏僻的民心河旁边，当时面包车已经停在河边，冯继松佯装若无其事地骑车超越过去，然后隐没进了黑夜。

随后，他将车子丢到一边，偷偷钻进了草丛。

而我则在他的视野范围内，走到了邢建文身边。

我感受着这个陌生男人的呼吸，很均匀，似乎没有任何的情绪波动。

这时候，他将指间的烟头轻轻弹了出去，单薄的火星子迅速湮灭在黑暗之中。

接着，他将那个大皮箱拎起，沉重地丢进了深邃的河水中。

我大声呼喊道："住手！"

但他听不到，冯继松也听不到，这个场景里的任何人都听不到。

扑通——

水花缓缓散开，然后再次恢复平静。

我忽然感觉自己很可笑：就算他听到了又能怎么样，我仍旧无法改变，就算我能够改变场景里的内容，那现实中已经发生的一切呢？

我凝视着微微泛光的河面，心想着：如果大皮箱里确实是那个女人，那么她也必死无疑了。

回到车里的邢建文又抽了一根烟，甚至还轻松地哼起了小曲。

我本想观察更多的，却感觉身体不自觉地倒退，我知道冯继松要走了，我只能跟随他的视角一并离开，但我还是努力记住邢建文抛下大箱子的位置。

身体倒退的速度越来越快，接着，我脚下一滑，猛然就苏醒了。

随后，冯继松也一并醒了过来。

和邢鹏一样，被药物和电流刺激的他也出现了身体反应，只不过相较邢鹏，他的反应并不严重。

一周内两次潜入第二层次梦境对我来说却是极限挑战，身体的疼痛让我无法忍受。

冯继松见我脸色煞白，问我怎么样，我说只要休息一下就好。

他又问我："你在梦境里看到了什么？"

我有气无力地说："和你描述的基本一致，不过我观察到了更多细节，对我的调查很有帮助。"

冯继松松了口气："那太好了。"

我干涩一笑："对了，当时你在树下看的漫画是《灌篮高手》吧……应该是第二十卷，《湘北队崩溃》。"

他一惊："哇，你真是神了！"

我稍做休息后，冯继松送我们下了楼。

离开之前，我送上了自己的名片："今天的事情，太感谢你了，如果有机会来到东周市，一定要联系我。"

冯继松连连点头："我也很荣幸认识你这位梦境大师！"

出了冯继松的公寓，我立刻让 Naomi 载我去了医院。

直至服用了止痛药，又休息了两小时，身体的痛意才逐渐消退。

Naomi 又心疼又气："你真是太胡来了，这么下去，身体迟早会垮掉。"

我惨淡一笑："起码我找到了线索。"

Naomi 问我："你在他的第二层次梦境里发现了什么？"

我若有所思地说："或许，当年真的发生了一起杀人案，杀人的就是邢鹏的父母！"

Naomi 一惊："你确定？"

我微微颔首，说："当时我在邢鹏的第二层次梦境里看到凶杀场面之时，还有过存疑，但当我潜入冯继松的第二层次梦境后，确定邢鹏梦到的那个凶杀场面应该是真实的，两个毫无关联，也互不相识人的梦境视角连接了同一个事件。"

Naomi 耸耸肩，说："就算是真实的，我们也没有任何证据，就这么跑到邢建文的面前，说他是杀人凶手吗？"

没错，空口无凭，更何况还是在梦境观察到的线索。

所以，我需要证据，实实在在的证据！

我本来计划从北京直接回东周市，但临时改变了行程，让 Naomi 开车载我去了金南市。

终于在第二天早上，赶到了民心河旁边。

Naomi 坐在车里，一脸困倦地喝着咖啡，看着河边晨练的老人："开了一晚上的车，就为了来这看他们练剑吗？"

我转头对她说："根据冯继松描述的，结合我在梦里的观察，这里应该就是邢建文抛尸的地点。"

Naomi 的咖啡直接喷了出来："你说什么……抛尸地点？"

我解释道："准确来说，邢建文认为自己抛弃的是尸体，但通过梦境观察，我推测，当时被装进箱子的女人很可能还活着。"

Naomi 从车里跳了出来，靠着洁白的汉白玉护河栏杆："你说这河里有尸体？"

我凝视着平静的水面，若有所思：这河里隐藏的岂止是尸体，还有无数的秘密，大大小小，密密匝匝。

随后，我给吴岩打了电话，他将我介绍给了金南市公安局的郝嘉峰警官。

我向他说明了来意，他听后也是一脸不可思议，操着金南口音问道："你说，你在这两个人的梦境里看到了一场凶杀案和'抛尸'过程，就发生在混乱区？"

我点点头，说："其实，我也不能百分百确定就真的发生了凶杀案，所以才通过吴岩找到您，希望您能帮我验证这个推测。"

郝嘉峰却说："在此之前，我已经让人查询了 1998 年有记录的刑事案件和失踪案件，并没有符合条件的。"

我想了想，说："也可能是发生了失踪案，但没人发现，所以就没有人报案。"

郝嘉峰叹了口气："这倒是有可能，那地方人口混乱，就算谁失踪，也不会有人注意的，更不会报警。"

我提出建议："我们可以去城南的混乱区找找看。"

郝嘉峰摇摇头，说："那地方早就在七年前的旧城改造中被拆掉了，现在已经建成了社区和公园。"

我又问："可以试着寻找当时的住户们吗？"

郝嘉峰再次否定了我的提议："根本不可能，在被拆掉之前，那里的居民身份非常复杂，基本都是外地务工者，还有一部分民工以及站街女，流动性很强，治安也特别混乱，偷盗抢和卖淫嫖娼都很猖獗，政府和公安几度干预，也没有太大效果，所以才有了混乱区的称号。"

我有些失落。

郝嘉峰叹了口气："所以别说寻找住户了，就算找到了，他们也不知道当年有谁在那里住过了。"

我抬眼说道："既然如此，我还需要您帮我一个忙。"

郝嘉峰问我："什么忙？"

我思忖了片刻，说："我想要搜索民心河！"

郝嘉峰一惊："搜索民心河？"

既然无法找到当年疑似发生这一切的地点，唯一可以证明发生过凶杀案的就是那具藏在皮箱里的尸体了。

我将疑似"抛尸"地点提供给了郝嘉峰，希望他能全力搜寻。

郝嘉峰忖度良久，最终答应了我的请求。

接下来，公安部门联合消防和水利部门，以河道清淤为理由，对我提供的位置进行了搜索，但并未在河内发现可疑物。

随后，郝嘉峰命令扩大搜索范围，终于在搜索的当晚找到了线索。

搜索人员打捞上了一个大皮箱，就在我提供的位置下游四十米左右的地方。

那箱子长约一米五，宽约一米，灰白色的，但我在梦里看到的是黑色的，应该是在河里浸泡了太久所致。

当皮箱被捞上来的时候，郝嘉峰侧眼看了看我，他也不会想到，真的打捞上来这么一个大皮箱。

那箱子中真的有一具尸体，保存状态相对完整。

公安局的技术人员称，皮箱包裹着尸体，形成了一个相对密闭的空间，使得外界物体不能进入或极少量进入，而人死后，尸体长期处于水中或埋葬在空气不足的湿润土层里，尸体皮下组织因皂化和其他化学变化形成污黄色的蜡样物质，主要为水解的脂肪，也叫脂肪酸，它浸润于尸体组织，抑制细菌生长，使尸体得以保存。

郝嘉峰靠在护河围栏旁边抽了一根烟，冷风扑面，他说："你知道吗？你跟我说起这些的时候，我还以为你是疯了，凭借虚幻的梦境就认定发生过凶杀案，甚至还抛尸河中……"

我侧眼看了看他。

他继续道："说真的，当时我只是碍于吴岩的面子才接待了你，没想到……"

那话里充满感叹，又夹杂着隐隐的自嘲。

虽然他这么说，我却没有生气，反倒有些释然："其实，任何人听到我这么说都会表示怀疑，更何况是一个靠证据破案的警察。"

郝嘉峰侧眼看了看我，干涩一笑："不过现在我信了，你确实找到了尸体。"

梦境内容再次被印证了！

那这具尸体的主人是谁呢？

和邢建文、王巧芳夫妇是什么关系？

他们当年为什么要杀害她呢？

警方未能在皮箱内找到任何可以证明尸体身份的证据，随后通过尸检确定了尸体的基本信息：

女性，年龄在 25 岁至 30 岁之间，身高 160cm 至 165cm，体形偏瘦，但死因无法确定，可能是机械性窒息，也可能是溺水窒息。

唯一让人疑惑的是，无名女尸右手的小指不见了。

除此之外，法医没能提供更多有价值的线索。

这也符合我在梦境场景中观察到的信息，那个大皮箱在邢建文带下楼时，曾有过动静，或许那个女人没有被勒死，只是昏死过去了。

当然，这也仅仅是我的猜测。

次日一早，民心河内打捞出陈年谜尸的新闻就占领了各大媒体的头条。

我拿着一份报纸，心想着如何同邢鹏解释这一切，他的电话就打了过来。

他说想要我帮忙安排下一次潜梦，我在电话这头，听着呼呼的风声，思忖良久，只能说出真相："邢鹏，其实你梦到的那个场景是真的，当年确实有凶杀案发生！"

那一刻，邢鹏突然挂断了电话。

我抬眼看到远方，阴云翻腾，大雨将至。

由于最初是东周警方请求金南警方协查，而案发地和尸体发现地点是金南，两地警方在经过协商后，最终由金南警方作为牵头单位，进行案件侦破，东周警方作为联合单位，辅助侦破。

东周市公安局派出的人员就是吴岩负责的特案科。

我再次见到吴岩之时，他也是一脸愁容。

李曼获瞥了我一眼，阴阳怪气地说："王老师还真是有侦探潜质，就凭借一个梦，就找到了一具陈河十年的尸体。"

第二十四章　打草惊蛇

次日一早，邢鹏也匆匆赶到。

我和他是在金南市公安局外面的一个小餐厅见的面。

他坐在我对面，表情肃然，眼神里仿佛藏着一个化不开的冬天。

我将潜入他第二层次梦境观察到的内容，包括后来的调查经过一一告诉了他。

本以为他带着愤怒而来，根本不会听我解释，即使听了，也会斥责我擅自调查，但没想到他耐心听完了。

没有斥责，没有质问，更没有恶言相向。

我之前所有预想的场景全部没有发生。

他一言不发，只是淡漠地看着我，这反倒让我这个经验丰富的心理咨询师猜不透他的心思了。

　　良久，他才开口道："王老师，你知道吗，我是积攒了多大的勇气才找到你吗？我想要把心中的秘密和你分享，等你解惑，现在看来，我做了错误的选择。"

　　我竟无言以对。

　　他干涩一笑："再见。"

　　话落，他转身离开。

　　那一刻，我恍惚看到了十多年前的自己，离开学校心理咨询室的场景。

　　当时的我鼓足勇气，将自身经历告诉了那位耐心聆听的心理老师，换来的却是她将这些告诉班主任的结果。

　　我唯一一捧卑微的信任，也被无情地践踏了。

　　那时候的我和现在的邢鹏一样，感受到的并不是汹涌的愤怒，而是一种越坠越深的落寞，循着双眼，汩汩倒流回了心房。

　　只不过，当年我是被欺者，如今，我成了欺人者。

　　虽然金南警方根据我的提示找到了被沉入河中的女尸，但尸体上能够提供的线索极为有限，除了我在梦中观察到的一切，并没有任何证据可以指向凶手是邢建文和王巧芳。

　　吴岩若有所思地看着邢建文的照片，我抬眼问他："接下来，你们打算怎么办？"

　　他捻灭了烟头，淡淡地说："我想要见一见这个梦中的凶手。"

　　我一惊："你就不怕打草惊蛇？"

　　吴岩语重心长地说："我先得确认他是不是一条蛇。"

　　在此之前，吴岩通过公安网查询了邢建文的个人信息，并无违法犯罪记录，算得上是"身家清白"。

　　不过，让他在意的是，关联居住证综合信息时，系统显示邢建文在多地办理过暂住证。

随后，我们找到了在东周市肉联厂裕华分厂上班的邢建文。

这是我第一次见到邢建文本人，相较邢鹏提供的照片中的他，眼前这个男人瘦削很多，看起来有些弱不禁风。

吴岩称有一起刑事案件需要找他核实信息，邢建文倒是非常配合。

当吴岩问及邢建文当年是否去过金南市的时候，他摇摇头，说："这些年，我们夫妇带着小鹏确实去了不少地方打工，但没有去过金南。"

吴岩问道："你确定？"

邢建文连连点头，说："我确定，我们确实没去过那里。"

吴岩又问："你回忆一下，1997 年至 1999 年，你在哪里工作？"

邢建文想了想，说："那几年，我一直在鹤北市、汉同市和留古市三地的饭店打工，后来工作不顺心，就去了别的地方。"

吴岩笑笑，说："这些年，你们去过不少地方了。"

邢建文也笑了："当时想着多挣钱，所以就跑了很多地方打工，结果钱没挣到，现在还落了一身病。"

不过，这倒是解释了那些暂住信息的来源。

吴岩和我交换眼神，结束询问，准备离开。

邢建文突然起身追问："警察同志，我能问个问题吗？"

吴岩转过头，说："当然可以。"

邢建文的眼神倏地冷峻起来："你们为了一起什么案件来找我核实信息？"

吴岩淡定自若地说："一起刑事案件，有关故意伤害的，由于案件内容保密，暂时不能向你透露更多细节。"

邢建文耸耸肩，说："那就算了。"

吴岩礼貌地说："谢谢你的配合。"

邢建文淡淡地说："这是我应该做的。"

不知道为什么，当他说出那句话的一刻，我突然感觉那个瘦弱身躯里散发出一种与他自身气质极为冲突的气场。

强悍，凛冽，克制。

就像在邢鹏的第二层次梦中，我初次"看到"他的时候，他骑跨在那女人身上，拉紧皮带的样子，一点一点地剥夺对方的呼吸，不动声色却又残暴至极。

他明明撒了谎，却说得淡定自若。

虽然，我在邢鹏的梦境中看到了邢建文和王巧芳凶杀案场景，又在冯继松的梦境中找到了被抛弃的女尸，但并不能因此指证他们就是凶手。

没有物证和口供，唯一的人证是当年仅三四岁的邢鹏，而他能提供的信息也是模糊的梦境场景，根本不会被警方采纳。

回程车上，我问吴岩："你有什么想法？"

吴岩若有所思地说："他应该已经识破了我们的真实来意，但还是能够对答如流，真是一条自信狡猾的蛇。"

我继续道："邢鹏和冯继松的梦境都能证明，他们一家三口当年确实在金南的混乱区住过，他却说根本没有去过金南。"

吴岩点了根烟，叹息道："就算能够证明他撒谎了，他们确实在金南的混乱区住过，那又怎么样呢，仅凭在那里住过无法认定他就是凶手，案发现场没了，尸体线索也没有……"

我回击道："可是梦境里真实记录了！"

吴岩也急了："没错，梦境里是真实记录了，你可以带我入梦观察，甚至可以带所有人入梦观察，但我们需要的是证据，实实在在的证据，你指望我在案件终结报告里写，这一切都在梦里发生过吗？！"

那一刻，我竟无言以对。

虽然，吴岩的话很难听，但这就是事实。

没有任何指向性证据，就算我们知道邢建文的凶手身份，也依旧无法让他认罪服法。

吴岩感慨道："这家伙深藏不露，他之所以如此淡定自若，就是料定了警方找不到任何证据。没有证据，是他自由的最大筹码！"

那一刻，我恍然看到了邢建文化成了一条蛇，转头吐出芯子，黏腻又潮湿，然后倏地一下子钻进了隐秘的草丛中。

连续的奔波和邢鹏的误解让我身心俱疲，那天晚上，我回到咨询中心甚至来不及换衣服，倒头就睡了。

我整整睡了十二小时，醒来时已是次日中午。

我和宝叔通了电话，将最近发生的事情同他说了一遍，他听后也感觉惊愕："没想到你真的找到了这么一具尸体。"

我叹了口气，落寞地说："只是没有办法确定死者身份，更无法找到有关当年凶杀案的证据。"

宝叔停顿片刻，说："王朗，你的方向错了，你不是警察，没必要跟随他们的思维走，你是潜梦者，你需要的是在梦境中找寻线索。"

我无奈地说："梦境中也没有什么线索了。"

宝叔又说："你通过邢鹏的梦境视野看到了冯继松，又通过冯继松的梦境视野让事件继续发展了下去，你仔细想想，两个人的梦境中是否出现过其他人。也许，那个人的梦境视野里还隐藏着不为人知的信息。"

宝叔的话给了我提醒，我在重新梳理梦境线索的时候，突然想到了那个敲门的小女孩。

没错，就是她！

当时她敲开了门，和王巧芳说了什么？又给了王巧芳什么？

或许，那个小女孩也可以向我提供什么线索。

但要怎么找到她呢?

我记得在冯继松的梦境中,我在他的视野范围内,曾极度靠近过小女孩的家门口,模糊看到了门外报箱上的信息。

《金南日报》专用箱,编号099776。

随后,我通过郝嘉峰联系了金南市邮政局,拜托他们帮忙查询这个编号为099776的报刊专用箱信息。

当天下午,邮局方面就给了反馈信息。

负责查询的人说,这个编号为099776的报刊专用箱是金南市邮政局在十五年前投入使用的第一批录入电脑系统的邮箱。

当时登记的使用者姓名为郑同言,年龄为四十岁,联系电话是一个已经不再使用的座机号码。

金南警方通过本市常住人口查询,找到了十七个同名(含同音)者,交叉比对性别和年龄后,有十二人符合条件,但逐一核实后,他们均否认在金南市的混乱区居住过,也未使用过该号码邮箱。

如果继续追寻下去,只能将搜索范围扩至全省甚至全国,这么找起来简直是大海捞针。况且,我也无法确定"郑同言"就是邮箱使用者的真实姓名。

可能隐藏着这个女孩身份的信息就在邢鹏和冯继松的梦中,而当时在冯继松的梦中,我已经仔细观察过了,所以唯一的希望还是在邢鹏的梦里。

或许,我还忽略了什么线索。

万般无奈之下,我只能再次联系了邢鹏,对于我的请求,他冷漠而坚定地拒绝了。

他正要挂断电话,我只好孤注一掷:"我知道我之前不该对你隐瞒,我做再多解释你也不愿意听,但你就不好奇当时在房间里到底发生了什么吗?如果你父母是杀人凶手,他们为什么要杀人,被杀的人又是谁,如果他们不是凶手,你不想知道凶手的真实身份吗?"

邢鹏犹豫了。

我步步紧逼："你之前也和我说过，想要我确定这个梦境的真伪，想要我确定当年到底发生了什么，现在有机会可以找出真相了，你就这么放弃了吗？不管调查过程怎样，我们想要的都是同一个谜底！"

邢鹏沉默了良久，叹了口气："我可以同意再次潜梦，但从现在开始，我也必须参与到案件的侦破当中！"

我答应了邢鹏的要求。

但这个提议却遭到了 Naomi 的拒绝，理由是短期内反复潜梦会给身体带来巨大负担，更何况还是潜入第二层次梦境，身体会迅速垮掉，甚至可能引起不可逆的损伤。

在我的再三坚持和说服下，她无奈地同意了我的请求，只不过她将潜梦时间缩短为五分钟。

在发现无名女尸的第三天，我在咨询中心对邢鹏的梦境进行了再一次的潜入。

或许是我们彼此都想要知道当年发生了什么，所以强烈的电流刺激直接将我带入了邢鹏的第二层次梦境。

这一次，我仍旧是从那个房间里醒来。

我听到了孩子的哭声，转头，发现是邢鹏在哭，我起身想要过去安慰他，但感觉像是鬼压床，身体无法动弹。

这时候，我听到里屋传来了女人的呻吟声。

我极力适应着梦压，努力坐了起来，然后看到屋内有人在做爱。

那一刻，那个坐在男人身上的女人猛地转过头，我看到了她赤裸的身体，我认得那张脸，就是邢建文和王巧芳杀掉的那个女人。

她震颤着，抚弄着头发，扭动着腰肢，放肆地喊叫。

接着，我感觉头部一阵剧痛，像要裂开一样，再睁开眼睛之时，我仍旧在屋内，只是场景已经改变。

邢鹏坐在电视前面吃着棒棒糖，屋内传来男女的谈话声还有低沉的呻吟。

我知道，屋内正在上演着熟悉的杀人场景。

或许是逐渐适应了梦压力，我并未感到强烈的不适，相比上一次只能匍匐前进，这一次，我明显灵活了很多，甚至可以自由活动身体。

不仅如此，我的视听感触能力也提升了不少。

我环视着房间，试图寻找线索。

这是一个内外套间，外屋除了一台电视，还有一张餐桌，餐桌上有些没有吃完的饭菜，角落里还有杂物。

内屋里有一张床，我绕过邢建文和王巧芳，看到床头还有一些内衣裤、几本色情书刊以及避孕药具。

这时候，响起了敲门声，王巧芳去开门，我也跟了过去。

这一次，我看到了站在门外的小女孩，就是冯继松梦境中，那个从二楼右侧尽头房间里走出来的小女孩。

她对王巧芳笑了笑："阿姨，我找小智。"

王巧芳也笑着回复她："小智睡觉了。"

小女孩似乎不相信，她侧眼想向房间里面看，王巧芳直接挡住了她的视线："我说了，他睡觉了。"

小女孩有些委屈，她噘着嘴巴，将手里的一张画交给王巧芳："这是我给小智画的。"

王巧芳接过画，又从口袋里摸出一根棒棒糖交给了小女孩，她拿着糖开心地走了。

随后，王巧芳关上门，顺手将画丢进了垃圾桶。

我急忙找出了那幅画，画的是一个女人牵着一个孩子，下面写着歪歪扭扭的三个字：郑佳妮。

我蓦然想到那个编号 099776 的邮箱主人叫作郑同言。

几乎是同时，我的脚下出现了一团黏液，伴随着剧痛，黏液迅速将我的身体吞噬。

我知道，梦外的五分钟时间已到，Naomi 启动了强行唤醒按钮。

醒来之后，身体仍旧伴随着强烈的不适，但我尽量表现得淡定自若。

我没有告诉 Naomi，此次醒来的瞬间，我虽然能够听到并看到她，但身体做不出任何反应，也就是说我出现了意识和身体脱节的现象。

邢鹏问我有没有找到关于那个小女孩的线索，我点点头，问："你对郑佳妮这个名字有印象吗？"

邢鹏想了想，说："没有。"

我又问："那你有没有乳名或小名叫作小智？"

邢鹏摇摇头，说："也没有。"

我立刻联系了吴岩，将郑佳妮这个名字提供给他。

当他听说我再次潜梦后，担忧地说："你这简直就是在玩命，短短十多天，你先后五次潜梦，其中三次还是更深层次的梦境。"

我笑笑，说："放心吧，我没事。如果能够找到真相，这些付出也是值得的。"

通过特案科的同事调取全国范围内的常住人口信息，交叉比对郑同言和郑佳妮两个名字，以及郑佳妮的估算年龄，最终辗转找到了这个只存在于梦境中的小女孩。

那一刻，我知道，第三个人的视角找到了！

郑同言，男，1963 年 9 月 10 日出生，2007 年 3 月 22 日去世，汉族，中专文化，山东省菏泽市平邑县临涧镇人。

郑 佳 妮，女，1988 年 2 月 13 日 出 生， 汉 族， 大 专 文化，山东省菏泽市平邑县临涧镇人，现在山东省济南市商河县中西医结合医院工作。

二人确系父女关系。

事不宜迟，我和 Naomi 即刻前往山东省济南市商河县中西医结合医院。

一路上，Naomi 都在抱怨："你真是疯了，疯了。"

我看着窗外倒流的景色，心中抑制不住地激动，我知道自己正在努力靠近真相。

我们抵达之时，已经是次日清晨，郑佳妮正好下了夜班，准备去吃早饭。

我说明了来意，然后在医院对面的一家早餐店坐下。

随后，我将事情原委告诉了郑佳妮。

她听后也感觉惊奇："之前我倒是在网上看到了这条新闻，当时也没在意，没想到这背后还有这么多故事。"

我点点头，说："现在仍旧没有找到杀人凶手，我在我委托人的梦境中看到了你，所以冒昧找到你，寻求帮助。"

当我问及她是否在金南市居住过的时候，郑佳妮回忆说，确实住过一段日子，时间大致是 1998 年前后。

郑佳妮的母亲是金南人，当时他的父母就住在金南，至于具体地点，她记不清了，后来父母离婚后，她随父亲回到了山东老家。

至于邢鹏，她也没有太多的记忆，好像是有过那么一个小男孩，但具体叫什么她记不起来了。

她说，如果她父亲还活着，或许能够提供线索，只是他在几年前出意外去世了。

随后，我提出了潜梦的请求："我知道我这么说你会感觉不可思议，但请你务必答应，这对我，对于我的委托人，甚至是整个案子都至关重要！"

起初，郑佳妮是拒绝的。

毕竟，不论是谁，第一次听到"潜梦"或者与之相关的信息时，都会持怀疑和抵触态度，但我反复说她的梦境里或许隐藏着凶手的信息，她思忖了很久，最终还是答应了。

出于安全考虑，她将潜梦地点选在了同事家里。

在做准备工作时，Naomi 还是很担心我的身体，不过她也知道我仍旧会坚持潜梦。

她为我们佩戴好脑电波同步扫描仪之后，安慰郑佳妮："在这个过程中，由于电流刺激，你可能会有些不适，但请放心，这都是在安全可控的范围内的，你就当作平常睡觉好了，但在睡前尽力回忆有关你在金南的那段日子。"

郑佳妮微微点头，缓缓躺下。

助眠药物逐渐起效，我和郑佳妮进入了睡眠状态。

熟悉的触电感让我从郑佳妮的梦境之中醒来，不过我醒来的地方却是第一层次梦境。

或许是短时间的反复潜梦，我的身体处于一种疲惫状态，所以没能顺利潜入她的第二层次梦境。

天空中下着雨，我站在密密匝匝的人群之中，他们穿着黑衣，撑着黑伞，胸戴白花，我意识到这是一场葬礼。

我穿过人群，看到了站在最前面的郑佳妮，灰黑的墓碑上镶嵌的照片正是郑同言。

这时候，郑佳妮哭了，然后所有参加葬礼的人全部变成了郑佳妮。

我知道，在她的意识中，充满了对于父亲的愧疚和思念。

这时候，我被一阵痛感袭击，直接倒在地上，我知道 Naomi 在进行电流刺激。

我周围的一切开始不稳定起来，我试图站起来，痛感再次袭来，我眼前的画面甚至出现了断层。

断层越来越厉害，我的身体竟然也碎裂开来，随着断开的场景四分五裂，当我再次恢复意识之时，发现眼前一片漆黑，听不到任何声音，身体也无法做出反应。

我不知道自己身处何处，仿佛被遗落在了一个未知的空间。

我唯一保有的就是清醒的意识。

在这个空间之中，时间仿佛都变得不再重要，我心中的焦虑和恐惧被无限放大，我甚至想到了死亡，但我不知道如何让自己死去。

我能做的只有这么不死不活地存在着。

不知道过了多久，黑暗中出现了一束光，然后迅速变大，覆盖了我的整个视野，当光线散去，我发现自己站在熙熙攘攘的人群中。

我环视了一圈，发现自己再次回到了金南市混乱区的那片楼区外面。

那个黑色空间不见了，梦境再次变得正常。

这里应该是郑佳妮的第二层次梦境。

而站在我旁边的竟然是年幼的邢鹏还有郑佳妮，他们的衣着、年龄都和我之前观察到的相同。

我恍然意识到，我可能又回到了邢鹏和冯继松梦境连接的场景之中了。

这不仅证实了我的推测，郑佳妮确实是第三个视角，也证明了邢鹏和冯继松梦境场景的真实性。

只是相比他们二人，郑佳妮的梦境场景时间点更为靠前。

有了前三次潜入第二层次梦境的经验，我尽量放松精神和身体，没有想着全力寻找线索，而是自然地观察梦境中的一切，反而能够相对自如地控制自己。

第
二
十
五
章

关
键
证
据

　　两个人在那棵大树下用石头画画，画着画着，邢鹏开口说："姐姐，你会画小丑吗？"

　　郑佳妮点点头。

　　虽然仍旧有些杂音，但我已经能够听清他们的对话。

　　邢鹏又问："那你能给我画一幅吗？"

　　郑佳妮说："我一会儿就回家画，画好了给你。"

　　说着，两个人就上了楼，各自回了家。

　　通过郑佳妮的梦境场景证实，邢鹏一家确实住在二楼左起第三个房间。

　　只是，这是郑佳妮的梦境，我只能跟随她的视角进行观察。

　　回到家的郑佳妮坐在窗前开始画画，由于整个楼层是 L 形设计，她家是在二楼右侧尽头的位置，透过窗户正好可以看到邢鹏家的门口。

这时候，一个四十岁左右的男人走了过来，从外貌和年龄上判断应该就是郑佳妮的父亲郑同言。

他问郑佳妮在做什么，郑佳妮只是低头画着："我在给小智画画。"

我蓦然想到第二次潜入邢鹏的第二层次梦境时，敲门的郑佳妮和王巧芳对话，也是提到了"小智"这个名字。

小智就是指的邢鹏？

但据邢鹏说，他没有这个小名，父母也没有这么叫过他。

过了不久，我透过窗子看到邢建文和王巧芳上了楼，他们走到自己家门口的时候，敲了敲门。

这让我有些疑惑，刚才邢鹏和郑佳妮上楼，各自回家的时候，邢鹏也是敲了门，然后有人开门他才走了进去。

当时我以为开门的是邢建文或者王巧芳。

这么看来并不是。

那给邢鹏开门的人是谁？

邢、王二人的敲门举动吸引了趴在窗前画画的郑佳妮，她跳下椅子，开门走了出去。

她天真地看着邢建文和王巧芳，他们也看了看她。

这时候，王巧芳从口袋里掏出一根棒棒糖，对着郑佳妮晃了晃，她像是受到了召唤一样，立刻跑了过去。

郑佳妮接过棒棒糖，开心地笑了。

这时候，门开了。

开门的是年幼的邢鹏，他看到邢建文和王巧芳的一刻，竟然开口问："你们找谁？"

你们？

找谁？

这让我很意外，邢鹏不认识自己的父母吗？

这时候，王巧芳笑笑说："小朋友，我们是你妈妈的朋友，请问她在家吗？"

我不禁倒抽一口凉气：王巧芳竟然称呼邢鹏为小朋友，而她话中"我们是你妈妈的朋友"则指明了她的身份，她并非邢鹏的妈妈。

那邢鹏的妈妈就另有其人！

会是那个给邢鹏开门的人吗？

我看到邢建文和王巧芳走了进去，随后门就关上了，郑佳妮举着棒棒糖也回去了。

我想要跟随他们进去，看看在那场凶杀案出现之前，究竟发生了什么，但我做不到，我的身体被迫跟随郑佳妮的视角回到了她家。

我和郑佳妮坐在窗前，她一边吃棒棒糖，一边画画。

我则死寂地盯着邢鹏家的门口，没多久，郑佳妮就画好了，还写上了自己的名字，就是我在第二次潜入邢鹏第二层次梦境时看到的那幅画。

随后，郑佳妮出了门，她敲开了邢鹏家的门，开门的正是王巧芳。

郑佳妮笑眯眯地说想要找邢鹏，还说给他画了一幅画，王巧芳说邢鹏睡觉了，然后接过画，给了郑佳妮一根棒棒糖就关上了门。

她无意中朝楼下看了看，大树下出现了一个熟悉的身影。

没错，就是冯继松。

这一刻，三个人的视角终于将这个故事串联到了一起！

接着，我感到脚下一空，坠落而下。

我和郑佳妮几乎同时醒了过来。

只是她在梦中经历着父亲的葬礼，我在她的梦中经历着那个她无意中记下来的场景。

醒来的一刻，我仍旧有些恍然，潜梦带来的身体负担也再次出现。

不过，郑佳妮的反应比我想象得要轻，她问我有没有在梦里找到想要的线索，我说找到了，并且感谢她的帮助。

离开之前，我留下了她的联系方式，并称如果有需要的话，可能还会再来找她。

回程路上，Naomi问我在梦境里观察到了什么，我没说话，只是若有所思地看着窗外，视野里阳光碎落，脑海里却是大雪纷飞。

颠簸了一天，我回到咨询中心的时候，已是午夜。

虽然极为疲惫，但我还是尝试着梳理三人梦境中透露出来的信息。

在初次潜入邢鹏的第二层次梦境时，通过他的视角记录下来的空间，我看到了一些片段，邢建文的虐待，王巧芳的漠视，深邃的地下室和那双从黑暗中冲出来的手，还有那个困扰他多年的凶杀场景。他父亲邢建文和母亲王巧芳将一个年轻女人勒死了，准确地说是勒昏了。随后，邢建文将年轻女人装进皮箱之中，带出门去。

这一次观察中，我忽略了一个小细节，就是邢建文和王巧芳行凶后，曾有人敲门，王巧芳去开过门，这个小细节也成为后来寻找线索的关键。

而在冯继松的第二层次梦境中，通过他的视角记录下来的空间，我看到了先是有一个小女孩去敲了邢鹏家的门，然后回家。邢鹏梦境中，有人敲门的细节也就对上了。没多久，邢建文带着大皮箱出门下楼，最后将皮箱塞进车里，驱车离开。冯继松随之跟上，最后看到邢建文将疑似装着尸体的大皮箱抛入民心河中，二人各自离开。

两个梦境场景通过两个人的视角进行了连接，也互为佐证，确定了梦境的真实性。

我通过冯继松的视角和视野，认定那个敲门小女孩的视角和视野之中也隐藏着线索。

在我第二次潜入邢鹏第二层次梦境时，观察到那个凶杀场景的同时，确定了敲门的小女孩就是郑佳妮，她同王巧芳的对话中提到了一个名字"小智"。当时，我并未在意，或许这个小智是邢鹏的小名，也可能是梦境记录出现了错误，但在郑佳妮的第二层次梦境中，我通过她的视角记录下的空间，看到了两个孩子在树下画画的场景，当时郑佳妮也在叫邢鹏为小智，这说明邢鹏确实有另外一个名字"小智"。

在此之前，我都认为凶杀案是发生在邢鹏的家中，他的父母邢建文和王巧芳行凶继而抛尸，但通过郑佳妮的视角和视野，我看到了邢建文和王巧芳敲开了门，王巧芳和邢鹏的对话中，显示出二人此前并不认识，而且王巧芳也用"小朋友""你的妈妈"等信息证实了我的推测。

这么说来，邢建文和王巧芳应该不是邢鹏的父母，那里也不是邢建文和王巧芳的家，如果没有郑佳妮的补充视角，我就被惯性思维误导了。

所以，邢鹏的母亲很可能就是那个被他们二人勒死的年轻女人，而邢鹏也不是他的真实名字，他的名字叫作小智！

如果我的推测准确的话，那么这起凶杀案的背后或许隐藏着更多秘密？

邢建文和王巧芳的真实身份是什么？

他们为什么要杀害那个年轻女人？

她又是谁？

行凶之后，他们为什么又要带走邢鹏？

为什么年轻女人和邢鹏失踪，没有人发现或报警呢？

那一晚的杀人真相到底是什么呢？

我将在梦中观察到的一切和想法告诉了吴岩，他听后也感觉匪夷所思，但我的推测仅仅是推测，没有任何实质性的证据。

我仍旧很坚持："不管怎样，邢建文和王巧芳的杀人行为是可以确定的，那具无名女尸就是最大的证据！"

吴岩摇摇头，说："我还是那句话，你是潜梦者，我可以相信你观察到的，但要让警方，甚至是老百姓相信，你就要拿出证据，懂吗？而且在你的观察之中，虽然集合了三个人的视角，其实仍旧是局限的。"

我追问道："你什么意思？"

吴岩解释道："邢建文和王巧芳进门后，你无法跟进去，你只是在邢鹏的梦境里看到了凶杀场景，所以你并不知道那段时间内，房间内真正发生了什么，他们是什么关系，又为什么杀人，也可能是年轻女人先动手，他们正当防卫才跟着动手，所以在某种程度上说，你的分析也是片面的，不完整的。"

我提出建议："就算我关于凶杀的观察和分析是不完整的，但邢鹏确实不是他们的孩子，只要验证他们的 DNA 就可以！"

吴岩否定了我的话："现阶段没有任何证据可以指向邢建文杀人抛尸，我们没有正当理由从他那里拿到检测样本，就算我们拿到了检测样本，如你推测的证实了邢建文和邢鹏不是父子关系，和那个女人才是真正的母子，邢建文也可以找出理由，可以说是收养，也可以说是捡来的，而在没有其他证据指证的情况下，我们只能采纳。最重要的是，这根本没办法证明邢建文是杀人抛尸案的真凶！"

我有些激动："那我们就这么放着杀人真凶逍遥法外吗？"

吴岩沉默了良久，回道："证据，你必须拿出证据，否则，我们什么也做不了！"

民心河捞出无名尸骨的案件仅仅持续了十多天的热度，就迅速降温了。

吴岩联系了郝嘉峰，他说现在仍有警力在盯着这个案子，但如果没有新证据出现，他们也准备放弃了。

毕竟，人力和物力是有限的。

人们依旧正常地工作生活，那一具冰冷的尸骨对他们来说，仅仅是新闻里的图片而已，每天都有无数的新闻图片产生，那不过是普通的一张罢了。

就在此时，我接到吴岩的电话，他说邢鹏因为故意伤害而被刑警队拘留了。

我赶过去得知，自从我将推测告诉邢鹏后，他便一直耿耿于怀，直至和邢建文发生口角，他质问邢建文是不是杀人凶手，随后口角演变成冲突，邢鹏激动之下，将刀子扎入了邢建文的腹部，邢建文被送入医院抢救，现在仍在危险期。

在吴岩的安排下，我见到了一脸颓然的邢鹏。

我问他为什么那么做，他突然就哭了："我只想要知道当年发生了什么，我只是想要知道真相……我没想过要杀人，我没想过的……我该怎么办，怎么办……"

坐在他对面的我只能接受这个事实，却什么也做不了。

那一刻，面对这个十八岁的年轻人，我突然感觉自己充满了罪恶。

如果当初拒绝了他的潜梦请求，或者我在第二次潜梦之后没有擅自做主进行调查，又或者没有告诉他我的推测，或许这一切就不会发生了。

吴岩说得对，不管梦境多么真实，它毕竟是梦境，纵然有那具无名女尸，有我缜密的推测和近乎真实的事件还原，但我没有证据。

最恐怖的是，我在没有任何证据的情况下，将所有的信息告诉了邢鹏，告诉他，他的父亲邢建文就是杀人凶手！

我甚至不敢想象，如果我的推论出现了错误，我要如何面对犯下故意伤害罪的邢鹏，以及生死未卜的邢建文。

离开看守所的时候，我问吴岩，邢鹏将会面临怎样的结局。

他点了一根烟，说："犯故意伤害罪，处三年以下有期徒刑、拘役或者管制；致人重伤的，处三年以上十年以下有期徒刑；故意伤害他人身体，致人死亡或者以特别残忍手段致人重伤造成严重残疾的，处十年以上有期徒刑、无期徒刑或者死刑。不管是哪一种情况，邢鹏都必须承担这个结局！"

我落寞地问："老吴，我是不是做错了？"

吴岩摇摇头，说："就算你不告诉他，他早晚也会知道的，只不过是将这个冲突推迟罢了，有些事情是避不开的。"

我叹了口气："你不用安慰我了，我确实害了他。"

吴岩侧眼看看我，说："你可以自责，但不能消沉，因为你还没找到最后的真相。"

虽然我渴求真相，但此时此刻，我没有勇气继续追寻了。我决定就此停止调查，我能做的只有这些了，剩下的就全交给警方吧。

结果就在邢鹏被刑拘的次日，我接到了吴岩的电话，他激动地说："王老师，我想我找到证据了！"

当时我正在家里休息，听到他这么说，也是一惊："你在哪儿？"

吴岩说："你来过的，邢建文的家！"

我第一时间赶了过去，然后看到了吴岩和李曼荻。他见我来了，递给我一副手套，又将手里的一个彩色糖盒交给了我。

我疑惑地看着那盒子："里面是什么？"

吴岩胸有成竹地说："打开看看！"

我戴上手套，接过盒子，缓缓打开，那一刻，心脏被陡然揪了起来！

盒子里竟然装着十几根小骨头。

我追问道："怎么……怎么都是骨头？"

吴岩问道："你仔细看看，有没有什么想法？"

我摇摇头，说："看不出什么端倪。"

李曼荻冷漠地说："这是人的骨头，根据骨形判断，应该是右手的小指。"

我抬眼看看她："右手的小指？"

吴岩点点头，说："还记得吗？在金南警方打捞的那具女尸的尸骨上，唯一缺少的部分就是右手的小指！"

我一惊："你是怀疑，这里面有无名女尸丢失的右手小指？"

吴岩耸耸肩，说："当然了，我只是推测，具体的核实还要交给我们亲爱的法医李曼荻小姐。"

我顺着吴岩的推测追问："如果这其中确实有一根骨头是无名女尸的，那其他的骨头是谁的呢？"

吴岩没说话。

我抬眼看了看他，很显然，我们想到了同一个可能。

不，准确地说，吴岩早已经想到了这种可能。

我话锋一转："对了，你是怎么发现这个糖盒的呢？"

吴岩解释道："其实，从我介入这个案子开始，就一直相信你的推论，怀疑邢建文和王巧芳是杀人案的凶手，只是我们没有任何实质性的证据。就在我苦于找不到突破口的时候，发生了邢鹏故意伤害邢建文一案，这正好给了我搜查邢建文家的机会。而在邢鹏的笔录中提到，当时他捅伤邢建文的地方是地下室，而那里平常都是被邢建文锁死的，我感觉不太对劲，就让芮童他们来搜，结果真的找出了问题！"

这让我重新看到了希望："或许，这就是改变案件走向的关键证据！"

吴岩低头看了看时间，说："现在出发的话，我们还能在天黑之前赶到金南市公安局。"

第二十六章　一盒指骨

　　出发之前，吴岩安排李曼荻对糖盒上以及盒内小指骨上的指纹进行了采集，同时让芮童前往医院，采集了仍在昏迷中的邢建文的指纹。

　　通过指纹比对，最终确定糖盒上以及盒内小指骨上的指纹系邢建文所有。

　　随后，我们一行三人匆匆赶往金南市公安局。

　　在路上，吴岩联系了郝嘉峰，让他抽调全局的法医力量，可能需要他们连夜工作。

　　为了尽快确定结果，李曼荻也加入了工作队伍。

　　经过细致的 DNA 比对，最终确定盒内的十八根小指骨中，有一根系无名女尸右手缺失的部分。

　　而另外十七根小指骨，基本也可以确定为女性手骨，或体格娇小的男性手骨。

等在鉴定室外的我和吴岩非常激动，我们的推测没错，连接邢建文和无名女尸的线索终于出现了！

吴岩松了口气："看来，邢建文需要好好解释一下了。"

次日凌晨三点，守在医院的芮童打来电话："师父，邢建文醒了！"

吴岩连夜开车赶回了东周市第二人民医院。

负责抢救邢建文的医生却说，虽然他醒了，但身体非常虚弱，吴岩害怕此时讯问出现意外，就将讯问日期推后了三天。

这三天内，他一直让芮童在医院盯着，暗中观察邢建文的一举一动。

邢建文苏醒后的第一反应不是追问邢鹏的情况，而是请求护士联系他的一个同事，让对方去他家找东西。

电话这头的吴岩淡淡地说："这家伙应该是让人去找那个糖盒子吧。"

那天下午，我随吴岩和芮童去了医院，吴岩还特意买了水果。

芮童有些不解："师父，我们是去讯问，你还买什么水果？"

吴岩解释道："虽然他是犯罪嫌疑人，但也是病人啊，看病人当然要买点水果了，期盼他早日康复出院。"

吴岩推门进入的时候，邢建文正靠在窗前发呆。

值班护士见我们来了，匆匆离开了病房。

邢建文看到我们，多少还是有些意外的。

吴岩坐到他床前，问道："老邢，你感觉怎么样啊？"

邢建文礼貌地回道："感觉好多了，谢谢你们还来看我。"

吴岩点点头，说："我刚才问过医生了，他说再过一周，你就可以离开这里，去别的地方休养了，每天在这里，好人都被憋出病来了。"

我侧眼看了看吴岩，他刻意用"别的地方"替代了"回家"。

邢建文干涩地笑了笑。

吴岩解释道："瞧我这记性，进门就只顾着聊天了，竟然忘记告诉你，我现在是邢鹏故意伤害案的负责人，今天过来也是为了这件事。"

邢建文追问道："警察同志，不知道小鹏怎么样了？"

芮童接话道："邢鹏由于涉嫌故意伤害罪而被批捕，现在已经移交检察机关了。"

邢建文叹息道："这孩子……"

吴岩又说："我们在逮捕邢鹏的时候，你还处于昏迷状态，所以关于你的询问笔录一直空缺，现在你醒了，伤情也稳定了，我们还是要补一份询问笔录的。"

邢建文微微颔首："好的。"

在询问了基本信息后，吴岩问道："你能叙述一下，案发当天，你和邢鹏因为什么发生了冲突吗？"

邢建文语态柔弱地反问道："这个……小鹏应该说了吧？"

吴岩回道："他当然说了，但我们也需要你的说法。"

邢建文叹了口气："我们吵架了，没想到他那么久没回家，回家后又和我吵了起来。"

吴岩顺势问道："能说一下你们父子的关系吗？"

邢建文摇摇头，说："我们的关系不太好，他初中毕业后就一直在外打工，逢年过节才回来。后来他母亲去世，他一年都不会回来几次，即使偶尔回来见面，最后也会以争吵收场。"

吴岩引导着问题："你们为什么争吵呢？"

邢建文回忆道："那天小鹏突然回到家，说要和我聊聊，我当时正在忙，他拉着我不让我走，还说什么我曾经杀了一个女人，说我是杀人犯。我骂他胡说，然后我们动了手，拉扯起来，我根本不是他的对手，更让我没想到的是他竟然用刀子捅了我……"

吴岩示意芮童做好记录："当时，你没有问问他为什么说你杀了人吗？"

说到这里，邢建文仍旧很气愤："我当然问了，你猜他说什么，他竟然说是在自己的梦里看到的，真不知道中了哪门子邪！"

吴岩突然笑了："或许他在梦里看到的，是真的呢！"

邢建文倏地机警起来："吴警官，你这是什么意思？"

吴岩仍旧笑着，那笑容阴郁而潮湿，让人看起来不舒服："我是说啊，或许你真的杀了人，只是时间太久了，你忘记了呢！"

邢建文冷冷盯着吴岩，那眼神里藏着钩子，仿佛瞬间要把对方的五脏六腑钩出来："吴警官，你这玩笑可不好笑呢！"

吴岩也收起了笑容："你以为我在开玩笑吗？"

这时候，他示意芮童从包里取出红色糖盒："你苏醒后，拜托护士联系你的同事回家取东西，就是为了这个糖盒吧。"

邢建文没说话。

芮童又出示了一沓照片，照片里是那些小指骨的特写："邢建文，警方在你家的地下室里搜出了一个糖盒，盒内一共有十八根骨头，经法医鉴定，均系人的右手小指第一截骨。"

邢建文冷笑一声："这……这不可能吧。"

虽然在极力掩饰，但我从他的笑声中可以判断，他已经慌了。

吴岩也笑了："你不会说，这不是你的东西吧？"

邢建文阴鸷地看着吴岩，他没有轻易否认，那一刻，他已经意识到这是一场鸿门宴，吴岩是有备而来！

吴岩淡淡地说："我还想说你不会否认的，因为那样做实在太蠢了，这盒子和骨头上面都是你的指纹。"

邢建文保持缄默。

吴岩步步紧逼："你知道邢鹏为什么会说你杀了人吗？那是因为你确实杀了人。你和你妻子王巧芳一起杀了人，你们杀人之后将尸体装进皮箱丢进了河里，但在丢弃之前，你拔掉了受害者右手的小指！"

邢建文面无表情地问："既然你说我杀了人，那你有证据吗？"

吴岩笑笑说："你要证据是吧？"

话落，他让芮童取来一份报告，丢给邢建文，邢建文只是瞄了一眼，并没拿起来。

此刻，他突然变得异常淡定。

吴岩质问道："这是警方在金南市民心河内打捞上的一具无名女尸，尸骨右手的小指不见了，巧的是，那个消失的小指就在你家地下室搜出的糖盒子里，你做何解释呢？"

邢建文知道吴岩已经亮出底牌，他的嘴角微微扬起，语气松缓下来，似乎完全不在意吴岩丢出来的证据："吴警官，我能先问你一个问题吗？"

我侧眼看看吴岩，邢建文的反应也超出了他的预想。

他有些不可置信，但还是淡定地回道："当然可以。"

邢建文略显羞赧地说："请问，你有什么特殊癖好吗？就是见不得人的那种。"

听到他这么说，芮童直接呵斥道："邢建文，注意你说的话。"

邢建文笑了，和刚才的机警戒备判若两人："对不起，我不是有意冒犯，我只是想说我有一个特殊癖好，就是收集人的小指骨，尤其是那种骨型漂亮的。"

他稍稍停顿了一下，说："我知道这不是什么见得光的癖好，但法律好像也没有规定不能这么做吧。"

吴岩意识到沉默之后的邢建文已经找到了开脱的借口，这头隐匿的野兽正在逐渐抛开伪装。

邢建文继续说："你们在我家地下室找到的糖盒里的小指骨确实是我的，但我可不是什么杀人犯，那些小指骨是我这些年在一个叫朱四红的人手里陆续买到的。"

吴岩也轻蔑地笑了:"朱四红,专门卖人骨吗?"

邢建文解释道:"我和他也是很多年前认识的,大概有二十年了吧。那是我去成都打工的时候,在街头遇到了他,个子不高,很瘦,当地口音,看起来有五十多岁,他卖一些奇奇怪怪的东西。我在他那里买了一根小指骨后,告诉他帮我收集一些小指骨。每年春天,我都会去一趟成都,从他手里买回来。不过五年前,我再去那里的时候,发现他不在了。再后来,我又去过几次,也没有再见过他,不知道他去了哪里。"

吴岩知道邢建文在努力开脱:"你是说这些骨头是这个叫朱四红的男人弄来的,你只是买家,并不知道骨头的来历,对吗?"

邢建文微微颔首,说:"我确实不知道这些骨头的来历,我只是单纯地喜欢收藏而已,至于你说的,其中一根小指骨是什么金南市河里打捞上来的无名女尸身上的,我就更不知道了。我觉得你们应该找到这个朱四红,或许他才是真正的杀人凶手。"

芮童听后,也忍不住呵斥道:"邢建文,你哄傻子玩呢!"

邢建文连连摆手,语带嗔怪地说:"警察同志,我说的都是真的,你们不能仅凭这一根小指骨就认定我是杀人凶手吧。"

没错,虽然吴岩在邢建文家里发现了这一盒小指骨,也确定了其中一截来自无名女尸,但这也不能证明就是邢建文杀了人。

即便我们都知道这朱四红是邢建文编造出来推脱责任的,但一时间,我不知道吴岩要如何应对。

如果他没有决定性的证据,那么就只能采用邢建文的说法。

那一刻,我才意识到,眼前这个受了重伤的中年男人深邃而叵测,那是一种从骨子深处散发出来的寒意。

吴岩摆了摆手,示意芮童不要激动,他淡定自若地说:"既然你说你是从一个叫朱四红的人手中买来的小指骨，那我就暂且相信。"

邢建文冷漠地看着吴岩说："吴警官，我有些累了，如果没有……"

他的话没说完，就被吴岩打断了："等一下，我还有一个问题。"

吴岩不急不缓地说："你去过东港市吗？"

邢建文不知道吴岩葫芦里卖的什么药："我去过的地方太多了，我也忘了，或许去过，也或许没去过。"

吴岩如少女般嘟了嘟嘴："那你知道 2004 年东港市发生的 7·17 杀人案吗？"

邢建文没说话，他再次躲进黑暗中，不敢轻举妄动，他努力在吴岩的一字一句里寻找着回击的漏洞。

吴岩自顾自地点点头，说："不管你有没有听过，我都给你简单说一下基本案情。2004 年 7 月 17 日晚上，在东港市的某城中村发生了一起杀人案，受害者叫张雅洁，女，26 岁，四川凉山人，她是一个按摩店的按摩女，她的老板发现她一天没来店里，打小灵通也联系不上，就去了她的出租屋，发现她已经死去多时。老板报警后，警方确定张雅洁死于机械性窒息，凶器应该就是一根皮带。"

说到这里，吴岩停顿了一下："对了，我说的这些可都是内部信息，并没有对外公布，所以你要帮我保密。"

邢建文仍旧保持沉默。

吴岩继续说："由于张雅洁住在人员混乱的城中村，加之本身的人际关系很复杂，警方一时也难以抓住凶手。不过有目击者称，在案发那一晚，曾看到两个人敲开了张雅洁出租屋的门，从背影上分辨可能是一男一女，而目击者的证言也符合技术人员的现场勘验。技术人员根据现场情况得出分析，凶手应该是两人或两人以上，凶手在杀人之后，清理过现场，但清理得似乎并不彻底。技术人员在受害者张雅洁的衣服上提取到了两枚不属于受害者的指纹和血迹，不出意外，应该就是凶手留下的。虽然有指纹和血迹，但碍于资料库信息有限，最终也没能找到凶手，这案子也就成了悬案。"

话落，吴岩从手机里调出一张女人的照片，展示给邢建文："这就是张雅洁，你认识她吗？"

这时候，邢建文终于开口了，愤怒又克制："我不认识她，这和我有关系吗？"

吴岩从包里取出一沓报告，再次丢到邢建文面前："邢鹏捅伤你之后，作为涉案人，我们按惯例采集了你的指纹和血样，并且上传到了资料信息库，你猜怎么着？"

那一刻，邢建文的表情有了明显变化，他的身体微微颤抖起来，但还是极力忍耐，保持着镇定。

吴岩语态轻松地说："你的指纹竟然和7·17杀人案现场采集到的指纹匹配成功。"

我抬眼看看吴岩，暗暗松了一口气。

他果然还有撒手锏，只是对谁都没有透露，在邢建文将小指骨的事情撇得一干二净的时候，他用另一件杀人案成功掣住了对方。

邢建文嘴角掠过一抹冷笑："吴警官，你的意思是……我是7·17杀人案中杀害这个张雅洁的凶手了？"

吴岩笑了笑："既然你不认识张雅洁，如果你不是凶手，你可以解释一下为什么你的指纹会在受害人张雅洁身上吗？"

邢建文想了想，说："你自己也说了，她是按摩女，接触的人那么复杂，或许是真正的凶手将我的指纹和血迹带到了她身上，陷害我呢。"

吴岩点点头，说："虽然可能性很小，但也有这种可能。不过，当时技术人员在张雅洁的指甲内找到了血肉残留，巧的是，我们在采集了你的血液样本后，比对系同一人！"

邢建文再次沉默了，他知道吴岩来势汹汹，他就是来捕猎的！

吴岩不动声色地抛出了重磅炸弹。

这一次，他没有再给邢建文喘息的机会，步步追击："如果你感觉这一项证据还不够的话，我还有一件事要告诉你！"

邢建文的身体止不住地颤抖起来，他冷漠地看着吴岩，他不知道吴岩到底掌握了多少证据，他低估眼前这个和他年龄相仿的男人了。

吴岩淡定地说："当年张雅洁被害之后，凶手带走了她右手的小指，而经过 DNA 比对，技术人员最终找到了这根失踪了多年的小指，就在你收集人骨的糖盒之中！"

邢建文突然就泄气了，他知道自己没有开脱的借口了。

指纹、血迹和遗失的小指骨彻底将邢建文钉死了！

他再也逃不掉了！

那一刻，我才意识到，这场讯问的重点从头至尾都不是民心河内发现的无名女尸。

吴岩知道仅凭借带有指纹的糖盒和小指骨不会让邢建文认罪，邢建文可以轻松地否认，既然他选择了和邢建文对峙，就表明他早已经掌握了其他证据，等待邢建文一步一步靠近。

话落，吴岩收起了笑意，表情冷酷严肃："邢建文，现在我以涉嫌故意杀人罪逮捕你，你被捕了！"

第
二
十
七
章　
夫
妻
杀
手

　　面对铁证，邢建文再无反驳的余地，他也知道自己难逃法网，在吴岩的讯问下，他最终承认了自己的杀人行为。

　　同时，他也解开了吴岩的另一个疑惑，就是 7·17 杀人案中张雅洁身上的另一枚凶手留下的指纹，那是属于邢建文的妻子王巧芳的。

　　没错，邢建文和王巧芳正是不折不扣的夫妻杀手！

　　他不仅承认他们夫妇于 1998 年 3 月在金南市杀人抛尸河内的犯罪事实，也供述了 2004 年 7 月在东港市犯下的杀人罪行，张雅洁确系他们杀害。

　　在邢建文的供述中，这两起案件只是一个开始，我们掌握的不过是冰山一角，恐怖细碎的杀人过往从时间的暗涌之中缓缓浮出。

　　在婚后的十五年里，他们夫妇先后在多省十几个城市疯狂作案，加之邢独身时所犯案件，他们作案多达二十起，受害人多达二十二人！

让人感觉惊愕的是，这二十起命案中，有报案记录的只有五起，其中一起是7·17杀人案，另外四起均是失踪案，没有找到案发现场，也没有后续，警方的调查最终搁浅。

所以，他们能够堂而皇之地以真实的身份生活着。

案件的审讯是在医院的病房中进行的，我作为协助办案人员，坐在吴岩和芮童身后，听着邢建文的供述。

虽然是言语叙述，但我还是能够从他的一字一句中感到痛彻心骨的杀意。

根据邢建文供述，我们逐渐梳理出了他的犯罪编年史。

邢建文出生在河北省的一个小山村，他父亲在他七岁的那年上山摔死了，母亲刘惠茹带他改嫁到了邻村，但没多久，刘惠茹的第二任丈夫也死了，村里人都说她命硬克人。

后来，刘惠茹带他离开了河北，去了外地。

外出谋生，还带着一个孩子，刘惠茹的日子过得很苦，经常是有了上顿没下顿。后来刘惠茹遇到了一个同乡，那个同乡生活得不错，每个月还能给家里寄钱，刘惠茹问她做什么工作，同乡说她是卖淫的。

为了生存，在同乡的介绍下，刘惠茹也开始了卖淫。

在邢建文的记忆里，每天都有不同的男人来到他们租住的小房子里面，有年轻的，也有年老的，有胖的，也有瘦的，有时候甚至同时来两三个人。他躲在隔壁，听着破败不堪的墙体那面传来男人的喘息声，偶尔还有刘惠茹的呻吟声，他透过墙缝看到那些男人伏在她的身上，发泄之后将钱丢在她赤裸的身上。

有时候，刘惠茹也会碰到变态的顾客，朝她嘴里伸脚丫子的，在她下体里塞奇怪东西的，还有将她打得遍体鳞伤的。

但刘惠茹都忍了，只要对方付钱就行。

邢建文就是在这种日子里一天一天长大的，他变得自卑而敏感，上了几年学就早早地放弃了，十二三岁就去了一个厂子打工。他经常不回家，想着快点长大，脱离那个肮脏的女人。

后来有一次回家，他发现刘惠茹和一个男人躲在出租屋里吸食着什么，后来他才知道那是毒品。毒品就是那个男人介绍给刘惠茹的，她吸食之后就不能自拔了，为了有钱吸毒，她开始疯狂接客。但对于昂贵的毒品来说，那些皮肉钱显得微不足道，她开始向邢建文要钱，很快，邢建文微薄的工资也被吸食一空。

为了让刘惠茹戒毒，邢建文将她锁在出租屋里，但这并不管用。在一个冰冷的寒夜里，邢建文将她勒死了，就用他自己的皮带，他在杀人的一刻竟然感到了一种释然的快感。

那一年，他十五岁。

刘惠茹就这么死了，死了就死了，甚至都没有人在意。

虽然她死了，但邢建文的憎恶没有因此减轻。刘惠茹留给他的阴影无处不在，他不敢与人交往，到了恋爱的年纪，也不敢向女人表白。每天夜里，他梦到的就是刘惠茹和男人交缠的可憎画面，然后就疯狂地自慰。

长期的性观念扭曲，也让他对于卖淫和妓女产生了仇视和憎恨。

他需要一个发泄的出口，而杀人就成了他的不二选择。

也就是从那时候起，他开始了自己的杀戮人生。

他一边上班，一边寻找着卖淫女、站街女、按摩女等，她们和刘惠茹一样，生活在城市边缘，孤单孑然，无人关心。

在刘惠茹死后的第二年，邢建文就杀死了一个卖淫女。那个女人叫作汪静月，他将对方勒死之后拉到了偏僻的郊区，埋掉了。

不过，杀害汪静月的过程并不顺利，他不仅受了伤，还险些让对方跑掉。

杀人后，他还刻意地去打听了有关汪静月的信息。她的小姐妹说她回老家了，而他在杀死汪静月之前问过她，她说自己老家没有亲人了。

孤零零的，像一朵凄惨的花，凋败了，也就无人问津了。

虽然这些女人生活在边缘，但在同一地点连续作案势必会引起注意，增加风险。

也就是从那时候起，邢建文开始四处打工，足迹遍布多省十多个城市，职业也都是毫不起眼的工作，比如餐厅服务员、保洁员、送货员等等。

每到一个地方，邢建文都会深入当地，寻找以皮肉生意为生的女人，伺机作案。杀人抛尸之后，他会在当地稍做停留，确定没有人报案，或者没有人注意到，再去别的地方。

他的目光越来越毒，手法也越来越娴熟。

每次杀人之后，邢建文都会习惯在案发现场坐一坐，他喜欢那种杀戮之后的安宁，就像小时候坐在家门口的感觉。

除此之外，邢建文还有一个习惯，他会将受害者右手的小指折断带走，留作纪念进行保存。

午夜梦回之际，他可以通过抚摸这些小指回忆那些杀人的过往。

1991 年对于邢建文是非常特殊的一年，那年他二十一岁。

他在山西临汾一家饭店打工的时候，遇到了一个叫王巧芳的女孩。他是洗碗工，她是服务员。相处之中，他们对彼此萌生了好感，而在进一步的交往中，邢建文和王巧芳谈及了彼此的故事。没想到王巧芳和他的成长经历相似，心理也同样扭曲不堪，这让两个人走到了一起，登记结婚。

婚后平静的生活持续了不到一年，邢建文便再次犯案，而犯案之后被王巧芳知晓，没想到她非但没有阻止，还加入了他。自此，邢建文和王巧芳成了杀人夫妻。

有了王巧芳的帮助，邢建文的犯案频率逐渐增加，他曾经在 1997 年一年内犯下三起命案，杀人抛尸是他惯用的手法。

其实，他和王巧芳的杀人方法毫无特殊之处，反侦察能力也并不强，只是由于受害者都是社会边缘的卖淫女等，无人关注，即使被人发现失踪了，也是在犯案后很长一段时间了，所以他们可以一直逍遥法外。

至于 2004 年在东港市犯下的 7·17 杀人案，邢建文假装嫖客想要杀死张雅洁，厮打过程中被对方抓伤，杀人之后，他和王巧芳也计划处理现场并抛弃尸体的，只是由于突然有嫖客敲门，他们才慌忙夺窗而逃，留下了指纹和血肉残留。

由于当时破案条件有限，他们才一时逃脱。

不过，天网恢恢疏而不漏，二十多年后，当年遗留的指纹和血肉残留也成了今天警方能够为他定罪的关键！

邢建文和王巧芳的杀害对象固定，即卖淫女、按摩女或足疗女等以皮肉生意为生的边缘女性，他或者他们伪装成嫖客，在被害人居住的出租屋内杀人后抛尸、埋尸或沉尸。

在夫妻二人的组合中，邢建文是杀人者，王巧芳则为帮凶。

1986 年 3 月，邢建文在洛邱市的一出租屋内杀害卖淫女汪静月，随后抛尸；

1988 年 9 月，邢建文在商岛市的一出租屋内杀害站街女李二妹，随后抛尸；

1989 年 11 月，邢建文因为盗窃被判刑一年，1990 年 10 月出狱；

1991 年 10 月，邢建文在山西临汾遇到了王巧芳，1992 年 2 月，二人结婚；

1992 年 7 月，邢建文在阳城市的一出租屋内杀害卖淫女阿芬，王巧芳帮忙抛尸，夫妻杀手初步成形；

1993 年 12 月，邢建文和王巧芳在乌贝市的一出租屋内杀害卖淫女卢蓓蓓，随后，夫妻二人埋尸而逃；

1995 年 1 月，邢建文和王巧芳在聊通市的一出租屋内杀害按摩女张友婷，随后，夫妻二人抛尸而逃；

1997 年 1 月、4 月和 8 月，邢建文和王巧芳分别在鹤北市、汉同市和留古市三地杀害三名卖淫女，具体姓名不详，分别抛弃掩埋；

1998 年 3 月，邢建文和王巧芳在金南的一出租屋内杀害卖淫女周晓蕾，随后，邢建文沉尸河中，夫妻二人带走了周晓蕾的儿子周智；

1999 年 2 月，邢建文被人撞伤，伤及腰部和腿部，一直到 2001 年 4 月，夫妻二人并未犯案；

2002 年 5 月，邢建文和王巧芳在林谷市的一出租屋内杀害按摩小姐姚贝儿，随后，夫妻二人埋尸而逃；

2003 年 4 月，邢建文和王巧芳在海呈市的一出租屋内杀害了卖淫女李纯，随后，夫妻二人将尸体分解，携带至外地抛尸；

2004 年 7 月，邢建文和王巧芳在东港市的一出租屋内杀害了足疗女张雅洁，由于突然出现嫖客，二人跳窗而逃，尸体留在了案发现场；

2006 年 3 月，邢建文和王巧芳在鲁南市的一出租屋内杀害了按摩小姐田文雅，随后，夫妻二人抛尸而逃；2007 年 1 月，王巧芳在外出时出了意外，被一辆卡车当场碾死，而同年 9 月，邢建文也被查出了尿毒症。

至此，夫妻杀手解体，他也没有再单独犯案。

之后，邢建文一边打工，一边进行透析，身体状况大不如前。

纵然如此，他还是会时常拿出那些他在每起杀人案现场带走的受害者右手的小指，回想着一幕一幕的杀人场景。

虽然他知道自己没有多久生命了，但他做梦也没有想到自己和妻子的罪行会在有生之年被揭露出来，而揭露他们的竟然是自己的"孩子"邢鹏！

邢建文和王巧芳在长达十余年的时间里流窜多省作案，却始终未被警方注意，除了因为他俩以夫妻的形象为掩护外，还有一个更重要的原因就是邢鹏。

在将邢建文整个杀人回忆梳理清晰之后，吴岩问了他一个问题："据我所知，你和王巧芳在金南犯案的地方是有名的混乱区，人员信息复杂，也有很多卖淫女和按摩女，为什么偏偏选中周晓蕾呢？"

邢建文解释说："最初我选中的是另一个按摩女，但在我和我老婆准备杀人的时候，她突然改变了主意，将目标变成周晓蕾，但我说周晓蕾有一个孩子，我们从来不杀孩子的，她说可以留着孩子，并且带走，所以我们在杀人后带走了周智，后来让他跟随我姓，改叫邢鹏。"

吴岩问道："为什么呢？"

邢建文的回答让我感到了无尽的寒意："夫妻虽然是一个很好的掩饰，但过了三十岁，夫妻二人没有孩子，也很容易引起别人注意，我老婆不能生育，所以我们带走了那个孩子，对我们来说，他是我们的护身符。"

邢鹏就只是一个护身符而已吗？

听到这里，吴岩沉默片刻，问道："这么多年，你们就没有对他产生一点点感情吗？"

邢建文想了想，然后摇了摇头："他唯一的作用就是掩护我和我老婆，让我们看起来像一个正常的家庭。"

这真是一个让人毫无招架之力的回答。

那一刻，我最后的一丝希望也被邢建文毁掉了。

我忽然想到之前潜入邢鹏的第二层次梦境中时，那些破碎的片段，邢建文的虐待，王巧芳的漠视，地下室隐藏的冰冷秘密，无不透露着对于邢鹏的残酷。

或许他早早地就在梦里给了我提示，只是我没有看透罢了。

就像邢鹏所说的，他的父母根本不像父母，而是陌生人，甚至比陌生人都要残忍冷酷，那是一种对于生命本身的轻贱和蔑视。

与此同时，吴岩联系了鉴定单位，对在民心河中打捞出来的无名女尸、邢建文和邢鹏进行了样本采样。

鉴定结果是，邢建文和邢鹏无生物学意义上的父子关系，而无名女尸和邢鹏则是生物学意义上的母子关系。

至此，无名女尸的身份彻底被验证，她就是当年失踪的卖淫女周晓蕾。

而经过在公安网上比对和筛查，最终确定了她的身份。

当我看到电脑屏幕上那张照片的时候，平行的现实和梦境终于交汇，她就是我在邢鹏梦中看到的被勒死的女人。

这一刻，她再也不是无名女尸了。

她叫周晓蕾。

鉴于案情重大，吴岩向局长做出汇报后，立刻上报了省里，这也引起了省厅的重视，立刻下派了专案组。

接下来，特案科和专案组的同事根据邢建文的供述，一一联系了案发地所在的公安局，请求协助进行尸源寻找和现场辨认。

第二十八章　永不止步

就在警方寻找尸源的同时，我通过吴岩见到了被羁押的邢鹏。

其实，在此之前，我也一直犹豫要不要将这一切告诉他，我害怕他无法接受这么残酷的事实，但最后我还是决定告知他真相。

他是这个事件中最重要的一个人，他有权利知道当年发生的事情。

那是一个阴雨绵绵的午后，和他来找我的那天一样，让人莫名地焦躁。

邢鹏似乎也预料到了我的到来，他激动地说："王老师，是不是调查有进展了？"

我微微颔首，随后将警方的调查情况一一告诉了他，包括邢建文和王巧芳的杀人真相，以及他梦境中凶杀案的受害者，也就是他的母亲周晓蕾。

没想到邢鹏听后，表现却异常冷静。

我问道："你还好吗？"

良久，他才开口道："其实，我早就猜测过这一切了，只是没想到我并不是邢建文和王巧芳的孩子，我的母亲是梦中被他们杀害的可怜女人，我竟然将杀害自己母亲的畜生认作爹娘，真是太可笑了，太可笑了……"

我安慰道："这些年，你并不知情，所以别这么折磨自己。"

邢鹏无奈地笑了笑："我感觉自己活得就像一个笑话，天大的笑话。"

笑着笑着，他还是哭了出来，是那种放肆的大哭。

哭声回荡在整个房间里，他将这些年来积压在心中的憎恶和仇恨全部发泄了出来，也缓冲着残酷真相带给他的无尽压力。

我和吴岩什么都没说，只是静静听着他痛哭。

离开之前，邢鹏向我提出了一个请求，他想要看看这个只存在于梦中的女人，然后吴岩将周晓蕾的常住人口照片展示给了他。

邢鹏看了看，若有所思，然后低声道："妈……妈妈……"

离开之前，我问邢鹏："你后悔吗，后悔找到我，后悔让我潜入你的梦境寻找线索，最终得到了这个残酷的结果吗？"

邢鹏摇摇头，说："我不后悔，我要谢谢你，王老师。"

我落寞地说："谢我什么，谢我打破了你的平静生活吗？"

邢鹏淡淡地说："谢谢你让我的母亲得以瞑目，也让那些被邢建文和王巧芳残杀的受害者得以瞑目。"

我探望邢鹏的第二天，就根据周晓蕾的常住人口登记信息，来到了江西省宜春市铜鼓县的大段镇。

通过镇政府的工作人员，我辗转找到了一个和周晓蕾有亲属关系的老婆婆。

在她口中，我得到了有关周晓蕾的些许信息："我已经很多年没有见过她了，那孩子命苦，和一个男人有了孩子，对方却跑了，当时她爹娘都说要打掉孩子，她坚持留下，后来月份大了，做引产很危险，这孩子也就跟着生下来了。因为生孩子，她爹都和她断绝了父女关系，那时候，没结婚就生孩子的在村里是被人看不起的，后来就看不到她了，听说带着孩子去了外地，也没人知道去了哪儿，估计在外地嫁人了。"

我蓦然感觉有些伤感："她爹娘呢，也都去世了吗？"

老婆婆摇摇头，说："她去外地没几年，她娘就病死了。隔年，他爹也死了。她爹娘死的时候，她也没有回来参加葬礼，真是不孝顺。"

我感慨地说："如果她活着的话，肯定会回来参加自己爹娘的葬礼，只不过她在爹娘去世前就死了。"

老婆婆点点头，说："原来她不在了啊，怪不得，怪不得……"

开车回东周市的路上，我接到了吴岩的电话。

他说案件进展很快，多地警方根据邢建文的供述，已经开始了搜找尸源的工作。

同时，他也感谢我，通过连接三个人的梦境，揭开了一场长达二十年的罪恶杀戮。

最后，他还不忘说道："王老师，我之前跟你说的建议你一定要好好考虑一下，我们特案科想要聘请你为特别顾问。"

我笑笑，说："顾问就算了，不过只要你们有需要，我保证随叫随到。"

挂断了吴岩的电话，我和远在美国的宝叔取得了联系。

清晨的高速公路上安静且视野开阔。

我问宝叔："如果当时邢鹏来找我委托的时候，我已经去开会了，或者我没有将在他梦中看到的一切告诉他，又或者我看到了那一切，没有去擅自寻找真相该多好，那样就不会打扰他的人生，也不会让他陷入无尽的痛苦。"

宝叔却说："邢鹏是委托人，你要做的就是帮助客户寻找梦境中透露的真相，你只是完成了你的工作，没有必要因此自责。你不应该自责，应该自豪，因为如果不是你，那个杀人犯仍旧逍遥法外，仍旧隐藏在普通人身边伺机而动，而那么多受害者也不会得以瞑目。"

我感慨道："或许，这就是我的宿命吧。"

宝叔回道："也正因为如此，你拥有了比普通人更广阔的视野，观察自己，观察他人，观察这个世界，而在现实和梦境之间游走，注定了你也会经历很多常人不会经历的，体会常人不能体会的，承受常人不能承受的喜怒哀乐，但我相信你不会就此止步，加油吧！"

挂断电话，我的心情蓦然舒畅了很多。

远处的乌云之下突然透出一束光，光芒越来越大，逐渐撕开了密密匝匝的包裹。

（本书完）